帝王燕

제왕연 3

ⓒ지에모 2020

초판1쇄 인쇄	2020년 10월 19일
초판1쇄 발행	2020년 11월 3일

지은이	지에모芥沫
옮긴이	이소정

펴낸이	박대일
편집	이문영 · 박지해 · 임유리 · 신지연 · 곽현주
마케팅	임유미 · 손태석
일러스트	흑요석
디자인	박현주
교정	김미영

펴낸곳	파란미디어
출판등록	2004년 9월 14일 제313-2004-00214호

주소	03992 서울시 마포구 동교로23길 14 국제빌딩 6층
전화	02.3141.5589 영업부 070.4616.2012 편집부
팩스	02.3141.5590
전자우편	paranbook@gmail.com
카페	http://cafe.naver.com/paranmedia
인스타그램	@paranmedia

ISBN	978-89-6371-824-8(04820)
	978-89-6371-821-7(전21권)

제왕연

帝王燕

지에모芥沫 지음 — 이소정 옮김

3

파란

차례

울적, 그의 방법

군구신이 '내적'을 언급했다.

노집사가 머뭇거렸다. 이 일은 신농곡의 명예와 관련된 일이었다. 아직 실제가 증명되지 않았으니 그로서도 미리 대답하고 싶은 마음은 없었다.

그가 머뭇거리는 걸 보고 군구신이 다시 말했다.

"평범한 삼류 약재조차 모두 신농곡에서 나왔습니다. 후배는 흉수가 진양성에 약을 보관하는 곳을 따로 두고 있다고 의심 중입니다. 후배는 이곳에 오기 전에 비밀리에 조사를 마쳤습니다. 필요하시다면 언제든지 집사 대인께 협조하겠습니다."

노집사가 이 말을 듣고 경악하여 다급하게 물었다.

"이 약가루들을 모두 검증해 냈단 말인가?"

이 약가루는 비록 보통의 삼류로 이루어진 것이었지만, 이미 가루가 된 약재는 산지를 검증해 내기 쉽지 않았다. 하물며 이 삼류 중 몇 가지 약재는 산지의 특징이 명확하지 않았다. 그러니 고수가 아니라면 전부 검증할 방법이 없지 않을까?

군구신은 고개만 끄덕였을 뿐 달리 대답하지 않았다. 그제야 노집사는 깨달았다. 정왕은 원래 신농곡을 의심했으며, 일부러 탐색하러 온 거라는 사실을 말이다.

노집사가 수염을 쓰다듬으며, 감탄과 흥미가 섞인 시선을 보내며 말했다.

"우리 신농곡을 의심했을 뿐 아니라 감히 조사하기 위해 직접 오시다니. 정왕께서는 확실히 정왕이시군요!"

군구신 역시 미소 지었다.

"후배가 어찌 감히 조사하러 왔겠습니까. 가르침을 청하러 왔을 뿐입니다."

노집사가 고개를 끄덕이더니, 마음속에 짚이는 바가 있는 듯 말을 꺼냈다.

"이 흉수는…… 우리 신농곡 안에 있는 자가 아니라 해도, 우리 신농곡에 내응하는 자가 있을 수 있습니다. 이 일은 신농곡이 전하께 설명해 드려야 하는 일이지요. 바라건대 이 일을 다른 곳에는 이야기하지 말아 주십시오. 정왕 전하께서 먼저 돌아가 계시면, 신농곡에서 조사가 진행되는 대로 바로 알려 드리겠습니다."

군구신이 서둘러 답했다.

"집사 대인께서는 안심하십시오. 후배는 이해했습니다. 진양성에서도 정보를 얻으면 바로 알려 드리겠습니다."

그러고는 몸을 일으켜 작별을 고하려 했다. 비연은 다급한 마음이 들었다. 이렇게 큰일을 너무 명쾌하게 끝내 버리는 것 아닐까? 그녀는 한마디도 끼어들지 못했다! 그녀에게는 아직 궁금한 점이 많았다!

비연이 입을 열까 말까 머뭇거리고 있을 때 노집사가 먼저 말했다.

"정왕 전하, 노부가 이해할 수 없는 일이 하나 있으니 가르쳐 주시겠습니까."

군구신이 발걸음을 멈췄다.

"말씀하시지요."

"이 약가루를, 천염국 어약방의 남궁 대약사가 검증하였습니까?"

노집사의 의문은 이것이었다. 그의 기억에 천염국 어약방 남궁 대인의 능력은 보통이었다. 그러나 천염국 약술계에서 가장 뛰어난 능력을 지닌 자는 바로 그였다. 설마 그의 능력이 갑자기 진일보했다는 건가?

이 말을 듣자 비연이 바로 깡충 뛰어올랐다. 자신이라고 말하고 싶었다. 그러나 군구신이 고개를 돌려 바라보자 그녀는 즉시 움직임을 멈추었다.

그리고 겸손한 미소를 띤 채 그가 자신을 소개해 주기를 기다렸다.

군구신은 뜻밖에도 고개를 끄덕이며 말했다.

"바로 남궁청운입니다."

뭐라고?

비연은 당황했다. 정왕 전하가 어째서 이렇게 이야기하는지 이해할 수 없었다.

그녀는 화가 났다. 정왕 전하에게 화가 나는 것은 처음이었다.

그녀는 앞에 나서고 싶은 게 아니었다. 그저 이 기회를 이용하여 노집사와 이야기를 나누고, 그 육단상륙이 어떻게 온 것인지 탐색해 보고 싶었다. 하지만 이대로라면 가망이 없다!

그러나 화가 난 것은 화가 난 것이고, 그보다는 답답한 마음이 더 컸다. 정왕 전하가 아무 이유 없이 그녀를 드러내지 않았을 리 없다. 일부러 공을 남궁 대인에게 돌린 것이다. 정왕 전하에게 꺼리는 부분이나 다른 고려할 점이 있는 걸까?

이 기회가 아쉽긴 했지만 비연도 결국 이를 악물고 참아 냈다!

그녀는 스스로를 위로했다. 늙은 여우가 잡히기 전까지는 계속 노집사와 왕래하게 될 테고, 앞으로도 얼굴을 볼 기회가 있을 거다. 그녀는 기다릴 수 있었다!

노집사는 약학에 전념하느라 세상일에는 무관심했다. 진양성의 그 떠들썩한 사건도 당연히 알지 못했다. 그는 지금도 비연에게는 별다른 주의를 기울이지 않고, 그저 보통 시녀라고만 생각했다.

그는 수염을 쓰다듬으며 감탄한 듯 웃었다.

"남궁청운이 발전했군요, 아주 발전했습니다……."

군구신은 그의 말에 맞장구치지 않고 그저 고개만 끄덕였다. 그러고는 작별을 고했다.

노집사가 직접 배웅을 나오며 남궁청운에 대한 이런저런 것들을 물었다. 그리고 천염국 어약방에 최근 어떤 변화가 있었는지도 관심을 보였다.

비연은 울적해져 고개를 숙인 채 힘없이 발걸음을 옮겼다. 그들의 대화를 듣고 싶지 않았다.

그들은 의뢰장을 떠나 산 아래로 내려왔다. 비연이 마침내

파란미디어의
책들

imagine

e-mail paranbook@gmail.com
cafe cafe,naver,com/paranmedia
facebook facebook.com/paranbook
tel 02, 3141, 5589 **fax** 02, 3141, 5590

새파란상상

SF의 대가 래리 니븐 컬렉션

링월드 프리퀄 1 세계 선단
래리 니븐 & 에드워드 M. 러너 공저 | 고호관 옮김 | 값 14,000원

우주적 규모의 적자생존 서사시, 세계 선단 시리즈의 서막!
《링월드》에 숨어 있던 이야기들,
파란만장 흥미진진한 미스터리의 시작

링월드 프리퀄 2 세계의 배후자
래리 니븐 & 에드워드 M. 러너 공저 | 고호관 옮김 | 값 15,000원

은폐되고 삭제되고 망각된 진실을 찾아서

십팔 세에 무제한 출산권을 획득한 천재 물리학자 카를로스 우,
은하계의 붕괴를 촬영한 전설의 조종사 베어울프 섀퍼,
모든 것을 의심하는 편집증 수사관 지그문트 아우스폴러,
세 사람의 진실을 향한 대도약이 시작된다!

링월드 프리퀄 3 세계의 파괴자
래리 니븐 & 에드워드 M. 러너 공저 | 고호관 옮김 | 값 15,000원

영원한 적도 영원한 아군도 없다!
아주 다른 무대의 전혀 새로운 이야기

어디 있는지도 모를 고향 지구와 새로 찾은 고향 뉴 테라, 지켜야
할 모든 사람들을 위하여! 낯선 우주의 한복판에서 치밀하고도
집요한 지그문트의 작전이 펼쳐진다.

링월드 프리퀄 4 세계의 배신자
래리 니븐 & 에드워드 M. 러너 공저 | 김성훈 옮김 | 값 15,000원

《링월드》는 루이스 우의 첫 모험이 아니었다!
이번 위기에는 세계 선단 일조 퍼페티어의 운명이 걸려 있다!

이름을 잃고 자기 정체도 모르는 채 백삼십 년을 망명자처럼 떠
돌던 루이스 우. 분더란트 내전의 포로로 약물중독의 나라에 빠
져 있던 그에게 퍼페티어 정찰대원 네서스가 던진 거부할 수 없
는 제안!

링월드
래리 니븐 지음 | 고호관 옮김 | 값 15,000원

믿을 수 없이 낯설고 놀라운 세계 링월드 미스터리의 시작!
루이스 우, 이백 년을 살아남은 생존 능력이 증명하는 인간 모험
가. **틸라 브라운**, 수학적 확률로는 설명할 수 없는, 무섭게 운 좋
은 인간 여자, **동물 통역자**, 말보다 발톱 대화를 선호하는 타고난
전사 종족 크진인. 그리고 낯선 곳으로의 모험에 자원한 정신 나
간 퍼페티어, **네서스**. 그들의 여행이 시작된다!

브레인 임플란트 이혜원 지음 | 값 10,000원

백두산 폭발로 벌어진 아비규환!
거대한 음모 속에 숨겨진 살인극

"이젠 학습법이 아니라 뇌를 바꿔야 합니다!"
우리의 삶을 바꾸는 브레인 임플란트의 세계에 오신 것을 환영
합니다.

초인은 지금 김이환 지음 | 값 10,000원

우리 시대의 모순을 안은 초인이 온다!

하늘을 날고 모든 것을 듣고 모든 것을 보는 초인이
시민들을 지켜준다.
초인은 무엇 때문에 사람들을 위해 봉사하는 것일까?
그를 믿어도 되는 것일까? 초인은 선한 사람인가?

킬러에게 키스를 김상현 지음 | 값 11,000원

그동안 고마웠어. 그 말을 끝으로 이메일 주소 하나 남기지 않고
깨끗이 사라졌던 여자 친구가 실은 킬러였다!

그녀에게 묻고 싶은 말이 있어 국가정보부의 작전에 동참한
평범한 한 남자의 슬프고도 웃긴 이야기.

고스트 에이전트 김상현 지음 | 값 12,000원

《킬러에게 키스를》 두 번째 작품.

당안리 화력발전소를 노린 폭탄 테러, 서울 전역에서
테러리스트가 출몰하고 급기야 국가정보부가 공격당한다!
그 누구도 절대 막을 수 없다!

이순신의 나라 임영대 지음 | 각 권 12,000원 (전2권)

이순신이 살아남은 조선!
새로운 바람이 분다, 새로운 나라가 온다!

임진왜란이라는 절체절명의 국난에서 우리 민족을 구원한
이순신 장군. 그런 이순신 장군이 만일 죽지 않고 살아남았다면
과연 무슨 일이 벌어졌을까?

살해하는 운명 카드 윤현승 지음 | 값 11,000원

다섯 장의 카드, 다섯 개의 운명.
모두가 승리할 수도 있고, 모두가 패배할 수도 있다.

인생 막다른 골목에서 받아들인 위험한 초대.
오직 운명을 거역한 사람만이 승자가 된다!

체탐인 – 조선스파이 정명섭 지음 | 값 11,000원

얼굴도 이름도 바뀐 복수의 화신이 돌아오다

아무 것도 할 줄 모르는 백면서생에서 난데없이 야생의 현장에
떨어진 병조판서의 아들 조유경. 하지만 이대로 죽을 수는 없
다. 자신의 모든 것과 사랑하는 약혼녀까지 앗아가버린 원수들
에게 복수를 해야만 한다.

붉은 말 백성민 이야기그림집 | 값 22,000원

네이버 한국만화 거장전 제1호 작가 백성민의 새로운 만화 모음집.

〈장길산〉, 〈싸울아비〉, 〈광대의 노래〉 등 역사만화의 거장 백성
민이 새롭게 선보이는 이야기그림 〈붉은 말〉. 우리나라의 신화
와 전설, 전래동화 등에서 폭넓게 소재를 취하여 새로운 해석을
내보이는 만화들에서 삶의 위안을 찾아낼 수 있을 것이다.

태릉좀비촌 임태운 지음 | 각 권 13,000원 (전3권)

대한민국 최강 좀비 군단이 몰려온다!
네이버 화제의 연재작 – 영화화 결정

올림픽을 대비로 맹훈련 중인 태릉선수촌에 좀비 바이러스가 발
생했다. 운동으로 단련된 역대 최강의 좀비들이 몰려온다. 사랑
하던 동료들에 맞서 사랑하는 사람들을 지켜야 하는 이야기!

화이트리스트–파국의 날 박철현 지음 | 값 11,000원

2019년 8월 2일 일본의 화이트리스트 발표
누구에게 닥친 파국의 날인가!!

2019년 3월 15일 대한민국을 화이트리스트에 삭제하라는 지시
가 경제산업성 동아시아 무역관리관 히라오 아쓰시에게 내려
온다. 북한 쪽으로부터 정보를 확보하라는 지시에 의해 히라오
는 총련 산하의 평화통일연합의 송석진을 만나는데……

참지 못하고 입을 열었다.

"전하……."

"응."

군구신은 당연히 그녀가 무슨 말을 하고 싶은지 알고 있었지만 모르는 척 차갑게 답했다.

비연이 진지하게 물었다.

"전하, 남궁 대인을 이야기하신 것은 어떤 뜻이셨나요?"

군구신의 뜻을 아는 건 하늘뿐이지 않을까?

그가 대수롭지 않다는 듯 답했다.

"너라 해도 노집사는 믿지 않았을 거다. 남궁청운을 이야기하면…… 귀찮을 일이 없지."

이건……. 그저 그렇게 간단한 이유라고?

비연은 정말로 울적해졌다. 그저 귀찮은 일을 피하기 위해, 정왕 전하는 뜻밖에도 그녀의 천재일우의 기회를 날려 버렸다!

이곳에 오는 내내 얼마나 기대했는지 그는 모르는 걸까? 제기랄!

비연은 화가 나서 씩씩거리다가 살펴보는 듯한 군구신의 시선과 마주쳤다. 즉시 화를 잠재웠다. 혹시라도 그녀가 공을 세우고 싶어 한다고, 정왕 전하에게 오해하게 하고 싶지 않았다.

그녀가 속으로 생각했다. 정왕 전하는 그녀의 비밀을 모르니 고의가 아니었을 거다. 그녀는 이렇게 정왕 전하를 원망해서는 안 되는 것이다.

한참 갈등한 후, 비연이 마침내 평온한 심정을 되찾고 스스로를 위로했다. 됐다, 분명 기회가 또 있을 테니까!

그녀가 담담하게 말했다.

"전하의 말씀이 옳습니다."

군구신의 눈가에 남은 빛이 그녀를 흘깃 스쳐 갔다. 군구신은 곧 눈길을 거두고 계속 앞으로 걷기 시작했다.

이번 행차는 본래 탐색하기 위해 온 것이었지만 의외의 수확이 있었다. 이제 노집사가 내부의 적을 잡아 오기를 기다리면 된다.

군구신의 기분은 꽤 괜찮은 편이었다. 얼마 후, 그는 평소와 달리 스스로 먼저 비연에게 말을 걸었다.

"고 약녀, 오늘 돌아갈까? 아니면 하루 더 머물고 싶으냐? 내일 돌아가도 괜찮을 것 같다만."

신농곡은 약학을 하는 이들이 항시 동경하는 곳이었다. 이곳에서 약재를 구경하며 시간을 보내기도 하고, 경매장을 구경할 수도 있었다. 이 정도는 그도 알고 있었다.

'고 약녀'라는 호칭을 들은 비연은 순식간에 정신을 차렸다. 그녀는 스스로에게 놀라고 말았다. 전하는 그녀를 겨우 두어 번 '연아'라고 불러 주었을 뿐인데…… 그녀는 어째서 벌써 '연아'에 익숙해져 버린 걸까?

비연이 서둘러 답했다.

"모든 것을 전하의 안배에 따르겠습니다."

군구신은 잠시 침묵하다가 말했다.

"그럼 내일 돌아가기로 하자꾸나."

그는 슬쩍 답답했다. 이 여인은 대체 어떤 성격인 걸까? 그가 정왕의 신분일 때는 이렇게 유순한데, 그가 다른 신분일 때는 마치 들고양이처럼 거칠었다. 그중 어떤 것이 진짜 그녀일까?

두 사람은 더 이상 이야기를 나누지 않고 조용히 산 아래로 향했다. 산 아래에 도착했을 때는 날이 어두워진 후였다. 비연이 말했다.

"노비는 일단 경매장으로 가서 구경하고, 내일 다시 약재 시장에 가 볼까 합니다."

군구신이 대답하기도 전에 한우아가 그들에게 다가오는 것이 보였다.

한우아는 비연을 슬쩍 보고 재빨리 군구신을 향해 미소 지었다. 그녀의 미소는 단정하면서도 여인 특유의 교태가 서려 있어 정말로 아름다웠다. 그녀가 말했다.

"신 공자, 이제야 내려오셨군요. 일부러 산 아래에서 기다리고 있었답니다."

한우아가 일부러 기다린 게 아닐까 의심하던 비연은 이 말을 듣고 약간 놀라며 생각했다.

'생각보다 굉장히 솔직한데…….'

군구신의 태도에는 변화가 없었다. 그가 냉랭하게 물었다.

"무엇 때문에 나를 기다렸지?"

그러나 한우아는 홀연히 웃었다. 그 웃음에는 약간의 적의가 서려 있는 듯도 했지만 그보다는 사람의 비위를 맞추려는 의미가 더 강한 것 같았다.

그녀는 군구신에게 무엇인가를 암시하듯 말했다.

"비밀이에요."

군구신이 그녀의 뜻을 알아챈 듯 흑패를 비연에게 건네며 말했다.

"먼저 가 있도록."

공기봉리의 비밀

비밀이라고?

한씨 가문 셋째 소저는 소 공자와 함께 왔고, 또 소 공자의 편을 들었다. 그런데 지금 소 공자의 손이나 치료하러 가지 않고 이쪽으로 와서는, 비밀은 또 무슨 비밀이란 말인가? 마치 조금 전의 일이 일어나지 않은 것처럼 굴고 있지 않은가? 소 공자도 혐오스러웠지만 이 여자의 사람됨이…… 너무 뻔뻔스럽지 않은가?

그녀와 정왕 전하 사이에 뜻밖에도 작은 비밀이라도 있는 걸까? 보아하니 그녀는 정왕 전하와 꽤 잘 알고 지내는 사이 같았다!

호기심에 찬 비연은 심지어 조금 화까지 나서 마음의 평온을 유지하기 힘들었다. 그녀가 생각하기에, 정왕 전하와 잘 알고 지내는 여자는 우아하게 행동하는 최고의 미인이어야 했다. 그런데 이 한우아는 미모는 좀 있다지만 말을 하거나 사람을 대할 때마다 계산을 깔고 행동하는 사람이라 정왕 전하와는 어울리지 않았다.

그러나 호기심은 호기심이고, 평온하지 못한 마음도 그저 평온하지 못한 마음일 뿐이다. 정왕 전하에게 어떤 친구를 사귈 건지 물을 수도 없을 바에야, 관심을 끄는 게 옳았다.

미소 지은 비연이 허리를 굽혀 인사하고는 흑패를 받아 들었다. 그리고 몸을 돌려 걸어가는 발걸음이 너무나 가벼웠다!

이 흑패에는 정왕 전하가 방금 상으로 내린 수만 금이 들어있는 셈이다. 경매장에 가서 진귀한 약재를 그야말로 쓸어 담아, 약왕정을 배불리 먹여 줄 수 있을 것이다.

정왕 전하가 곁에 있다면 그녀도 눈치를 보겠지만, 없는 이상 그녀 하고 싶은 대로 하면 그만이었다! 어쨌든 이곳은 진양성도 아니니 그녀를 알아볼 사람도 없다.

비연은 이렇게 생각하며 경쾌하게 발을 놀려 곧 멀리까지 걸어갔다.

한우아가 이것을 보고 깜짝 놀랐다. 비연의 소탈한 뒷모습을 바라보고 있노라니, 마치 주먹으로 솜을 때린 듯한 느낌이었다. 힘이 있어도 쓸 수 없으니 너무나 답답했다! 그녀가 시위하듯 도전해 보인 것인데…… 비연이 설마 눈치채지 못한 걸까?

그럴 리가! 그럴 리 없었다!

그녀는 비연이 분명 연기를 하고 있다고 생각했다. 더 큰 것을 잡기 위해 일부러 놓아주는 척하는 광대놀음을 하고 있는 것이다! 그녀는 비연의 속셈을 한눈에 알아보았다!

한우아가 곧 심정을 추스르고, 나지막하게 말했다.

"정왕 전하, 우아가 정자에 자리를 예약해 두었어요. 차를 마시면서 이야기하시면 어떨까요?"

이때 군구신은 마치 정신이 나간 듯 비연의 뒷모습을 바라보고 있었다. 한우아의 말이 아예 들리지 않는 듯했다. 그 모습을 보자 한우아는 마음속 분노를 참을 수가 없었다. 그래서 일부러 군구신 앞으로 다가가 그의 시선을 막고, 웃으며 물었다.

"전하, 저 아이가 바로 저택에 두셨다는 약녀, 고비연인가요? 듣기로 약술이 매우 뛰어나 어약방 대약사도 한 수 접어 줄 정도라던데요. 이 소문은…… 아마 과장된 것이겠죠?"

군구신은 그녀의 질문에 대답하지 않았다. 대신 허리춤에 차고 있는 그 기이한 식물에 시선을 주며 냉랭하게 물었다.

"찾았는가?"

한우아가 웃으며 다만 이렇게만 말했다.

"전하, 정자에 가셔서 이야기해요."

한우아의 허리에 매달린 이 물건은 바로 공기봉리였다. 뿌리가 없는 식물로 흙에 재배할 필요도, 그렇다고 물에 재배할 필요도 없었다. 그저 호흡할 공기와 적당한 수분만 있으면 살아서 꽃을 피우는 신기한 식물이었다.

이 식물의 품종은 아주 많아, 크기도 형태도 제각각이었다. 한우아의 손에 들린 것은 아주 작고 정교한 것으로, 꽃이 피지는 않았지만 노란 잎에 윤기가 선명하게 흐르고 있었다. 잎이 전부 밖을 향해 말려 있어 얼핏 보기엔 노란 꽃이 피어난 것처럼 매우 아름다웠다.

한우아는 붉은 끈으로 그것을 잘 묶어 패옥, 향낭과 함께 허리에 차고 키웠다. 너무 튀지 않으면서 오히려 세련되고 우아한 느낌이었다.

약 3년 전, 그녀는 의모의 명을 받들고 천무제에게 장수를 비는 예물을 올리러 갔다. 궁에는 진양성으로 돌아온 지 얼마 되지 않은 정왕 전하가 있었다. 그는 한눈에 그녀의 공기봉리를 알아보았다.

그들은 함께 궁을 나왔는데, 그때 정왕 전하가 이 공기봉리에 대해 계속 물어보며 갖고 싶어 했다.

그녀는 작은 꾀를 냈다. 이것은 남쪽 산촌의 시장에서 우연히 얻은 것인데, 넘겨줄 수는 없으나 원한다면 대신 찾아봐 주겠다고.

그 후 3년 동안 그녀는 정왕 전하와 친우 관계를 유지할 수 있었다. 그러나 한우아는 다른 공기봉리를 찾으러 가지 않고 시간만 끌고 있었다.

정자에 도착하자 군구신이 다시 추궁했다.

"소식이 있나?"

한우아는 여전히 말없이 신비스럽게 웃으며, 일부러 공기봉리를 풀어 군구신에게 건넸다.

"전하, 1년 동안 제대로 보지 못하셨죠? 보세요. 변했는지 아닌지."

군구신이 조심스럽게 받아 열심히 살펴보기 시작했다. 3년 전에 그가 이 공기봉리를 주목했던 이유는…… 첫눈에 이 식물에게서 무어라 형용할 수 없는 친근감을 느꼈기 때문이었다. 자신이 예전에 이 식물을 길러 본 것 같기도 했고, 과거에…… 아주아주 좋아했던 것 같기도 했다.

저택 후원을 가득 채운 개나리처럼 이상하게도 익숙했다. 어디서 본 적 있는지도 모르면서 이유 모를 친근감을 느꼈다.

그는 이 물건이 그가 잃어버린 10여 년의 기억과 관계있다는 사실을 직감했다. 그는 심지어 자신이 어렸을 때 개나리 화원에서 자란 것은 아닌지도 의심했다.

그는 사람을 보내 적지 않은 개나리 덤불을 찾아냈다. 심지어 개나리가 바다를 이루는 곳까지 찾아냈고, 모든 지방을 직접 가 보았다. 그러나 안타깝게도 그 무엇도 발견하지 못했다.

그는 과거 개나리에 관해 대황숙과 부황을 상대로 탐색해 본 적 있었으나, 두 사람 모두 아무 반응도 보이지 않았다. 그는 직감적으로, 자신이 어릴 때 대황숙이 있는 곳에서 자라지 않았다는 사실을 알 수 있었다.

이 공기봉리를, 그 스스로도 계속 사람을 보내 비밀리에 찾았다. 그러나 안타깝게도 3년이 지나도록 찾지 못했다. 현재로써는 한우아가 유일한 실마리였다…….

손안의 작은 공기봉리를 보고 있노라니 그 이름 모를 친밀한 감정이 다시 그를 덮쳐 왔다. 군구신은 아무 말도 하지 않았지만, 언제나 차갑고 외로운 두 눈이 저도 모르는 사이에 점차 부드러워지고 있었다.

한우아가 가장 황홀해하는 순간이 바로 군구신의 눈에 흔히 보기 어려운 부드러움이 나타나는 이 순간이었다. 마치 그가 보는 모든 것이 그에 의해 부드럽게 감싸이고, 조심스럽게 보호받을 것 같은 그런 부드러움이었다.

3년 동안, 그녀가 빙빙 둘러 몇 번이나 물었다. 그리고 사람을 시켜 몰래 몇 번이고 알아보게 하였지만 계속 알 수 없었다. 정왕 전하는 무엇 때문에 공기봉리에 각별한 애정을 보이는 걸까?

그녀는 심지어 그에게 마음에 둔 사람이 있는 건 아닌지 의심하기도 했다. 이 공기봉리는 그가 마음에 든 사람이 좋아하던 것은 아닐까?

그가 진양성에 오기 전 어떤 일을 겪었는지 그녀는 너무나 궁금했다.

군구신을 바라보는 한우아의 얼굴이 저도 모르는 사이에 숭배로 가득 찼다. 그녀는 이 순간 그의 눈앞에 있는 것이 공기봉리가 아니라 자신이기를 간절히 바라고 있었다.

군구신이 빠르게 정신을 차리고 다시 공기봉리를 그녀에게 건네며 말했다.

"약간 큰 것 같군."

한우아가 더욱 신비스럽게 웃었다.

"전하, 보세요!"

그녀가 손을 펴자 손바닥 위에는 새로운 공기봉리가 놓여 있었다. 원래의 것과 같은 형태였지만 절반 정도의 크기였다!

군구신이 크게 놀랐다.

"어디서 찾았지?"

한우아가 시간을 끌지 않고 솔직하게 말했다.

"전하, 방금 보신 공기봉리에서 새로 난 것이에요. 반년 전에 새로 나왔고, 제가 크게 키운 거죠. 원래 진양성에 가져가 놀라게 해 드리려 했는데, 여기서 우연히 전하를 뵙게 되었네요. 자,

드릴게요."

공기봉리는 기본적으로 포기나누기로 키우는 식물이었다. 원래의 포기에서 새싹이 나면, 그것이 자라기를 기다렸다가 분리시켜 독립된 한 포기로 만드는 방식이었다. 그렇게 한우아는 조심스럽게 반년이 넘도록 키웠던 것이다.

군구신은 그제야 한우아가 그때 공기봉리를 팔았던 사람을 찾아낸 게 아니라는 걸 알고 상당히 실망했다.

한우아가 붉은 끈을 내밀며 웃었다.

"전하, 제가……."

그러나 그녀가 말을 채 마치기도 전에 망중이 다급하게 달려들어왔다.

"전하, 큰일 났습니다. 고 약녀가……."

경매장의 난리법석

망중이 뛰어 들어왔다.

군구신이 바로 몸을 일으키며 물었다.

"어찌 된 일이냐? 그녀는 어디에 있지?"

망중이 서둘러 답했다.

"고 약녀가 동쪽 경매장에서 경매관과 다투고 있습니다. 아주 흉흉한 기세로 다투고 있어 저로서는 말릴 수가 없었습니다."

군구신이 두말없이 몸을 돌려 달려 나갔다. 그 작은 공기봉리는 탁자 위에 내버려 둔 채였다.

한우아도 당황했다.

비연이 경매장에서 경매관과 다투고 있다고? 대담한 건지, 아니면 바보 같은 건지······?

그녀가 공기봉리를 모두 주워 들고 서둘러 쫓아갔다.

"전하, 전하······!"

군구신이 막 동쪽 경매장에 도착하자, 문 안으로 들어서기도 전에 안에서 들려오는 시끄러운 목소리를 들을 수 있었다.

문 안으로 들어가니 높은 경매대 위에 두 무리의 사람들이 서 있었다.

비연은 시위들 뒤에서 보호받고 있었고, 경매관도 몇몇 시위들에게 보호받고 있었다. 그렇게 두 무리의 사람이 쌍방 대치

중이었는데, 일촉즉발의 상황인 듯 긴장된 분위기였다. 그리고 경매대 아래에서 시끄럽게 떠드는 소리 때문에 경매장이 무너질 지경이었다.

거리가 꽤 있어 군구신은 경매대 위의 대화 소리를 들을 수 없었다. 그가 차가운 목소리로 망중에게 물었다.

"이게 무슨 일이지?"

망중도 조금 멍한 표정이었다. 그가 군구신을 부르러 이곳을 떠날 때 고 약녀는 경매대 아래에서 경매대 위의 경매관과 다툼을 벌이고 있었다.

그런데 지금 어떻게 경매대 위로 올라간 걸까? 그리고 이 분위기는 곧 싸울 것 같지 않은가?

망중은 시간을 지체할 수 없어 재빨리 설명했다.

경매장에서 막 희귀한 동은화를 내놓았을 때의 일이었다. 경매에서 이긴 자가 마침 비연 곁에 앉아 있었는데, 1만 2천 금에 동은화를 얻었다. 그런데 그가 돈을 치르고 약을 가져와 떠나려 하자 비연이 그를 가로막았다.

그녀는 사람들 앞에서 거대한 동은화의 약효에 대해 질문하면서, 동쪽 경매장의 약사가 약을 검증할 때 기준에 맞추지 않은 것은 아닌지 물었다. 그리고 경매에서 이긴 자에게 물건을 되돌리고 배상받을 것을 권했다.

바로 이로 인해 경매관과 다툼이 벌어진 것이다.

군구신이 비연에게 다가가려다가 발을 멈추었다. 상대 경매관이 누구인지 알아보았기 때문이다. 그 여자 경매관은 바로 신농곡에서 이름난 수석 경매관 당정이었다.

설령 약재를 파는 경매장이라 하더라도, 대부분의 여자 경매관은 노출이 있는 옷을 입고 교태를 부리며 손님을 끌곤 했다.

그러나 당정은 그러지 않았다. 그녀는 꽃과 같이 아름다운 20대였지만 항상 남장을 했다. 그녀는 노련한 성격에, 일을 할 때나 말을 할 때나 항상 명쾌했다.

다른 경매관이었다면 군구신이 바로 다가갔을 것이다. 그러나 상대가 당정이었기에 그는 오히려 안심했다. 당정은 대국적인 입장에서 문제를 바라보고, 분별 또한 있는 사람이니 함부로 대하지는 않을 것이다.

그리고 비연이 공개적으로 경매장의 약에 대해 질문했다면, 분명 무슨 이유가 있을 것이다.

이 일이 시끄러워지는 것은 당연했다. 그러나 비연이 손해 볼 일은 없었다. 군구신은 망중에게 몇 마디 하고는 경매대 가까운 곳까지 걸어가 일단 조용히 살펴보기로 했다.

이때 한우아가 쫓아 들어왔다. 군구신을 찾지 못한 그녀 역시 일단 자리를 잡고 지켜보기로 했다.

군구신은 경매대 가까이에 있어 대 위에서 오가는 대화를 똑똑히 들을 수 있었다.

비연은 몹시 분노했다.

"이 어르신이 돈을 모아 오신 것은 목숨을 구할 약을 사기 위함인데, 너희들이 높은 가격에 판 것은 형편없는 질의 약이 아니냐! 재물을 위해 목숨을 해하려 들다니, 소위 재물 때문에 타인을 해친다는 것이 이보다 심할 수 있을까?"

당정이 경매용 망치를 사납게 내려치며 노한 소리로 외쳤다.

"계집! 다시 한번 근거 없이 헛소리를 한다면 본 소저도 예의를 차리지 않겠다!"

그러나 비연의 표정은 진지했고, 한 걸음도 물러서지 않았다.

"나는 이 자리에서 이 동은화에 문제가 있다는 걸 증명할 수 있다. 그런데 나에게 증명할 기회도 주지 않으면서, 대체 무슨 근거로 나에게 근거가 없다고 하는 거냐?"

당정이 바로 질문했다.

"네가 무슨 자격으로 약을 검증한다는 거냐? 신농곡 경매장의 약을 어찌 모든 사람이 검증할 수 있다는 말이냐?"

비연이 고개를 끄덕였다.

"좋다. 그렇다면 다른 약사를 청해 검증하게 하는 건 어떠냐? 약에 문제가 없다는 게 증명된다면, 네가 나를 어떤 식으로 대하건 모두 받아들일 것이다."

당정이 눈을 가늘게 뜨고 소리쳤다.

"경매장에는 약을 검증하는 규칙이 있다. 너 같은 계집이 말한다고 검증하고 그러는 게 아니다!"

그러고는 당정이 고개를 돌려 경매대 아래의 노인을 바라보며 예의 바르게 물었다.

"어르신, 이 여인을 아시는지요? 그녀를 믿으십니까, 아니면 우리 경매장을 믿으십니까?"

그러자 경매장을 가득 채우고 있던 목소리가 순식간에 잦아

들었다.

경매에서 이긴 자는 육순이 넘은 노인으로, 얼굴에는 주름이 가득하고 입은 옷도 보통이라 한눈에도 가난해 보였다. 비연의 말은 틀리지 않았다. 그는 여기저기서 긁어모은 돈을 가지고 경매장에 동은화를 사러 왔던 것이다.

모든 이들이 노인이 당연히 경매장을 믿을 거라 생각했지만, 노인은 뜻밖에도 머뭇거리며 계속 당정에게 대답하지 않았다.

모두 놀랐다. 당정은 더욱 기이하게 여겼다.

신농곡의 권위와 경매장의 신용이 있는데 노인이 경매장을 믿지 않다니! 그뿐 아니라 오히려 내력도 불분명한 젊은 약녀의 질문을 믿다니!

그 모습을 보고 비연이 진지하게 말했다.

"어르신, 의문이 있으신데 어찌 사실을 말씀하지 못하시는 건가요? 동은화는 어르신 약방문 중 가장 중요한 약재입니다. 그 약재에 문제가 있다면, 재물을 버리는 일이야 작다 해도, 사람의 목숨을 잃는 일은 큰일입니다!"

이 말을 듣자 노인이 더욱 머뭇거리며, 그리고 더욱 당정을 제대로 바라보지 못했다.

사실 이 노인은 비연과 한참 이야기를 나눈 다음이었다. 그도 처음에는 비연을 믿지 않았다.

그러나 그녀는 그가 가진 약방문을 한 글자도 틀림없이 소리 내어 읽었다. 그리고 그 약방문에서 동은화가 얼마나 중요한지 이야기해 주는 것을 듣고는 그녀가 보통 사람이 아니라는 걸 알게 되었다.

그러나 그는 감히 경매장에 질문할 수가 없었다. 당황스러운 마음으로, 대체 어느 쪽을 믿어야 할지 망설이고 있었다.

비연은 더 이상 노인에게 묻지 않았고, 당정 역시 아무 말도 하지 않았다.

당정은 불안해지기 시작했다. 수년에 걸쳐 경매를 진행했지만 이런 경우는 처음이었다.

설마, 저 약에 정말 문제가 있는 걸까?

만약 문제가 있다 해도, 경매장의 약사가 모두 감별해 내지 못한 것을 이 계집은 대체 어떻게 감별해 냈단 말인가?

이 계집은 시녀처럼 꾸미고 있는데 왜 저리 담력이 센 걸까. 게다가 계집을 몰래 지키던 시위들도 있었다. 대체 어디서 온 계집인 걸까?

당정은 생각하면 생각할수록 이게 무슨 함정 같다는 생각이 들었다! 그녀는 경매대 아래에서 그들을 둘러싸고 있는 사람들을 쳐다보았다. 그리고 이 일이 끼칠 영향을 신중히 고려해 무력은 쓰지 않기로 했다.

경매장은 사람이 많고, 그만큼 말이 많이 나오는 곳이다. 아주 경미한 사고라 해도 금방 밖으로 퍼지기 마련이었다. 경매에서 이긴 사람이 머뭇거리는 마당에, 이 일을 제대로 처리하지 못한다면 이 일이 퍼져 나가 수많은 의문을 만들어 낼 수도 있었다.

오늘의 일은 이 정도로만 시끄러워야 했다. 그러니 일단 '이치'로 상대하고, 무력을 사용하는 것은 그다음이어야 했다. 저 계집이 할 말이 없게 만든 다음, 나중에 다시 저들을 본보기가 되도록 손봐 주면 되는 것이다!

당정은 가볍게 기침을 한 후 진지하게 말했다.

"좋아, 경매장은 항상 공정하고 공평하게 운영해 왔지. 노인이나 어린이라도 속이지 않는다! 경매에서 이기신 어르신조차 망설이시니 본 소저가 기회를 주도록 하지. 다시 약을 검증하겠다! 이 약에 정말 문제가 있다면 경매장의 규칙에 따라 열 배로 보상하고, 문제가 없다면 어르신 쪽에서 열 배로 배상해야 한다. 어떠한가?"

이 말을 듣고 노인이 재빨리 고개를 들었다. 깜짝 놀란 모양이었다. 그러자 비연이 말했다.

"좋아! 약에 문제가 있다면 어르신께 열 배로 배상해 드리도록. 약에 문제가 없다면 내가 대신 배상하겠다!"

이 말이 떨어지자 경매대 아래에서 비웃음이 들려왔다.

"어떻게 배상하겠다는 거지?"

"보아하니 그냥 시녀 아닌가? 대체 주인이 누구지?"

"계집, 이렇게 시끄럽게 구는 걸 주인이 아느냐?"

한옆에 앉아 있던 군구신은 그저 가볍게 미간을 찌푸렸을 뿐 아무 감정도 드러내지 않았다.

당정이 그 기회를 틈타 물었다.

"너를 어떻게 믿지?"

비연은 여기 있는 누구보다도 일을 크게 만들고 싶지 않았다. 그러나 이 약에는 사람의 목숨이 달려 있어 시끄럽게 굴 수 밖에 없었다.

그녀는 차가운 숨을 내쉬며 군구신의 흑패를 꺼냈다.

한우아, 스스로를 추천하다

비연이 흑패를 꺼내자 들끓던 경매장이 순식간에 조용해졌다.

경매장에 오는 이들이 가장 만나기 두려워하는 물건이 바로 비연의 손에 들려 있었다! 그리고 경매관이 가장 만나고 싶어 하는 물건이 지금 바로 비연의 손에 있었다!

이 순간에는 모두 같은 생각을 하고 있었다.

사람을 겉모습으로만 판단해서는 안 된다!

군구신의 입가가 살짝 위로 올라갔다. 웃는 듯 마는 듯, 조금은 어쩔 수 없다는 듯.

망중은 비연이 흑패를 들어 보이는 모습을 보며 대체 어찌해야 할지 몰라 하고 있었다. 다만 비연이 정왕 전하의 돈을 쓰는 것을 보니 확실히 특별한 존재이긴 한 것 같았다.

거의 대부분의 사람이 비연의 손에 들린 흑패를 보고 있었다. 그러나 한우아만은 예외였다. 그녀는 어찌 된 일인지 상황을 파악한 후 노인 근처까지 다가갔다. 그리고 이 순간에 그녀는 노인 앞 탁자 위에 있는 그 거대한 동은화를 열심히 살펴보고 있었다.

그녀는 신농곡 약학당을 떠난 후에 한가보에서 약사로 일하고 있었다. 결코 공부를 게을리 하지 않았고, 지금도 항상 약전이며 약경을 연구하곤 했다. 그녀는 자신의 약술에 상당히 자신이 있었다!

반복해 세 번을 살펴본 후에 그녀는 완벽하게 확신했다. 이 거대한 동은화에는 아무 문제가 없다.

그녀가 속으로 냉소했다.

비연이 눈에 뜨이고 싶어 미치기라도 한 걸까? 여기가 진양성인 줄 아는 건 아니겠지? 신농곡의 약사들을 천염국 어약방 수준으로 보는 걸까? 정말이지 가소로웠다!

한우아는 주변이 조용해진 것을 깨달았다. 그녀는 정왕 전하가 어디 있는지 여전히 찾지 못했지만 그가 경매장에 있다는 건 확신했다. 자신을 내세울 기회가 온 것이다.

정왕 전하와 서로 알고 지낸 지 3년이 되었지만 그녀는 아직 정왕 전하 앞에서 자신의 실력을 내보일 기회가 없었다. 그런데 오늘, 바로 이렇게 좋은 기회가 온 것이다. 비연의 코를 납작하게 하고 자신의 이름도 드높일 기회가! 그녀는 어떻게든 이 기회를 잡을 것이다!

한우아는 마침내 고개를 들어 경매대를 바라보며 몰래 미소 지었다.

경매대 위의 당정은 비연의 흑패를 살펴보고 문제가 없다는 걸 확인했다. 그녀는 비연을 다시 보는 동시에 마음속으로 경계하기 시작했다.

대체 어디의 권세 있는 이가 일부러 경매장을 시끄럽게 만드는 걸까? 아니면 그저 동쪽 경매장에 들이닥친 걸까?

저 계집은 계속 약을 다시 검증해야 한다며, 그녀에게 약사를 찾아오라고 핍박했다. 대체 어디에 함정을 파 둔 걸까?

비연은 시간을 낭비하지 않고 다시 재촉했다.

"조건 이야기는 끝난 셈이니 어서 약사를 데려와 검증하게 하라! 공정해야 하니, 너희 경매장의 약사는 아니 된다!"

이 말을 들은 당정은 의심이 더욱 커졌다. 그녀가 고민하기 시작했다.

어떻게 대응해야 하는 걸까? 이 일을 동쪽 경매장 장주에게 이야기해야 하는 걸까? 아니면 노집사를 놀라게 해야 하는 걸까? 어쨌든 흑패를 지닌 이라면 결코 보통 사람은 아니었다.

비연이 다시 재촉했다.

"빨리 하지 못하겠느냐? 어르신께서는 새로 약을 찾으러 가셔야 한단 말이다!"

바로 이때, 경매장 아래에서 달콤할 정도로 듣기 좋은 목소리가 들려왔다.

"당정 언니."

당정 언니라고? 이 목소리가 어찌 이리 익숙하다지?

비연이 목소리가 들려온 쪽으로 고개를 돌려 보니 한우아가 사람들을 헤치고 나오고 있었다. 우아하고 여유로운 발걸음에서 명문가의 여식다운 자태가 엿보였다.

당정도 고개를 돌렸다가 깜짝 놀랐다. 그사이 경매대 위로 올라온 한우아가 미소 지으며 가까이 다가와 말했다.

"당정 언니, 오랜만이에요. 이 계집은 내 좋은 친우의 시녀랍니다. 하인이 상황을 몰라 그런 것 같으니 너무 탓하지 말아 줘요. 분명 오해가 있었을 거예요. 내가 친우를 초청하여, 모두 다른 곳으로 자리를 옮긴 다음 자세한 이야기를 나누면 어떻겠어요? 다음 경매에 영향을 끼치지 않도록 말이에요."

비연은 처음에는 이상하게만 여겼지만 이 말을 듣자 반감이 치솟았다. 일단, 그녀는 정왕 전하의 시녀였지 한우아의 시녀가 아니었다. 그런데 한우아가 대체 무슨 권리로 그녀에게 상황을 모르느니 같은 말을 하는 거지?

둘째, 한우아는 진상을 얼마나 이해하고 있기에, 대체 무슨 근거로 오해라고 하는 걸까?

셋째, 일이 이 정도로 시끄러워졌는데 자리를 옮겨 사사로이 처리하자고? 그건 사람들로 하여금 비연이 마음에 켕기는 것이 있다고 생각하게 만드는 일 아닌가?

비연이 입을 열어 한마디 하려 했을 때, 당정이 퉁명스럽게 물었다.

"아가씨, 죄송하지만 어느 분이신지? 나는 당신이 누구인지 모르겠군요."

이건······.

경매대 위의 사람들은 물론이고 경매대 아래에서 떠들던 사람들도 순간적으로 조용해졌다.

한우아의 단정하고 격조 높던 미소는 일순간일 뿐이었다. 그녀의 얼굴이 발갛게 달아올랐다. 어지간히 무안한 모양이었다. 그녀는 서둘러 설명했다.

"당정 언니, 한우아예요. 5년 전, 약학당에서 몇 번 뵌 적 있있는데요. 언니가 약을 감별하는 걸 두 번이나 도와드린걸요. 언니는 정말…… 호호, 언니는 정말 귀하신 분이고, 공사다망하셔서!"

당정은 원래 한우아가 새로 나타난 골칫거리라 생각했으나 이 말을 듣자 눈가에 복잡한 빛이 스쳐 갔다. 그녀가 서둘러 물었다.

"한가보의……?"

한우아가 기뻐하며 말했다.

"네, 한가보의 셋째예요. 사람들이 한 삼소저라 부르지요."

돌파구를 찾은 당정은 마음속으로 계책을 세웠다. 그녀는 상당히 친절해졌다.

"한 삼소저셨군! 이거 실례했네."

당정은 사실 신농곡의 다른 약사를 불러와 경매장의 일에 개입하게 하고 싶지 않았다. 첫째는 이 일이 사기일 가능성이 높았고, 둘째는 신농곡 안 여러 곳의 경쟁이 매우 치열해 서로 관계가 좋지 않았기 때문이다. 덕분에 약사들을 청해 오는 일 자체가 상당히 어려웠고, 청해 온다 해도 그들의 비웃음을 살 수도 있었다.

이런 판국에 한우아가 경매대 위로 올라온 것은 바로 기회가 아닌가?

당정의 기억에 따르면 한우아는 약학당에서 우수한 학생이었고, 지금은 한가보의 가족 약사였다. 약을 감별하게 하기에 이 이상 적합할 수가 없었다.

당정의 친밀한 표정을 보고 한우아도 매우 만족스러웠다. 그녀가 서둘러 말했다.

"당정 언니, 제 체면을 세워 주시겠어요?"

당정이 어쩔 수 없다는 표정을 지었다.

"이…… 이 일은 꽤 큰일이야. 사적으로 처리하느니 차라리……. 네가 좀 도와주면 어떨까 싶은데. 이 동은화를 감별해 주겠어? 어쨌든 너는 경매장 사람이 아니고, 또 저 계집 주인의 친우라 하니…… 네가 검증한다면 저 계집도 믿을 수 있겠지."

당정은 그렇게 말하면서 일부러 비연을 쳐다보았다.

한우아도 비연을 바라보며 미소 지었다.

"당정 언니가 저를 믿어 주신다면 저에게는 영광이지요. 당정 언니, 안심하세요. 제가 반드시 저 계집이 언니에게 사과드리게 만들 테니까요."

이 순간, 비연은 두 눈을 가늘게 뜨고 한우아를 노려보고 있었다. 그녀는 속으로 중얼거렸다.

'한 소저, 자기 자신을 너무 대단하게 생각하는구나! 원래도 좋은 감정은 없었지만…… 이번엔 스스로 달려 나온 것이니, 내가 정왕 전하 앞에서 체면을 세워 주지 않는다고 원망하지 마!'

비연은 곧 예의 없이 말했다.

"한 삼소저의 뜻은, 이 동은화에 아무 문제 없다는 건가요?"

한우아는 안 그래도 비연이 자신에게 말을 걸어오기를 간절히 바라던 차였다. 그녀가 하고 싶은 말을 이 기회를 빌려 정왕 전하에게 들려주고 싶었던 것이다!

그녀가 대답했다.

"당연하지. 경매장의 신용은 의심할 필요가 없고, 방금 나도 경매대 아래에서 그 동은화를 살펴보았으니까. 마지막으로 권하는데, 시끄럽게 굴지 말고, 주인에게 귀찮은 일을 만들지 말도록 해. 네 주인은 그리도 바쁘신 분인데, 하인 된 본분으로 그분의 일을 줄여 주어야 하는 거 아닌가. 지금이라도 포기한다면 배상은 하지 않아도 되게 내가 힘써 주겠어."

비연이 그저 농담이라도 들은 듯 말했다.

"방금 당 소저께서 말씀하시길, 약재에 문제가 있으면 경매장이 열 배 배상한다고 하셨지요. 하지만 당신은 신농곡 사람이 아니지요. 최후에 이 약재에 확실히 문제가 있다고 판정되면 몇 배로 배상할 작정인가요?"

이 말을 듣자 한우아는 화가 났다.

"너, 시녀 주제에 그렇게 말하다니! 나는 도움을 주러 온 것이니, 네가 나에게 배상을 해야 옳다!"

비연이 냉소했다.

"약재에 문제가 없다고 그렇게 확신하시면서 왜 배상을 무서워하시는 건지……? 혹시…… 약재에 문제가 있다고 생각하시는 건 아니겠죠?"

당정은 뭔가 이상하다는 것을 깨달았지만 한우아는 이미 자극받을 대로 받은 상태라 바로 답했다.

"좋아! 약에 문제가 있다면 본 소저도 신농곡과 같이 열 배로 배상하겠다!"

비연의 눈가에 교활한 웃음기가 스쳐 갔다. 그녀는 더 이상 시간을 낭비하지 않고 단호하게 외쳤다.

"그럼 검증을 시작하시지요!"

내가 가르쳐 줄게

비연 곁에 있던 시위가 물러나고, 당정의 시위들도 뒤로 물러났다. 그리고 동은화가 다시 경매대 위로 옮겨져 중앙 높은 탁자 위에 놓였다. 시끌벅적하던 경매장이 점차 고요해졌다.

한우아의 눈이 경매대 아래를 훑었다. 마음에 둔 사람을 찾아내지는 못했지만 그녀는 흥분한 상태였다. 우아하게 탁자 쪽으로 다가가 당정에게 웃어 보이고는 약을 검증하기 시작했다.

첫 번째로 '눈으로 감별'했다. 조심스럽게 거대한 동은화를 집어 들어 한번 살펴보고는 크게 말했다.

"동은화는 생과 숙, 두 종류가 있어요. 이것은 햇볕에 널어 말린 숙화예요. 보통 동은화보다 배는 크니, 동은화 중의 명품인 거형 동은화입니다."

한우아가 말하면서 일부러 동은화를 높이 들어 올렸다.

"여러분, 모두 이 색을 보세요. 전체가 다 옅은 노란빛이고, 끝만 붉게 물들어 있지요. 그리고 꽃의 형태를 보세요. 입술 형태로 꽃 두 송이가 함께 있고, 꽃술이 모두 밖으로 나와 있으니 서로 짝을 이룹니다. 자웅이 서로 반려가 되는 것과 같은 것이죠. 세 번째로 봉오리가 잎의 형태로 되어 있는 것을 보세요. 외관으로 보건대 이 약재는 거형 동은화임이 틀림없습니다."

한우아가 여기까지 말했을 때 비연은 한옆에서 하품하고 있었다.

당정은 약사들이 약재를 검증하는 걸 자주 본 데다가, 한우아의 방식은 매우 평범한 것이었다. 당정 역시 별 흥미가 없었지만 인내심 있게 기다렸다.

경매대 아래 사람들은 대부분 남자였다. 그들의 시선은 한우아에게서 떠나지 않았다. 이렇게 상세하게 약을 검증하는 과정을 보기도 어려웠지만, 귀족 출신의 미인 약사가 직접 검증하는 것은 더욱 보기 힘든 일이었다. 모두 즐겁게 성원을 보내고 있었다.

외관 감정을 끝낸 한우아는 바로 계속하지 않고, 다시 비연을 바라보며 예의 바르게 물었다.

"내가 방금 말한 데에 틀린 부분이 있나? 있으면 가르쳐 주도록."

비연은 억지웃음조차 짓지 않고 고개만 끄덕였다.

"틀린 부분이 없습니다."

한우아는 만족스럽게 다음 감정을 시작했다.

첫 번째는 눈으로 감별했지만 두 번째는 '코로 감별'할 차례였다. 한우아가 먼저 냄새를 맡은 후 사람들에게 물었다.

"경매대 아래에 계신 분 중 시험해 보고 싶으신 분 계신가요?"

이 말에 경매대 아래 남자들이 앞다투어 손을 들고, 어떻게든 제가 뽑히려고 동동거렸다.

한우아가 경매대 아래를 훑어보았다. 그러나 마음에 둔 사람을 찾지 못하자 되는대로 남자 두 사람을 뽑아 경매대 위로 올라오게 했다.

그녀는 거형 동은화를 두 남자의 얼굴 근처로 가져가 냄새를 맡도록 한 후 물었다.

"어떤 냄새가 나나요?"

한 남자가 말했다.

"향기가 나는데…… 그저…… 매운 냄새가 나는 것 같습니다."

다른 남자도 고개를 끄덕였다.

"맞습니다. 매운 냄새가 납니다. 마치 생강같이……."

한우아가 매우 만족하며 미소 지었다. 두 남자는 하마터면 그대로 미혹될 뻔했다.

그녀는 다시 거형 동은화를 그들 코 아래에 대어 주고 가볍게 냄새를 맡도록 했다. 이때 두 사람은 옅고 맑은 향만을 느꼈을 뿐 매운 냄새는 느끼지 못했다.

"멀리서 맡으면 맵지만 가까이서 맡으면 옅은 향이 납니다. 바로 거형 동은화의 특징이지요. 보통 동은화에는 이런 매운 냄새가 없답니다."

한우아가 결론을 내린 후 비연을 바라보며 물었다.

"시녀, 네 생각은 어떻지?"

비연은 무표정하게 다시 고개를 끄덕였다.

"맞습니다."

한우아가 크게 기뻐하며 세 번째 검증을 시작했다. 바로 '손으로 만져 본다'였다.

그녀는 일부러 동은화를 구매한 노인을 경매대 위로 불러,

손을 잡고 직접 만져 보게 했다.

"어르신, 이 꽃잎을 쓸어 보세요. 꽃잎을 햇볕에 말렸는데도 여전히 부드럽고 탄력이 있지요. 부드러우면서도 질긴 느낌이에요. 이게 바로 거형 동은화랍니다. 보통 동은화와 비교할 때 가장 큰 차이점이지요. 보통 동은화라면 가볍게 쓸기만 해도 이미 부서졌을 거예요."

노인의 촉감도 확실히 그랬다. 그는 고개를 끄덕이며 더 이상 아무 말도 하지 않고 경매대 아래로 내려가려 했다. 그러나 한우아가 그를 막았다.

"감별이 곧 끝나니 잠시 여기에 계세요."

한우아가 여전히 비연을 보며 물었다.

"시녀, 이 꽃의 경도에 대해 무슨 다른 할 말이라도? 아니면 와서 만져 볼 생각인가?"

비연은 세 번째로 고개를 끄덕였다.

"맞아요, 모두 맞습니다."

그러자 경매대 아래의 목소리가 더욱 커졌다. 비연이 세 번째로 고개를 끄덕였으니, 할 말이 없는 것 아닌가?

한우아가 살짝 기뻐하며 바로 추궁했다.

"그렇다면 말해 보지. 이 꽃이 거형 동은화인가, 아닌가?"

비연은 여전히 가라앉은 표정으로 네 번째로 고개를 끄덕였다.

"맞습니다."

이에 모든 이들이 큰 소리로 떠들기 시작했다. 설령 약학 지식이 없다 해도 모두 알아볼 수 있었다. 한우아는 방금 동은화의 진위를 판별했을 뿐 아니라 겸사겸사 동은화의 품질까지 감정해 냈다.

비연이 네 번 모두 고개를 끄덕였다는 것은 이 거형 동은화가 정품임을 인정한 동시에 그 품질마저 인정한 셈이었다. 그렇다면 비연이 진 것 아닌가?

보통 약방문이라면 문제가 생기기 쉽지만 이렇게 한 종류의 약재라면, 가짜인 경우나 품질이 너무 떨어지는 경우를 제외하고 대체 어떤 큰 문제가 생길 수 있다는 건가?

"시녀, 네가 졌다!"

"말만 번지르르해서는, 방금 기세는 어디 갔지?"

"시녀, 여기 놀러 온 건가? 하하, 경매장에 와서 놀다니, 네 주인은 대체 누구지!"

경매대 아래가 한바탕 시끄러워졌다. 당정은 막 입을 열려다가 머뭇거리며 꾹 참았다.

그녀는 지금까지 계속 비연에게만 주의를 쏟았다. 정확히는, 비연의 좋아 보이지 않는 안색을 살피고 있었다.

그녀는 원래 이 계집이 질 거라 생각했다. 하지만 보고 또 보고 있자니 뭔가 이상하다는 생각이 들었다.

이 계집은 비록 안 좋은 표정을 짓고 계속 한우아의 감정을 인정하고 있지만 눈빛은 담담했다. 조금도 진 것처럼 보이지 않았다!

저 계집이 패배를 인정할까? 아니면 지더라도 다른 꾀를 내려 할까?

당정은 경매장에서 수년을 보냈고 그동안 수많은 사람들을 겪었다. 그녀는 자신이 잘못 보지 않았다고 확신했다. 이 일은 생각처럼 그렇게 간단한 일이 아니었다.

그녀는 계속 침묵하며 상황을 지켜보기로 했다. 그러나 한우아는 기쁨을 감추지 못하고 소리 내어 웃기 시작했다.

이 거형 동은화의 최종 경매 가격은 1만 2천 금이었다. 열 배로 배상한다면 12만이었다! 엄청난 거액이었다!

그녀는 비연이 그것을 어떻게 배상하는지 지켜볼 생각이었다. 정왕 전하에게서 받은 상금을 전부 다 쏟아붓더라도 아마 한참 부족할 것이다!

그때가 되면 정왕 전하를 불러내어 배상하게 해야지. 경매장의 미움을 사고, 체면도 손상시키는 셈이 되는 데다, 거액까지 물어내야 한다니 정왕 전하의 심정을 알 만하다.

한우아가 참지 못하고 경매장 아래를 바라보며 정왕을 찾았다. 그는 분명 이곳 어딘가에 있을 것이다. 그녀는 이 순간 정왕 전하의 표정을 보고 싶었다.

그러나 안타깝게도 사람은 보이지 않았다. 한우아는 그를 찾는 걸 그만두기로 했다.

손을 들어 사람들을 조용히 시킨 후 고개를 돌려 비연을 바라보았다. 그리고 여전히 미소 띤 얼굴로 물었다.

"거형 동은화인 것이 맞고, 손상된 부분도 없으며, 품질과 냄새도 모두 훌륭하다. 묻겠다. 네가 이야기한 큰 문제라는 건 대체 뭐냐?"

비연의 안색이 좋지 않았던 이유는 사실 그녀가 지고 있어서가 아니라 한우아의 행동이 너무 느렸기 때문이었다.

그녀는 한우아에게 바로 대답하지 않고, 허리를 쭉 펴고 작은 얼굴을 문질렀다. 마치 졸고 있다가 정신을 차리려는 듯한 행동이었다.

비연이 말했다.

"한 삼소저, 방금의 방법은 가장 기초적인 검증법이지요. 내 기억이 틀리지 않았다면, 직접 먹어 보는 시험법이 하나 더 남아 있습니다만. 계속하시겠어요?"

한우아는 비연이 억지를 부린다 생각하고, 여전히 웃으며 말했다.

"시녀, 네가 이 꽃이 진품이라는 것과 품질이 양호하다는 걸 인정했는데 내가 무엇 때문에 그래야 할까? 문제가 무엇인지 말할 수 없는 건 아니겠지?"

비연의 입가에 마침내 냉소가 걸렸다.

"한 삼소저, 당신이 지금까지 했던 세 가지 방법에서는 중요한 것을 놓쳤어요. 계속하겠다면 무엇이 문제인지 가르쳐 드리지요!"

한우아의 안색이 크게 변했다.

"너!"

비연은 여전히 담담했다.

"나는 방금 당신의 감정이 모두 맞다고 인정했지, 당신의 감

정이 완벽하다고 인정하지는 않았어요. 네 번째 단계를 밟지
않겠다고 해도 상관없어요. 내가 네 번째 단계부터 시작하면
되니까……."

내가 믿으면 된 거겠지

비연의 말에, 경매대 아래 있던 사람들이 조소했다.

한우아는 자신의 감정에 절대적으로 자신이 있었다. 이렇게 좋은 거형 동은화가 눈앞에 있는데, 비연이 자신의 완벽한 검증에서 흠을 찾아낼 수 있을 거라고는 믿지 않았다. 그녀가 큰 소리로 외쳤다.

"내가 빠트린 것이 있다면, 네가 마음껏 지적해 보려무나!"

한우아가 일부러 탁자를 밀어서 비연에게 자리를 만들어 주었다. 그러나 비연은 도망칠 생각이 없어 보였다. 그녀는 그대로 서서 팔짱을 낀 채 느긋한 표정을 짓고 있었다.

그런 비연을 보자, 자신이 명백하게 승리하고 있음에도 불구하고 한우아는 이유 없이 불안해졌다. 그러나 그런 불안감을 재빨리 버리고 재촉했다.

"시녀, 해 보도록."

비연이 천천히 다가가 온화한 어조로 노인에게 말했다.

"어르신, 네 번째는 어르신께서 해 주셔야겠습니다. 이 꽃술의 맛을 보시겠어요?"

이 말에, 한우아 입가에 경멸을 품은 미소가 떠올랐다. 그녀는 비연이 무슨 비기라도 숨기고 있는 건 아닌지 걱정하고 있었다. 그러나 비연도 결국은 보통 방법대로 할 뿐이었다.

한우아는 직접 거형 동은화를 들어 가볍게 마른 꽃잎을 헤치고, 역시 말라 있는 꽃술을 드러내어 다시 노인의 손에 쥐여 주었다.

노인이 황공한 듯 조심스럽게 혀를 내밀어 핥았다.

그가 맛본 후에, 비연이 말하기도 전에 한우아가 먼저 말했다.

"어르신, 말씀해 주세요. 무슨 맛이 나나요? 단맛에 약간의 매운맛이 섞여 있지 않나요?"

노인이 재빨리 고개를 저으며 말했다.

"조금……, 조금 쓴데, 맛이라기에는…… 아무 맛도 나지 않는 것 같습니다."

이 말을 들은 한우아가 경악했다.

"맛이 없다고요? 다시 맛을 보세요!"

비연은 아무 말도 하지 않았다. 그사이 노인이 한우아의 말대로 다시 맛을 보았다. 그러나 이번에도 그는 아무 맛도 느끼지 못했다.

"불가능해!"

한우아가 서둘러서 직접 다른 꽃술을 맛보았다. 그리고 멍하니 굳어 버렸다.

정말로 아무 맛도 나지 않았다! 어떻게 이럴 수 있지?

동은화 꽃술에서는, 처음에는 단맛이 나다가 끝에 매운맛이 나기 마련이었다. 게다가 거형 동은화는 보통 동은화의 맛보다 더 강해야 정상이었다! 아무리 햇볕에 말렸다 해도 맛이 이렇게 사라져 버릴 수는 없었다!

설마, 그녀의 감별이 틀렸단 말인가? 이 꽃이 정말 가짜란 말인가?

한우아는 도저히 믿을 수 없었다.

비연이 진지하게 물었다.

"한 삼소저, 이 꽃술에서는 아무 맛도 나지 않습니다. 인정하시는지요?"

사실이 눈앞에 있으니 한우아도 고개를 끄덕일 수밖에 없었다.

비연이 다시 말했다.

"어르신, 세 번째 단계를 다시 해 보지요. 손으로 꽃잎을 잡고 힘을 줘 보십시오."

노인은 그대로 따라 했다.

노인이 손에 힘을 주자 꽃잎이 문드러지더니 즙이 흘러나왔다. 그 모습을 보고 한우아는 물론이고 경매대 아래의 모든 이들이 경악했다.

동은화처럼 햇볕에 말린 약재는 탄력이 남아 있긴 해도, 저렇게 잡는다 해서 즙이 나올 수는 없었다.

말린 꽃에 아직 수분이 남아 있다? 대체 어찌 된 일일까?

비연이 다시 한우아에게 물었다.

"한 삼소저, 이 즙이 보이십니까?"

한우아가 고개를 저었다. 믿을 수 없었다!

그녀는 직접 동은화 꽃잎을 만져 보았다. 곧 노란 즙액이 흘러나왔다.

비연이 이어 말했다.

"두 번째 단계, 냄새를 맡는다. 어르신, 이 즙의 냄새를 맡아 보시지요."

본래 황공해하고 있던 노인은 즙액의 냄새를 맡더니 즉시 분노했다.

"이 약은 가짜다! 가짜야! 이 즙액에서는 동은화의 향이 나긴 하지만 매운맛이 없어!"

신선한 거형 동은화라면, 멀리서 맡으면 매운 냄새가 나지만 가까이서 맡으면 옅은 향만이 났다. 그리고 즙액에도 매운맛이 살짝 섞여 있었다. 그러나 보통의 동은화는 맑은 향만이 날 뿐 매운맛은 나지 않았다.

이것은 많은 이들이 알고 있는 상식이었다. 노인도 거형 동은화를 찾아온 사람이니 당연히 이 정도는 알고 있었다!

마침내, 계속 담담하던 경매관 당정이 경악한 표정을 지었다. 경매대 아래 시끌시끌하던 목소리도 전부 멈췄다. 사람들은 서로를 바라보았다. 놀라지 않는 자가 없었다.

신농곡의 경매장에 가짜 약재가 나타났다! 사상 초유의 일이었다. 오늘 이 일은…… 너무도 큰일이라 하지 않을 수 없었다!

경매장 전체가 조용해지자 비연이 계속해서 한우아에게 물었다.

"한 삼소저, 노인장께서 하신 말씀을 인정합니까?"

한우아는 어떻게 대답해야 할지 알 수 없었다.

비연은 그녀의 답을 기다리지 않고 경매대 중앙으로 다가가,

한우아 손안에서 거형 동은화를 받아 들었다. 그리고 꽃 아래의 마른 잎을 쓰다듬어 평평하게 펴면서 말했다.

"동은화건 거형 동은화건, 잎에는 모두 가느다란 솜털이 있지요. 햇볕에 말리면 솜털이 떨어지긴 하지만 전부 떨어지지는 않는다는 사실을 한 삼소저, 알고 계신가요?"

한우아가 천천히 고개를 들어 비연을 바라보았다.

비연이 거형 동은화를 건네주며 다시 말했다.

"한 삼소저, 첫 번째, 눈으로 감별한다. 와서 보시지요. 이 잎에 솜털이 보이는지 보이지 않는지."

한우아가 열심히 보았지만 잎에는 솜털이 전혀 없었다.

마침내 참지 못하고 그녀가 중얼거렸다.

"어째서 이렇게 된 거지? 설마…… 설마 이 약이 정말 가짜란 말인가?"

계속 얼굴을 가라앉히고 있던 비연이 마침내 달콤하고도 교활하게 웃으며 물었다.

"한 삼소저, 내가 방금 말했듯이 이 약재는 진짜입니다. 나는 당신의 감정을 믿어요. 그런데 왜…… 당신 감정을 당신이 믿지 못하는 건가요?"

본래 멍한 상태였던 한우아는 비연의 말을 들으니 더욱 무엇이 무엇인지 알 수 없게 되었다. 그녀는 수치가 분노로 변해 소리쳤다.

"이게 대체 어찌 된 일이냐! 어서 말해라!"

비연의 입매가 점점 더 위로 올라갔다. 그녀가 계속 물었다.

"한 삼소저의 뜻은, 나를 믿으시겠다는 건가요?"

한우아는 이제 수치스러울 뿐 아니라 후회하고 있었다! 그녀는 본래 비연을 한 번 차 주고 정왕 전하 앞에서 실력을 드러내려 했을 뿐이었다.

그런데 지금은 오히려 그녀가 웃음거리가 되었을 뿐 아니라 비연의 약술만 드러나게 해 주었다. 너무나도 억울하고 답답했다! 이럴 수는 없었다!

그녀는 원한을 숨기는 것조차 잊고 비연을 노려보았다. 그녀는 침묵하며 대답하지 않았다. 그러나 비연이 끝까지 추궁했다.

"한 삼소저, 나를 믿으시겠어요?"

한우아는 여전히 대답하지 않았다. 그러자 비연의 눈매에 비친 교활한 빛이 더욱 강해졌다. 그녀가 목소리를 깔고 물었다.

"왜, 승복을 못 하겠어요?"

한우아가 다급한 나머지 소리쳤다.

"믿어, 믿는다고! 내가 믿으면 된 거지!"

이 말에 주위 사람들이 모두 깜짝 놀랐다.

평소 단정하고 대범하며, 동시에 온유한 한 삼소저가 이렇게 사나워질 때가 있다니 뜻밖이었다. 아아, 수치가 분노로 변한 걸까?

한우아는 자신이 올가미에 걸려들었다는 걸 뒤늦게 깨닫고 다급하게 경매대 아래를 바라보았다. 그녀는 정왕 전하가 경매대 아래에 있지 않기를 바라고 있었다.

그녀는 이미 몇 번이나 그를 찾았지만 찾지 못했다. 어쩌면 그는 정말로 여기 없었을지도 모른다!

그러나 안타깝게도, 이번에는 찾고 말았다. 정왕 전하가 경매장 왼쪽 귀빈석에 앉아서 경매대 위를 바라보고 있는 걸 발견하고 나니, 한우아는 이제 그가 자신을 보고 있는지 아닌지도 판단할 수가 없었다.

그녀는 다급하게 고개를 돌렸다. 더 이상 그를 볼 수가 없었다. 한우아는 그의 눈에서 실망을 발견하게 될까 봐, 아니, 그보다는 혐오를 발견하게 될까 봐 두려웠다.

한우아가 다시 비연을 바라보았다. 눈에는 적의가 반짝이고 있었다. 그러나 어찌 짐작이나 할 수 있었을까. 비연은 그녀의 적의 따위에는 신경 쓰지 않았다.

그녀가 소리 내어 웃으며 말했다.

"한 삼소저, 이 약재에 문제가 있다는 걸 인정하셨으니 경매가 열 배로 이 어르신께 배상해 주시길 바라요. 열 배라면, 12만 금이네요."

한우아는 그제야 이 조건을 떠올렸다. 적의를 품을 때가 아니었다. 머릿속이 하얗게 변하고 있었다.

12만 금? 12만은 고사하고 2만도 낼 능력이 없었다!

한가보가 부유하기는 했지만 의모가 매달 그녀들에게 주는 돈에는 한계가 있었다.

게다가 그녀는 따로 남겨 둔 돈도 얼마 없었다! 의모가 이 일을 알게 된다면 분명 그녀에게 엄벌을 내릴 것이다.

어떻게 하지?

한우아는 그 12만 금에 놀라 말까지 더듬었다.

"이 일은……, 이 일은 아직 결론이 난 건 아니야! 네가……, 그래, 경매장이 인정해야 해! 이 약이 대체 어떻게 된 건지, 네가 제대로 말해야 한다고!"

진상, 배상이 싸지 않다

비연도 당연히 한우아의 인정이 아무 소용 없다는 것을 알고 있었다.

그녀가 경매관 당정을 바라보며 진지하게 물었다.

"당 소저, 당신이 찾은 약사가 내 판단을 믿는다 하는데, 당신은?"

당정은 경악하고 있다가 겨우 정신을 차렸다. 그녀는 계속 비연에게 문제가 있다고 생각했지 정말로 약재에 문제가 있을 거라고는 생각하지 못했다.

비록 그녀는 진정으로 약학을 안다고 할 수는 없었지만, 방금 한 감별 과정을 보면 아주 명백했다. 이 약에 문제가 있는 게 틀림없었다.

당정이 비연에게 직접 답하지 않고 진지하게 말했다.

"잠시 기다리시지요."

그녀는 바로 시종을 불렀다.

"가서 장주님과 노집사님께 급히 알려라. 그리고 이 약을 거쳐 간 이들을 모두 조사해 오도록. 약을 구매해 온 자, 감별한 자, 가격을 정한 자 모두, 한 사람도 빼놓지 않고!"

말을 끝낸 그녀가 성큼성큼 걸어 경매대 앞으로 나갔다. 그리고 무거운 표정으로 소리쳤다.

"어르신, 여러분, 잠시만 조용히 해 주십시오! 이 일은 우리 경매장에서 반드시 진상을 밝혀내어 여러분께서 만족하실 만한 설명을 해 드릴 것입니다! 배상해야 할 부분도 모자라지 않게 하겠습니다! 그리고 여기서 저 당정이 경매장과 신농곡을 대표해서 여러분께 사과드립니다! 이런 일이 발생한 것은 우리 경매장의 실수입니다."

그녀는 진지하게 노인과 경매대 아래의 사람들에게 허리를 굽히며 읍했다.

당정의 이런 태도를 보고 원래 시끄럽던 사람들도 모두 조용해졌고, 결과를 기다리겠다고 표시했다.

비연은 당정이 이익을 위해 끝까지 버티리라 생각했다. 다른 약사를 데려와 재감정을 시킨다거나 하는 식으로 말이다. 당정이 이렇게 명쾌하고 과감하게 해결할 줄은, 더더군다나 그녀가 먼저 사과할 줄은 상상도 하지 못하던 참이었다.

이 일은 경매장의 신용과 관계있을 뿐 아니라 신농곡 명예에도 누를 끼치는 일이었다. 이렇게 큰일이면 장주 대인이라 해도 당황했을 것이며, 이렇게 쉽게 인정하지 못했을 것이다! 이 당 소저는 그야말로 기백이 있는 인물이었다!

비연이 그녀를 다시 판단하면서 속으로 감탄했다.

'꼿꼿한 자세에, 필요할 때는 허리를 구부리고, 과감하고 명쾌하니, 남자에게 절대로 지지 않는구나.'

그런 당정의 태도를 보는 한우아는 심장 전체가 얼어붙는 기분이었다. 그녀는 감히 경매대 아래를 쳐다볼 수도, 그렇다고 경매대 위의 사람들을 볼 수도 없었다.

그 자리에서 떠나고 싶었지만 그럴 수도 없었다. 그것은 빚을 떼어먹고 도망치는 것이니까! 그럼 그녀의 명예는 정말로 무너져 버릴 것이다.

한우아는 그 자리에 서서 고개를 숙이고 있었다. 모두 자신만 쳐다보는 것 같았다. 정왕 전하도 나를 바라보고 있겠지? 그녀는 그 자리에서 땅을 파고 들어가 숨지 못하는 것이 안타까웠다.

그러나 한우아의 생각은 자신만의 착각이었다. 그녀를 보고 있는 사람은 사실 별로 없었다. 이 순간 사람들의 이목은 모두 비연에게 쏠려 있었다. 모두 이 시녀를 다시 보고 있었다.

저 시녀는 대체 어떤 사람일까? 약술은 어디서 배운 거지?

노인이 약을 받자마자 바로 문제가 있다고 판단하지 않았나! 그때 그녀는 저 약재를 건드리지도 않은 것 아니었나? 약술이 대체 얼마나 높은 거지?

주인은 누구고? 저런 약술 고수를 시녀로 부리다니! 흑패를 쥐여 주고 경매장에서 돈을 마음껏 쓰게 하고, 게다가 시위를 붙여 보호까지 하고? 너무 이상하지 않은가?

사람들이 낮은 목소리로 서로 이야기를 주고받았다.

방금까지 얼굴을 드러내지 않은 군구신은 지금은 더욱 얼굴을 드러내기 난처했다. 그래서 사람들 사이에 앉아 비연의 작은 몸을 보고 있었다. 이런저런 주변의 추측을 들은 그의 입매가 계속 보기 좋은 곡선을 그리고 있었다. 의심할 바 없이 그는 기분이 아주 좋았다.

그리고 이 순간, 다른 쪽 귀빈석에 앉아 있던 보랏빛 옷 남자도 비연을 바라보고 있었다. 입가에 미소가 떠올라 있을 뿐 아니라, 웃느라 가늘고 긴 눈매가 더욱 가늘어져 있었다. 그가 중얼거렸다.

"약녀, 신농곡에는 무슨 일로 온 거지? 네 주인은 어디 있고?"

군구신이 외롭고 차가운 늑대라면 이 보랏빛 옷의 남자는 사악한 매력이 넘치는 신비한 여우였다.

똑같이 사람들 틈에 앉아 있었지만 군구신과 그는 영원히 사람들 속에 파묻힐 수 없는 이들이었다. 군구신은 냉랭함으로 주변 사람들을 모두 멀리 밀어내고 자신만의 차가운 세계를 만들었다. 보랏빛 옷의 남자는 나른하니 제멋대로 굴면서 사람들을 매혹시키고, 동시에 사람들에게 어떤 희망이나 상상의 여지도 주지 않았다.

얼마 지나지 않아 경매장 장주가 도착했다. 그는 장주일 뿐 아니라 신농곡의 약사기도 했다. 나이는 쉰을 넘겼지만 걷는 모습을 보면 특별히 단정하고 힘이 있어 보였다.

재빨리 경매대 위로 올라온 그는 몇 마디를 건넨 후 모든 것을 책임지겠다고 했다. 그는 거형 동은화를 집어 들더니 진지한 표정으로 살펴보았다. 곧, 그가 결론을 내렸다.

"이 거형 동은화는 가짜가 아니지만 이미 물에 달였던 것이라 약효가 크게 떨어진 상태다. 보통 동은화와 차이가 없어! 이 약재를 달인 물은 금지되어 있는데, 누가 감히 쓴단 말인가. 지금부터 우리 경매장이 끝까지 추적할 것이다!"

모두 이 약에 문제가 있다는 걸 알긴 했지만 결론을 듣자 잇 달아 차가운 숨을 내쉬었다. 이미 한 번 달였던 약재를 저렇게 완벽하게 위장할 수 있을 줄이야. 장주가 이야기한 금지된 물이 라는 것은 설마 사람들이 알아서는 안 될 물건이라는 뜻일까?

한우아는 이해할 수 없었다. 그녀는 이런 일을 들은 적이 없었다! 게다가 금지된 물에 대해서도 처음 들었다. 그녀가 참지 못하고 비연을 바라보았다.

그러나 비연의 표정은 평온했다. 아무래도 비연은 그 금지된 물이 무엇인지 아는 것 같았다. 인정하고 싶지 않았지만, 한우 아는 부득불 자신이 비연을 너무 낮게 보고 무시했다는 것을 인 정해야만 했다.

이때, 가장 흥분한 사람은 노인이었다. 보통의 동은화 반 근 은 금화 열 닢 정도였다. 그러나 이 거형 동은화는 하나에 경매 가가 1만 2천 금이었다. 그런데 두 약재의 약효가 같다? 이것이 바로 사람에게 위해를 가하는 짓이 아니면 무엇이겠는가?

노인이 다급하게 소리쳤다.

"너희, 너희…… 내 돈을 내놔! 어서 돌려줘!"

비연이 그 모습을 보고 달려가 부축하려 했으나 당정에게 선 수를 빼앗겼다. 당정이 달래자 노인이 평온함을 되찾았다.

장주가 다시 이야기를 늘어놓았는데, 뜻은 방금 당정이 했던 말과 큰 차이가 없었다. 이 약재는 구매부터 창고에 들어갈 때 까지, 그리고 다시 창고에서 나와 경매에 부쳐질 때까지 수많 은 이들의 손을 거쳤다. 일시에 모두를 조사할 수는 없었다.

장주는 금지된 물에 대해서는 길게 이야기하고 싶지 않은 듯했고, 또한 체면 때문에도 말을 너무 많이 하고 싶지 않은 것 같기도 했다. 그는 노인에게 1만 2천 금을 돌려주고, 동시에 규정에 따라 열 배를 보상해 주라고 명령했다. 그리고 사흘 내로 완벽한 거형 동은화를 찾아, 무상으로 노인에게 주겠다고 약속했다.

배상 금액이 적지 않고 성의도 보이니, 이런 결과에 대해서는 모두 매우 만족하고 탄복했다.

노인이 감격하여 눈물을 흘렸다. 그가 가장 감사하는 사람은 당연히 비연이었다. 그는 비연에게 다가와 배상받은 금표를 전부 그녀 손에 쥐여 주려 했다.

"아가, 네가 이 늙은이의 일가를 구해 주었다! 늙은이는 줄 것이 없으니, 이 배상금을 전부 너에게 주마. 전부 가져가거라!"

비연이 서둘러 돌려주었다.

"어르신, 이건 당연히 어르신 거예요! 처음에는 약의 문제를 발견하지 못했다 해도 가져가셔서 사용하다 보면 조만간 문제를 발견하셨을 거예요. 경매장은 당연히 어르신께 배상했을 거고요."

노인이 감동하여 울먹였다.

"아가, 내 딸은 지금 겨우 숨만 붙어 있는 상태란다. 오가는 데 석 달이나 걸리는데, 이 약을 가져가서 썼다면 내 딸은 아마……아마 죽었을 거다!"

이 말을 듣자 비연의 마음이 아려 왔다. 신농곡, 이 권위 있는 곳에서도 약재에 이런 문제가 발생할 정도라면 다른 곳은 말해 무엇 하겠는가? 약당이나 약재 시장에서는 가짜 약이나 품질이 떨어지는 것들이 드물지 않을 것이다. 얼마간은 탈이 없다 해도, 경우에 따라서는 죽음에 이르기도 할 것이다!

노인이 다시 금표를 주려 하자 비연이 겨우 정신을 차렸다. 그녀는 금표를 돌려주고 웃으며 말했다.

"어르신, 이렇게 해요. 이 배상금은 잘 가져가시고요, 다른 배상금은 제가 가질게요. 저도 더 이상 예의를 차리지 않겠어요!"

다른 배상금이라고?

그제야 사람들은 한옆에 있는 한우아를 기억해 냈다. 그녀는 이제 이 재난에서 피할 도리가 없어져 버렸다…….

빚을 갚지 않을 꿈은 꾸지도 마

한가보의 재력은 누구나 인정하는 터였다. 그 한가보의 가주, 소 부인이 가장 총애하는 의녀가 한 삼소저라는 것도 모두 알고 있었다. 그러나 배상금이 너무 많았다! 한 삼소저가 그것을 낼 수 있을지 없을지 누구도 알 수 없었다.

모두 한우아를 주시하며 그녀의 대답을 기다렸다. 그러자 고요했던 분위기가 다소 어색하게 변했다.

노인은 비연의 제안에 수긍한 듯했다. 이제는 비연의 손에 금표를 쥐여 주려 하지 않고 그저 기쁜 표정으로 한옆에 서 있었다.

비연도 기뻤다! 그녀는 미소 띤 얼굴로 한우아를 바라보며 급하게 굴지도, 재촉하지도 않았다. 하지만 이 빚만은 반드시 받아 낼 것이다!

다른 사람이 그녀를 괴롭히지 않는다면 그녀 역시 타인을 괴롭히지 않는다. 그러나 타인이 괴롭히면 그녀는 끝까지 보상을 받아 냈다!

그녀는 자신이 한우아를 건드렸다고는 전혀 생각하지 않았다. 그런데 한우아는 왜 그녀를 건드린 걸까?

한우아는 말끝마다 자신이 정왕 전하의 친우라고 하면서, 그녀를 돕고 달래는 척했다. 그러나 이 경매대 위로 올라와서 그녀가 했던 말은 모두 가시를 품고 비연을 조롱하거나, 가르치려 드는 말이었다.

재미있었던 걸까?

정왕 전하가 현장에 있는지 없는지는 그녀에게 아무 문제도 안 되었던 걸까?

시위들이 모두 여기에 와 있는데 정왕 전하가 오지 않을 수 있을까?

그녀의 주인인 정왕 전하도 경매대 위로 올라와 그녀를 제지하거나 화를 내지 않았는데, 한우아가 대체 무엇 때문에 그런 시끄러운 상황을 만든 걸까?

게다가 한마디 할 때마다 그녀를 시녀라고 불렀다. 자신이 주인의 친우니, 그녀도 주인이라고 생각한 걸까?

이때, 한우아는 수치스럽고 원망스러웠다. 그렇지만 여전히 미소를 지은 채 낭패한 모습을 보이지 않으려 했다. 특히 비연에게만은 자신이 당황한 것을 보이고 싶지 않았다!

그녀가 소리 내어 웃으며 일단 경매대에서 내려왔다. 그리고 탄식하며 말했다.

"나도 그런 검증법이 있다는 건 알고 있지만…… 경매장이 틀렸을 리 없다 생각해서 보통 방식으로만 검증했는데……. 아, 결과가 이렇다니…… 정말 유감스럽고……."

이 말을 들은 장주가 얼굴을 찌푸렸다.

흘깃 그녀를 살펴보는 당정의 눈에도 희미하게나마 혐오감이 비치고 있었다. 한우아에게 약을 검증해 달라고는 했지만,

시작은 그녀 스스로 올라와 끼어든 게 아니었던가.

당정은 장주에게 얘기해, 한우아가 내야 할 배상금의 절반 정도를 보전해 주자고 할 참이었다. 그런데 지금 한우아의 행동을 보고는 그럴 마음이 아예 사라졌다.

비연은 아무 말도 하지 않았다. 그저 한우아가 어떻게 분위기를 수습하는지 지켜보고 있었다.

과연 한우아였다. 그녀는 소탈한 태도로 웃으며 말했다.

"도박에 졌으면 승복해야지. 시녀, 줘야 할 돈은 한 푼도 빼놓지 않고 주마. 다만, 이번에 친우와 함께 급히 오느라 그렇게 많은 돈은 가져오지 않았다. 이렇게 하자. 내가 집에 돌아가는 즉시 사람을 시켜 저택으로 보내 주마. 네가 다급하다면, 그래, 네 주인에게 말해 놓으마. 네 주인에게 먼저 받고, 나중에 내가 그에게 갚으면 되겠지. 나와 네 주인의 관계는 너도 알고 있겠지? 너에게 부당하게 하지는 않을 거다."

이 말을 듣자 모두 답답해하기 시작했다. 이 계집의 주인이 대체 누구란 말인가. 또 그 주인과 한 삼소저와는 무슨 관계고. 한 삼소저가 방금 무대에 올라갈 때 계속 자신이 이 계집의 주인과 친우라 하지 않았나? 지금 보니 아주 좋은 관계인가 보군.

비연이 참지 못하고 무대 아래를 훑어보았으나 안타깝게도 정왕 전하를 찾지 못했다.

그녀는 정왕 전하가 이 자리에 있다는 걸 알고 있었다. 하지만 정왕 전하와 한우아가 대체 어느 정도의 친우인지는 알지 못했다.

그녀가 마음속으로 중얼거렸다.

'전하, 열까지 세겠습니다. 그때까지 아무 말씀도 하지 않으신다면…… 제가 친우 분의 체면을 세워 드리지 않는다 해도 탓하실 수 없습니다. 하나, 둘, 셋…….'

비연은 재빨리 속으로 열까지 세었다. 눈빛에 슬며시 미소가 스쳐 가는가 싶더니 그녀가 큰 소리로 대답했다.

"한 삼소저, 정말 죄송합니다! 그저 일개 시녀인 저로서는 감히 제 주인과 소저께서 어떤 관계인지 알 수가 없습니다! 12만 금이라는 적지 않은 돈을 감히 주인께 대신 갚아 달라고 말씀드릴 수도 없고요."

이 말이 끝나자 무대 아래에서는 다시 웅성거리기 시작했다. 주인의 흑패를 지닌 시녀가 정말 일개 시녀일까? 그녀가 저렇게 말하는 걸 보면 아마 한 삼소저는 그녀의 주인과 별다른 관계가 아닐 거다. 한 삼소저가 어쩌면 저럴 수 있나? 분명 빚을 떼어먹으려고 하는 거다!

한우아의 얼굴이 새빨갛게 달아올랐다. 이 순간 정왕 전하를 정말로 보고 싶지 않았지만, 한편으론 그가 무대 위로 올라와 자신을 구해 주기를 간절히 바라고 있었다.

그녀는 참지 못하고 다시 무대 아래를 내려다보았다. 그러나 귀빈석에는 아무도 없었다. 정왕 전하가 어디로 가신 걸까?

이때 당정이 입을 열었다.

"아, 이 일은 모두 제 탓입니다. 12만 금이 적은 액수도 아니고……."

이 말을 들은 한우아가 재빨리 고개를 돌렸다. 당정이 자신을 도와줄 거라는 생각에 무척 기뻤다.

당정이 계속 말했다.

"저는 한 삼소저가 당연히 배상할 수 있으리라 생각하고 먼저 묻지 않았습니다. 음, 이렇게 하면 어떨까요? 제가 공증인이 될 테니, 한 삼소저가 차용증서를 쓰면? 비연 아가씨 생각은 어떠하신지요?"

한우아가 눈을 휘둥그렇게 떴다.

비연은 하마터면 웃음을 터뜨릴 뻔했다.

"당 소저께서 공증인이 되어 주신다면야 당연히 믿을 수 있지요! 하지만 한 삼소저께서 그리하실지 모르겠군요."

한우아가 정말로 그 돈을 줄 생각이었다면 벌써 스스로 차용증서를 썼을 것이다. 그렇게 이런 말 저런 말 늘어놓을 필요 없이!

그러나 지금 돌아가는 상황으로는, 그녀는 주고 싶지 않아도 주어야 했다. 그녀가 다시 한번 책임을 회피한다면, 분명 빚을 떼어먹으려 한다는 오명을 쓰게 될 것이다!

그녀가 억지로 환하게 웃으며 변명하듯 말했다.

"당 소저께서 공증인이 되어 주신다니 더 좋을 수 없네요. 저, 저도 이 시녀가 제 차용증서를 믿어 주지 않을까 봐 좀 그랬는데. 그, 그렇지 않았으면 이미 썼을 거예요. 그렇게 긴 말을 늘어놓지 않고……."

비연이 다시 말했다.

"언제쯤 주실 건가요?"

이 말을 듣자 한우아의 얼굴에서 마침내 웃음기가 사라지고 말았다. 그녀는 즉시 비연에게 경고하는 듯한 시선을 던졌다. 그 우아한 얼굴이 이제 완전히 일그러져 있었다.

그러나 비연은 그녀를 동정하지도, 꺼리지도 않았다. 오늘 진 것이 비연이었다면 한우아도 결코 그녀에게 관대하게 대하지 않았을 거다.

그녀가 다시 물었다.

"한 삼소저, 반년이면 충분하시겠어요? 반년 이상 집에 돌아가지 않을 생각은 아니시겠지요?"

한우아는 더 이상 시간을 끌 핑계가 없어, 이를 악문 채 승낙하고 말았다. 당정은 즉시 사람에게 지필묵을 가져오게 해, 모든 이들이 보는 앞에서 차용증서를 쓰게 했다. 그리고 내용을 검토한 후 비연에게 건네주었다.

한우아가 거의 도망치듯 그 자리를 떠났다. 반년, 자신이 그때까지 돈을 만들 수 있을지 확신할 수 없었다. 그러나 반년 안에 반드시 오늘의 원한을 갚을 것이다! 반드시 비연이 후회하게 만들어 줄 것이다!

아무튼 사정이 이리되니 원만하게 해결을 본 셈이었다. 비연이 떠나려 하자 장주가 예의 바르게 말했다.

"연 아가씨, 노부가 한 가지 이해할 수 없는 일이 있으니 가르쳐 주시기 바랍니다. 아가씨와 아가씨 주인께서 제 체면을 살려 주실지 모르겠군요. 뒤로 가서서 차라도 한 잔 드시며 이야기하시는 것이 어떻겠습니까."

비연은 당연히 장주가 그녀에게 금지품에 대한 일을 묻고 싶어 한다는 걸 눈치챘다.

그녀가 시위들에게 정왕 전하께서 어디 계신지 물어보려 할 때 망중이 달려왔다.

"주인께서는 뒤에서 노집사와 차를 드시고 계신데, 너……도가 보는 것이 좋겠습니다."

장주가 이 말을 듣고는 매우 기뻐했다.

"원래 다들 잘 아시는 사이였군요. 연 아가씨, 가시지요."

비연은 노집사가 왔을 리 없다고 생각하다가, 이미 와 있다는 말을 듣고 웃으며 말했다.

"가요!"

정자 안. 군구신이 노집사와 진지한 이야기를 주고받다가 그들이 오는 것을 보고 입을 다물었다.

"전하."

기분이 아주 좋아진 비연의 목소리도 꽤 달콤해진 상태였다. 그러나 고개를 돌린 군구신의 미간은 찌푸려져 있었다. 분명 기분이 좋지 않아 보였다.

비연의 웃음기가 그대로 굳어 버리고 말았다. 대체 어찌 된 일일까?

갑자기 불어온 열정

군구신의 차가운 안색을 보고 비연의 좋던 기분이 바로 얼어 버리고 말았다.

고개를 숙이고 재빨리 다가가, 순순히 몸을 굽히고 목소리마저 온순하게 말했다.

"전하."

군구신이 대답하기도 전에 노집사가 껄껄 웃으며 비연에게 손을 흔들었다.

"얘야, 이리 오너라. 앉거라."

비연의 눈에 무의식적으로 경계의 빛이 스쳤다. 이 노집사가 무슨 생각일까? 어째서 갑자기 이렇게 자상하고 열정에 넘치지? 의뢰장에서는 눈길 한번 주지 않더니!

노집사는 자상한 정도가 아니라 그야말로 '불타는' 시선으로 비연을 보고 있었다.

"얘야, 이리 오너라! 어서."

비연은 처음에는 자신이 경매장을 시끄럽게 해, 다른 이들 입에 신농곡이 오르내리게 한 것 때문에 노집사가 화가 났고, 그래서 정왕 전하도 표정이 좋지 않은 거라고 생각했다. 그러나 다시 보니 그게 아닌 것 같았다. 노집사는 아주 즐거워 보였고 정왕 전하만 좋지 않은 표정이었다. 이건 대체 어찌 된 일일까?

비연이 살그머니 군구신에게 묻는 듯한 시선을 던졌다. 그제야 군구신이 입을 열었다.

"가거라. 집사 대인께서 하문하실 일이 있으시다."

비연이 겨우 마음을 가라앉히고 그에게 다가갔다.

노집사가 유심히 그녀를 살펴보더니 점점 더 기쁜 표정으로, 열정적인 눈빛을 보내며 물었다.

"몇 살이지?"

이건…… 대체 뭘 하려는 걸까?

비연이 다시 고개를 돌려 군구신을 바라보았다. 이번에는 답을 구하는 눈빛이 아니라 구해 달라는 눈빛이었다. 겁이 났다!

군구신이 그녀를 바라보지도 않고 대신 대답했다.

"올해 열여덟입니다."

노집사가 수염을 쓰다듬으며 소리 내어 웃었다.

"그리 젊으면서 안목이 아주 뛰어나구나. 자, 노부에게 말해 주겠느냐. 방금 그 거형 동은화가 달인 적이 있는 것이라는 걸 어떻게 알아보았느냐?"

얼굴을 드러내지는 않았지만 노집사는 이미 상황을 자세히 보고받았다. 경매장에서 그렇게 큰 사고가 벌어졌으니 그는 당연히 화가 났다. 그러나 그 분노도 인재를 아끼는 그의 마음에는 별다른 영향을 끼치지 않았다.

상황을 알게 된 후 바로 사람을 보내 정왕 전하에게 차를 마시자고 청하고는 그의 기분을 맞춰 주려고 했다. 노집사는 늙었고, 별다른 욕망이 없었다. 다만 재능이 뛰어나고 심지가 굳은 후학을 찾아 자신의 약학을 전수하고 싶은 소망이 간절했다.

수년에 걸쳐 인재를 찾았으나 적당한 이를 찾지 못했다. 한삼소저 역시 그가 고려했던 이들 중 하나였으나 결국은 그만두고 말았다. 그리고 오늘, 그는 의심할 바 없이 최고의 인재를 발견한 것이다.

경매장에서의 일을 보면, 문외한이라도 비연에게 대단한 능력이 있다는 사실을 알 수 있었다. 그러나 그 능력이 어느 정도인지는 약학을 아는 사람들만이 정확히 알 수 있었다.

한눈에 약을 감별한다는 것은 능력이었다.

한눈에 외형이 비슷한 약재를 감별하는 것은 작은 능력이었지만, 보통은 약학을 익힌 자들 중에서도 서른 이상이 되어야 얻을 수 있는 능력이었다.

한눈에 약재의 성질과 산지를 맞히는 것은 꽤 능력이 있다 할 만했는데, 최소한 마흔을 넘어야 얻을 수 있는 능력이었다.

그러나 한눈에 희귀한 약재를 알아보는 것은 아주 대단한 능력이었다. 신농곡에서 예순까지 있었던 약사급 인물쯤 되어야 가질 수 있는 능력인 것이다.

그러나 지금 비연은 단번에 희귀한 약재를 감별해 냈을 뿐 아니라, 그 약재가 금지된 약물을 만드는 데 사용된 '중고품'이라는 사실도 알아차렸다! 정말 대단한 일이었다. 겨우 열여덟에 저 정도라면, 재능이 대체 어느 정도란 말인가? 자신의 젊은 시절을 떠올려 보았으나, 자신은 그만한 능력을 가졌던 적이 없었다!

그러나 비연은 노집사가 무슨 생각을 하는지 알 수 없었다. 그녀는 그의 웃는 얼굴을 보며 아주 당황하고 있었다.

그녀가 사실대로 대답했다.

"한눈에 보기에도 그 약의 색이 이상했습니다. 정상적으로 말린 거형 동은화의 색은 어둡기 마련입니다. 특히 꽃술 부분이 말이지요. 그리고 잎은 그런 식으로 말려 있지 않습니다."

노집사가 다시 물었다.

"대체 어떻게 다르지?"

비연이 잠시 생각하다가 말했다.

"아주 세밀한 차이라 말로는 표현하기 힘듭니다. 하지만 저는 제 느낌을 믿습니다."

노집사의 입은 그야말로 다물어지지 않았다. 그는 비연을 보며 기쁜 나머지 말도 하지 못했다. 그녀의 대답이야말로 그가 바라던 답안이었다. 약사가 약재에 대해 가질 수 있는 최정상급의 경계는 바로 느낌이 아니던가!

이때, 비연은 겨우 알아차렸다. 이 노집사가 그녀에게 갑자기 열정적인 반응을 보이는 것은 바로 그녀의 약술을 인정하기 때문이다! 그녀는 몰래 안도하며 노집사에게 미소 지었다.

이때, 한옆에 앉아 있던 당정이 갑자기 입을 열었다.

"생각났습니다. 며칠 전 진양성에서 들려온 소식 중, 어약방 출신의 고씨라는 젊은 약녀에 관한 것이 있었습니다. 남궁 대약사보다도 출중한 능력이라고 하더군요. 남궁 대약사도 감별해 내지 못한 육단상륙을 고 약녀는 한눈에 감별했다고 하더군요. 혹시…… 아가씨인가요?"

이 말에 노집사가 깜짝 놀라더니 바로 군구신에게 말했다.

"원래…… 그랬던 거였군! 정왕 전하, 보아하니 다시 소개해 주셔야겠습니다."

비연이 자신의 주인을 바라보며 조금 당황했다. 원래도 좋은 안색이 아니었던 정왕 전하의 표정이 더욱 불편해졌던 것이다!

군구신은 노집사가 인재를 아끼며, 후계자를 찾고 있다는 사실을 알고 있었다. 그렇지 않다면 그가 의뢰장에서 거짓말을 할 필요도, 비연에 대해 언급하지 않을 이유도 없었다.

그는 원래 비연이 경매장에서 보인 박력에 제법 만족하고 있었다. 그러나 비연이 그렇게 대단한 능력을 보이며 노집사의 눈길까지 끌리라고는 생각지 못했다.

비연이 오기 전에 그는 하마터면 노집사 앞에서 탁자를 내리칠 뻔했다. 노집사는 나이가 많은 것을 앞세워 거만하게 굴 뿐 아니라, 신농곡의 위세로 그를 압박하려 들었다. 그가 만약 비연을 내놓지 않으면 신농곡의 이름으로 부황에게 비연을 달라 하겠다고 말이다!

가까스로 비연에게 선택할 기회를 주자며 노집사를 설득했다. 그런데 그것도 모자라 육단상륙과 관련된 일까지 나왔다?

군구신이 머뭇거리다가 결국은 거짓말을 하기로 마음먹었다.

"그 일은, 비연이 남궁 대약사에게 협조했을 뿐입니다."

그렇게 말하면서 일부러 노집사에게 시선을 던졌다.

기쁨에 넘치던 노집사도 마침내 육단상륙에 대한 일을 떠올리고는 말을 너무 많이 하지 않는 게 좋다고 생각했다. 아직 누가 첩자인지는 모르는 것이다.

노집사가 그 화제를 계속 이야기하지 않고 대신 더 진지하게 물었다.

"애야, 약술은 어디서 배웠느냐? 사부는 누구시고?"

비연이 재빨리 그 망할 얼음과 정왕 전하에게 했던 말을 그대로 했다.

"조상 대대로 내려오는 서책을 보고 독학했습니다."

독학했다고?

노집사가 더욱 놀랐다. 그리고 곁에 있던 장주와 당정도 경악하다시피 했다. 독학으로 이 정도에 이르다니! 사부에게 가르침을 받았다면 얼마나 대단했을 것인가?

노집사는 진양성의 고씨 가문을 떠올려 보았지만 달리 떠오르는 것이 없었다. 그는 더 이상 추궁하지 않고 대신 더더욱 진지하게 물었다.

"애야, 신농곡에 남아 노부에게서 약학을 배우지 않겠느냐? 장래 곡주 대인을 모시면서 말이다?"

이 말을 듣자 비연도 노집사의 진짜 목적을 알아차렸다. 그리고 의문이 들었다.

노집사가 그녀를 붙잡으려 하는데 정왕 전하의 기분이 왜 별로인 걸까?

설마, 정왕 전하께서는 그녀를 계속 곁에 남겨 둘 작정이신 걸까? 석 달 후 그녀를 내쫓는 것이 아니라?

여기까지 생각이 미치자 비연은 기뻐 어쩔 줄 몰랐다. 그러나 그녀로서도 확신할 수는 없어 바로 노집사에게 대답하지 않고, 군구신에게 묻는 듯한 시선을 던졌다.

즐겁지 않은 이유

그렇지 않아도 답답해하던 군구신은 비연의 묻는 듯한 시선에 정말 화가 났다. 온갖 말로 겨우 노집사를 설득해 비연에게 선택할 기회를 주었는데, 뜻밖에도 그녀는 머뭇거리고 있지 않은가? 그때 침전에서, 3개월 후에도 자신을 남겨 달라고 했던 것이 설마 거짓이었던 건가?

그는 비연에게 어떤 반응도 보이지 않은 채 여전히 차갑게 얼굴을 굳히고 있었다.

비연은 본래 그의 심사를 꿰뚫어 보기 어려웠던 데다, 그의 굳은 얼굴까지 보니 갑자기 자신이 우습다는 생각이 들었다. 정왕 전하가 그녀를 저택에 들인 이유는 대자사의 점괘 때문이었다. 그녀가 그의 비밀을 발견했다 해도 그는 그녀를 곁에 둘 마음이 없는 것이다.

처음에 그녀가 부탁했을 때 역시 바로 거절하지 않았을 뿐 승낙한 것은 아니었다. 그 후에 늙은 여우와 관련된 일이 불거지지 않았다면 이렇게 여러 번 서로를 접할 기회도 없었을 것이다.

지금 진양성에는 유언비어가 난무했다. 심지어 누군가는 대자사의 점괘가 거짓이라고까지 했다. 석 달 후엔, 정왕 전하는 아마 그녀를 내보내려 할 것이다.

노집사가 그녀를 남겨 두고 싶어 해서 불쾌한 것이 아니라면 무엇 때문에 불쾌한 걸까? 설마 노집사가 경매장의 일로 정왕 전하를 책망한 건 아니겠지?

비연은 스스로가 영리하고, 사람들의 마음을 잘 꿰뚫어 본다고 자만하고 있었다. 그러나 눈앞의 남자의 마음은 정말 알아챌 수가 없었다.

그녀는 더 이상 고민하지 않고, 예의 바르고 완곡하게 노집사에게 거절의 뜻을 비쳤다.

"집사 대인의 후한 은애를 입으니 감사의 뜻을 이루 말할 수가 없습니다. 다만 저는 어약방의 약녀며, 지금은 정왕부에서 일하고 있으니 자유의 몸이 아닙니다. 집사 대인께서는 양해해 주시기 바랍니다."

그녀의 이 완곡한 거절은 또한 딱 잘라 거절하는 것이 아니기도 했다. 때가 되면 그녀는 정왕부를 떠나야 했고, 그렇게 되면 진양성에서 버티기 힘들 것이다. 신농곡은 괜찮은 선택이었다. 그녀가 그러고 싶지 않더라도, 일단은 자신을 보호하기 위해 퇴로를 열어 두어야 했다.

이 말을 들은 노집사가 기뻐하며 말했다.

"애야, 네가 그리 말한다면 노부도 생각이 있다. 하하."

그는 정왕과는 더 이상 이야기하지 않을 작정이었다. 때가 되면 직접 천무제를 통해, 천염국 어약방에 요청해 비연을 데려오기로 마음먹었다.

비연은 군구신과 노집사가 그 전에 무슨 이야기를 나누었는지 몰랐다. 그저 노집사가 그녀가 거절한 것을 알아들었다고 생각하고 이 일을 마음에서 내려놓았다. 그녀는 잔잔하게 미소 지으며 온순하게 군구신의 뒤로 걸어갔다.

군구신이 찻잔을 손에 쥐었다가 마시지 않고 재빨리 내려놓 았다. 그리고 몸을 일으키며 차갑게 말했다.

"집사 대인, 늦었으니 이만 돌아가야 할 것 같습니다. 더 이 상 방해하지 않겠습니다."

노집사는 기분이 아주 좋았다! 그는 소리 내어 웃으며 고개 를 끄덕이고는, 특별히 장주와 당정에게 군구신 일행의 신분이 드러나지 않게 하산 길을 바래다주라고 하였다. 경매장에서의 일 때문에 아마 비연의 신분을 알아보려 하는 자들이 아주 많 을 거라며.

군구신과 장주가 먼저 다실을 나서자, 비연과 당정이 그 뒤 를 따랐다.

군구신은 계속 침묵을 지켰다. 장주도 그의 얼음처럼 차가운 얼굴을 보고 감히 그에게 말을 걸지 못했다.

비연도 고개를 숙인 채 아무 말도 하지 않았다. 그녀는 계속 앞에서 걸어가는 정왕 전하에 대해 생각하고 있었다. 그가 무 엇 때문에 화를 내는지는 알 수 없었다. 다만 그가 자신 때문에 화가 난 상태라는 것만은 알 수 있었다.

경매관 당정은 내내 비연을 몰래 살펴보다가 산 아래에 도착 하기 직전에야 입을 열었다.

"아가씨, 정말 열여덟 살인가?"

비연이 눈을 들어 그녀를 바라보았다.

"무슨 뜻이죠?"

당정이 소리 내어 웃었다.

"그런 것 같지 않아서. 몸만 보면 기껏해야 열여섯 같은걸."

비연은 본래 울적하던 차에 이런 말까지 들으니 퉁명스럽게 나갈 수밖에 없었다.

"지금 내가 키가 작다는 거예요?"

그러자 당정이 상당히 진지하게 받아쳤다.

"키만 작은가? 마르기도 했지. 주인께서 설마 밥을 안 주시는 건 아니겠지?"

비연이 당정을 노려보고는 더 이상 상대하지 않으려 했다. 그러나 당정이 다시 말했다.

"아가씨, 우리는 이제 아는 사이나 마찬가지야. 다음에 신농곡에 오면 나, 그러니까 언니를 찾아오는 걸 잊지 말라고. 언니가 함께 여기저기 데려가 줄 테니까."

비연이 그제야 당정을 제대로 바라보며 물었다.

"몇 살인가요?"

"스물하나. 네 언니가 되기에 딱 적당한 나이지."

비연이 코웃음 쳤다.

"스물대여섯은 된 줄 알았는데. 그렇게 남장을 하고 다니면 앞으로 시집도 못 갈걸요."

당정이 얄궂다는 표정을 지었다.

"계집애, 약술만 뛰어난 줄 알았더니 입은 더 대단하구나!"

비연이 미소를 돌려주고는 더 이상 아무 말도 하지 않았다. 당정도 그 이상 아무 말도 하지 않았다.

산 아래에 도착해 헤어질 때가 되었다. 당정이 웃음기를 거두고 엄숙하게 말했다.

"고 약녀! 한 삼소저의 빚과 관련해서는 내가 공증인이니, 반드시 대신 재촉해 줄게."

비연은 그녀가 진심이라는 것을 알고 진지하게 두 손 모아 인사했다.

"감사합니다."

장주, 당정과 헤어진 비연은 겨우 군구신 곁에서 걸을 수 있게 되었다. 그녀는 계속 고개를 숙인 채 앞을 향해 걸었다. 두 사람 모두 침묵하고 있으니 온 세상이 고요한 것만 같았다.

비연은 생각하면 생각할수록 이해할 수 없었다. 대체 자신이 무엇을 잘못한 걸까? 정왕 전하께서는 무엇 때문에 이리도 기분이 나쁘신 걸까?

그녀는 점차 울적해졌다. 그리고 그녀는 울적할 때면 유난히 말이 많아지는 성격이었다.

그녀가 갑자기 발을 멈췄다.

"전하."

군구신도 바로 멈췄으나 대답하지는 않았다. 비연이 재빨리 그의 앞으로 나아가, 분명 울적한 표정에 억지로 웃음을 띠었다. 그리고 어떻게든 그의 기분을 맞추려 노력하며 말했다.

"전하, 제가 무슨 잘못이라도 저질렀나요? 전하께서 기분이 나쁘실 일이라도 한 건가요? 알려 주시면, 제가 다시는 그러지 않겠습니다!"

"너……."

군구신이 무슨 말인가 하려다가 갑자기 멈췄다. 자신이 기분을 드러내고 있다는 사실을 마침내 깨달았던 것이다. 비연 때문에 기분이 좋지 않은 것을 비연이 알아챌 정도라니.

일말의 불안감이 그의 마음을 스쳐 갔다. 군구신은 무의식적으로 비연의 시선을 피하고, 아무 말도 하지 않은 채 계속 앞을 향해 걷기 시작했다. 발걸음도 빨라졌다.

"내가 무슨……."

비연이 더욱 울적해져 서둘러 쫓아갔다.

문 앞에 도착해 두 사람이 막 말 위에 오르려 했을 때, 시위가 달려왔다.

"전하, 한 삼소저께서 이걸 전하라 하셨습니다."

비연이 돌아보니 시위의 손에 꽃 같기도 하고 풀 같기도 한 무엇인가가 들려 있었다. 옅은 노란빛에 뿌리도 없는 것이 매우 신기했다. 그리고 위쪽은 붉은 끈으로 묶여 있었다. 바로 한우아 허리에 매달려 있던 그 이름 모를 식물 아닌가?

지금 시위의 손에 들린 것은 한우아의 것보다 작아 보였지만 동일한 품종이었다. 붉은 끈을 매달아 둔 것은…… 정왕 전하에게 달고 다니라고 선물하는 걸까?

허리에 매다는 물건을 어찌 함부로 건넬 수 있겠는가? 연인에게 선물하거나, 혹은 애모의 감정을 표현하는 것일 거다! 한우아는 지금 이런 방식으로 애모의 정을 표현하려는 걸까?

비연이 고민하고 있을 때 망중이 다시 말했다.

"전하, 한 삼소저는 기분이 좋지 않아 시간이 오래 흐른 후에야 전하를 뵐 수 있을 것 같다고 합니다. 전하께서 이 공기봉리를 받으시고, 만나고 싶으시면 비둘기로 서신을 보내 달라 하셨습니다."

군구신은 아무 말도 하지 않고 그 식물을 소매 속에 넣고 말에 올랐다.

비연이 깜짝 놀랐다! 한 삼소저가 그런 말을 하고, 정왕 전하는 또 그 물건을 받았다. 이것은 한 삼소저가 애모의 감정을 표현하는 것이 아니라…… 그들 사이에 원래 무엇인가가 있었던 것만 같았다.

설마 지금까지 내가 계속 잘못 보고 있었던 걸까?

비연이 군구신의 차가운 뒷모습을 바라보며 슬며시 미간을 찌푸렸다.

정왕 전하가 화가 난 이유가 설마…… 한우아 때문인 걸까?

사과는 하지 않고, 비위만 맞추기로

"한우아……."

비연은 중얼거리느라 말에 오르는 것까지 잊어버렸다.

차마 따라갈 수 없었고, 또 어찌 손을 쓸 수도 없는 것 같았다. 그러나 자신이 무엇을 따라갈 수 없는지, 또 무엇에 손을 쓸 수 없는지도 알 수 없었다.

방금까지는 한우아에 대해 아예 잊고 있었지만, 이제는 정왕 전하의 기분이 좋지 않은 이유로 그녀밖에 떠오르지 않았다.

비연이 정왕 전하의 약녀가 된 지 겨우 한 달 남짓이었다. 한우아는 정왕 전하와 분명 더 오랜 기간 알고 지냈을 것이다. 정왕 전하가 진양성에 돌아오기 전부터 알고 지냈을지도 모른다.

방금 경매장에서, 어째서 그들의 관계가 깊지 않을 거라고 마음대로 생각했던 걸까? 어째서 그런 말을 했던 걸까? 전하가 아무 말도 하지 않은 것은 그녀의 행동을 인정해서가 아니라, 그저 신분을 드러내고 싶지 않아서는 아니었을까?

생각하고 또 생각하던 비연은 마음속 어쩔 줄 모르던 감정이 점차 분노로 변하기 시작했다. 전하의 안목에 화가 나고, 또 자신의 우둔함에 화가 났다.

한우아와 같은 여자의 속을 전하께서 어찌 꿰뚫어 보지 못하신단 말인가? 어떻게 한우아 같은 여자를 마음에 들어 하실 수 있지? 한우아보다 좋은 여자가 얼마나 많은데! 방금 당정 언니만 해도 한우아 같은 여자보다 백 배는 좋은 사람인데!

정왕부에 들어간 후 전하 앞에서는 항상 신중하게 시중을 들었다. 이번에는 뭐랄까…… 어쩌다 그렇게 자제력을 잃었던 걸까?

비연이 호주머니 속 문서를 어루만졌다. 사과하는 편이 좋지 않을까 하는 생각이 들었지만 그녀는 바로 부정했다. 그녀가 사납게 제 이마를 두드리고는 노한 소리로 외쳤다.

"그래서는 안 돼!"

전하의 기분이 나쁘다 해서, 잘못한 것도 없는데 사과할 수는 없었다! 전하가 화가 난 것은 화가 난 것이다. 그리고 이 일로 인해 그녀를 남겨 두지 않기로 한다면 그녀는…… 그녀는…… 그녀는…….

비연은 더 이상 생각하지 않기로 했다. 더 이상 생각하고 싶지 않았던 것이다. 그래서 이렇게 중얼거렸다.

"그때 가서 다시 생각하자……."

이 순간 자신의 표정이 얼마나 억울해 보이는지 그녀는 알지 못했다. 마치 누군가의 부인이 짓는 표정과 같다는 것을.

곁에 있던 망중은 슬쩍 보는 것만으로도 비연의 생각을 알아차렸다. 그는 전하가 무엇 때문에 공기봉리를 찾는지는 알지 못했지만, 그것이 애정의 표시가 아니라는 건 똑똑히 알고 있었다.

그는 비연의 모습을 보고, 마치 무슨 커다란 비밀을 발견한 것처럼, 참지 못하고 몰래 웃었다. 전하께서는 분명히 고 약녀에게 마음을 쓰고 계셨다. 그리고 고 약녀도 전하에게 뜻이 있는 듯하니, 이 어찌 좋은 일이 아니겠는가? 게다가 비연은 겨우 약녀면서도 얼마나 대담한지, 전하에 대한 마음을 순수하게 드러냈다!

그러나 망중은 사정을 설명해 주지 않고, 오히려 하소만이라도 된 것처럼 일부러 이상야릇한 말투로 이야기했다.

"고 약녀, 앞으로는 전하의 마음을 마음대로 추측하거나 해서 전하의 기분을 상하게 하는 일이 없도록 하게. 전하께서는 자네가 알지 못하는 일도 많으니까! 가자! 혹시 시간을 그르쳤다고 전하께서 탓하신다면 다 자네 책임이다."

안 그래도 억울했는데 이 말을 들으니 비연은 더 억울했다. 그녀는 망중을 흘깃 보고는, 아무 말 없이 말 위에 올라 채찍을 휘둘렀다. 말이 화살처럼 달리기 시작했다.

군구신은 천천히 달리면서 사람들을 기다리고 있었는데 일행이 따라오지 않자 짜증이 나던 참이었다. 말을 멈추고 돌아보니, 그가 재촉하려던 비연이 자신을 향해 질주해 오고 있었다.

비연은 군구신이 갑자기 말을 멈출 줄은 몰랐다. 너무 힘차게 달리던 그녀는 순간적으로 말을 멈추지 못하고 그대로 군구신을 지나쳐, 한참 앞으로 달려간 후에야 멈출 수 있었다.

그녀가 쭈뼛거리며 돌아보았다. 방금 전하가 자신을 노려보는 것을 똑똑히 보았던 것이다.

그렇다! 군구신이 그녀를 노려보았고, 지금도 노려보고 있었다. 쫓아올 생각은 없는 것 같았다.

이렇게 서로의 눈동자가 얽히는 듯한 그 순간, 비연이 의기소침한 표정으로 되돌아와 그의 뒷자리로 갔다.

비연은 무슨 말이라도 하고 싶었다. 그러나 무엇을 말해야 할지 알 수 없었고, 또 말하고 싶지 않기도 했다.

군구신의 미간은 시종일관 찌푸려진 채였다. 자신의 기분을 제어하지 못했다는 느낌 때문에 그는 불안했고, 심지어 번뇌까지 생겼다. 그래서 그저 차갑게 망중에게 앞에서 길을 열라고 한 후 아무 말도 하지 않았다.

진양성으로 돌아가는 길, 안 그래도 말이 없는 군구신은 더욱 말이 없었다. 비연도 울적해 말이 줄어들었다. 그야말로 한없이 가라앉는 기분이었다.

진양성에 도착할 무렵에 갑자기 억수 같은 비가 내리기 시작했다. 그들은 객잔을 찾아 잠시 쉬기로 했다.

객잔 안은 성을 오가는 사람들로 가득 차서 앉을 곳은 물론이고 발붙일 곳조차 찾기 어려웠다. 망중이 가서 자리를 찾으려 하자 군구신이 막았다.

"그럴 필요 없다. 비가 곧 그치겠지."

그러나 비는 점점 더 세차게 내렸다. 비연이 한참 머뭇거리다가 나지막한 목소리로 말했다.

"공자님, 안에서 기다리세요. 발이 다 젖겠어요."

며칠 만에 입을 여는 건지 모를 지경이었다. 그녀는 정왕 전하가 화를 낼까 두려워 계속 아무 말도 하지 못했던 것이다.

군구신이 고개를 돌려 그녀를 흘깃 보더니 아무 대답도 하지 않았다. 그는 오는 길 내내 비연이 먼저 신농곡에 남는 일에 대해 이야기하기를 기다리고 있었다. 그러나 그녀는 단 한마디도 하지 않았다.

그녀가 노집사에게 한 대답을 생각하면 비연은 분명 신농곡에 갈 길을 열어 둔 셈이었다! 분명 그의 약녀면서…… 그에게 의견을 물어볼 생각도 없는 걸까?

비연은 대답이 돌아오지 않자 고개를 숙였다. 화가 난 그녀는 속으로 생각했다. 이렇게 오랜 시간이 흘렀으면 전하의 분노도 가라앉아야 하는 것 아닐까? 곧 성에 도착할 텐데. 저택에 돌아가서도 이런 식이면 전하와 말을 하는 것은 물론이고 얼굴을 마주하는 것조차 힘들 것 같았다!

잠시 머뭇거리다가 비연이 다시 입을 열었다.

"공자님, 밖이 아주 추워요. 옷도 얇게 입으셨는데…… 안으로 들어가시는 게 어떨까요?"

그러나 군구신은 들은 듯 만 듯 계속 비 오는 풍경을 바라보며 대답하지 않았다.

비연이 손가락을 꼼지락거리다 잠시 후 다시 말했다.

"공자님, 반나절이나 아무것도 드시지 않으셨잖아요. 들어가셔서 따뜻한 차라도 드세요. 그…… 그게, 망중도 배가 고프다고 하고요."

망중이 돌아보았다. 그는 뭔가 먹은 지 얼마 되지 않은 참이었으니 배가 고프지 않았다. 비연, 자기가 배가 고픈 거면서!

군구신이 돌아보더니 비연이 아니라 망중에게 명령했다.

"들어가지."

비연은 남몰래 안도했다. 전하께서 어쨌든 자신의 말을 들어주셨으니 됐다. 기다리다 보면 전하의 화도 가라앉을 거다. 그때 다시 기분을 맞추면 되겠지. 잘못을 인정할 수는 없었지만 그의 기분을 맞추는 일이라면 얼마든지 할 수 있었다!

이렇게 생각하니 비연의 기분도 꽤 좋아졌다.

그녀는 재빨리 옆으로 다가가 망중과 함께 길을 열 생각이었다. 정왕 전하는 결벽증에 가까울 정도로 깨끗한 것을 좋아하시니 사람들에게 부딪히게 할 수 없었다.

그러나 비연이 곁으로 다가가자 군구신이 갑자기 그녀를 잡아끌었다. 비연이 당황하여 그를 바라보았다. 군구신이 바로 그녀를 놓은 후 손을 뻗어, 붐비는 사람들을 막아 내며 불쾌한 목소리로 말했다.

"너는 작으니 중간에서 가거라."

비연이 눈을 휘둥그렇게 떴다. 너무나 기뻤다. 정왕 전하가 마침내 그녀에게 말을 걸었다! 그가 뜻밖에도 그녀가 사람들에게 밀쳐질까 걱정해 주었다! 화가 풀린 걸까?

주변 사람들이 계속 그들을 밀었고, 군구신이 불쾌한 듯 재촉했다.

"가자!"

"명을 따르겠습니다!"

비연이 기쁜 표정으로 고개를 끄덕이고 바로 앞을 향해 걷기 시작했다. 얼마나 기쁜지 표현할 수 없을 지경이었다. 다음에 한우아를 보면 얽히지 말고 피해야겠다고 생각했다. 다시는 전하의 분노를 사지 않도록!

실내로 들어가 발을 붙일 곳을 찾자 군구신은 비연을 자신과 벽 사이에 자리 잡게 했다. 너무 가까운 곳은 아니었지만…….

그녀가 또 죄를 지었다

안 그래도 작은 객잔 안이 사람들로 가득 차 더욱 비좁은 상태였다.

비연은 벽에 기대어 있었다. 군구신은 그녀를 마주 본 채 서 있었다. 그는 자신의 등 뒤에 오가는 사람과 부딪치면서도 비연과의 거리를 벌리려고 노력하고 있었다. 비연보다 머리 하나 이상 큰 그는 시선을 그녀의 정수리 넘어 흰 벽 쪽으로 향하고 있었다.

비연은 고개를 숙인 채 입가에 실쭉, 웃음기를 머물고 있었다. 그녀는 기뻤다. 정왕 전하가 그녀에게 화가 나 있지 않다는 사실을 확신할 수 있었기 때문이다. 이렇게 용서받을 수 있는 일이라면, 사실 그의 마음속에서 한우아는 그렇게 큰 자리를 차지하고 있는 게 아니지 않을까?

비는 점점 더 거세졌다. 얼마 지나지 않아 바깥 막사에서 비를 피하던 사람들도 모두 밀려 들어와 서로를 밀치기 시작했다. 비연 일행 쪽으로도 사람들이 밀려왔다.

망중이 서둘러 우측을 막아 냈다. 군구신이 비연에게 조금 더 가까이 오더니 한 손을 벽에 짚어 비연의 왼쪽을 지켜 주었다. 비연은 철저하게 보호받고 있는 셈이었다.

그녀는 재빨리 고개를 들고 속삭였다.

"감사합니다, 전하."

군구신은 그 말을 무시했지만 비연도 신경 쓰지 않았다. 즐거운 표정으로 망중에게도 감사의 눈길을 던질 뿐이었다.

주인이 대답하지 않으니 망중이라고 대답할 수 있을 리 없었다. 그는 어색한 웃음을 지으며 재빨리 몸을 돌려 그들을 등지고 섰다.

이때였다. 등 뒤에 있던 인파가 갑자기 밀려들었다. 군구신이 어쩔 수 없이 앞으로 한 걸음 내디뎌 비연과 훌쩍 가까운 자리에 서게 되었다.

비연은 저도 모르게 뒷걸음질 치려 했지만 뒤에는 벽밖에 없었다. 낯설게만 느껴지는 남자의 체취가 순식간에 끼쳐 오자 그녀는 긴장하고 말았다. 꼼짝도 할 수 없었다. 살며시 움직이기만 해도 그의 몸에 닿을 것 같았다.

물론 그녀도 기뻐 어쩔 줄 몰랐지만, 그리고 전혀 싫은 느낌은 아니었지만, 동시에 긴장한 나머지 겁에 질려 있었다!

문득 지난번 온천에서 정왕 전하의 품에 단단히 안겼을 때가 떠올랐다. 갑자기 심장이 빠르게 뛰기 시작했다. 대리시에서의 그 놀랐던 순간은, 지금 감히 떠올릴 수조차 없었다. 이번에는 절대로 다시 그렇게 놀라서는 안 될 말이었다.

그는 정왕 전하다! 그녀의 남신이었다! 얕보아서는 안 된다!

비록 비연이 그렇게 생각하고 있긴 했지만 확실히 그 무엇에 비할 수 없이 긴장하고 있었다.

하지만! 얼마 지나지 않아 그녀는 또 자신을 제어할 수 없었다. 움직이고 싶었다. 이 순간 정왕 전하가 어떤 표정을 짓고 있을지 궁금해 죽을 지경이었다. 어쩔 수 없다는 표정일까? 아니면 울적한 표정? 여전히 불쾌한 표정을 짓고 있을까? 아니면…… 그렇게 싫은 표정은 아니지 않을까?

마침내 그녀가 살며시 고개를 들어 훔쳐보았다. 군구신은 뒤에서 밀치는 사람들에게 밀리지 않도록 꽤 힘을 쓰며 자세를 유지하고 있었다. 차가운 표정으로 다른 곳을 보고 있던 그는 비연의 움직임을 알아채지 못했다.

살짝만 고개를 든 비연도 군구신의 표정을 볼 수 없었다. 그녀의 눈에 들어오는 것은 그의 매끄러운 턱뿐이었다. 분명한 윤곽에, 특별히 보기 좋은 그 턱.

한번 보기 시작하자 도저히 눈을 뗄 수 없었다. 비연은 눈길을 더 위로 보내지는 못하고 아래로 향했다. 그리고 저도 모르게 군구신의 육감적인 목울대를 바라보게 되었다.

그녀는 당황하여 재빨리 시선을 피했다. 심장이 순식간에 아래로 내려앉는 것만 같았다. 세상에! 그녀는 정왕 전하가 육감적이라고 느끼고 있었다! 그녀가 대체 무엇을 하고 있는 걸까?

아니다, 아무것도 하고 있지 않았다! 그저 이상한 생각을 좀 하고 있을 뿐이다!

하지만 대체 무슨 생각을 하는 건지! 이래서는 안 되는데!

비연이 고개를 숙이고도 모자라다는 듯 눈을 꼭 감았다. 그리고 방금의 그 느낌을 무시하려 애쓰면서, 그런 허무맹랑한 생각을 해서는 안 된다고 저에게 경고했다!

비연이 자신에 대해 이런 생각을 품고 있다는 걸 알게 되면 군구신은 어떤 반응을 보일까? 하늘만이 알 일이었다. 어쨌든 그는 이 순간 멍하니 흰 벽만을 바라보고 있었다.

이렇게 시간이 흘러갔다. 주변은 아주 시끄러웠고, 그녀와 그 사이는 여전히 조용했다. 그리고 주변의 시끄러운 소리 속에서 비연의 이름이 들려왔다. 비연과 군구신 모두 귀를 기울였다.

누군가가 기씨 가문과 정역비가 붙인 공고문에 대해 이야기하고 있었다. 공고문이 붙은 지 보름 이상 지났으나 여전히 이야기하는 사람들이 있었던 것이다.

비연이 귀를 쫑긋 세우고 듣다가 점차 안색이 나빠졌다. 누군가는 잠시 차출되는 방식으로 들어간 그녀가 정왕 전하를 유혹하여 정왕부에서 계속 머물 생각임에 틀림없다고 말했다. 누군가는 그녀가 일단 어약방으로 돌아가 약사로 승진한 다음 다시 정왕부로 차출되어 갈 거라고 말했다. 누군가는 석 달의 기한이 끝나면 그녀가 어약방을 벗어나 정왕부의 정식 시녀가 될 거라 말했다.

심지어 누군가는 그녀가 신비한 미약을 사용하여, 정왕 전하가 정신을 차리지 못하고 그녀를 계속 보호하고 있는 것이라 했다! 더 심한 경우는, 그녀가 석 달 안에 정왕 전하의 아이를 배어 측비가 되려 한다는 이야기도 있었다…….

이곳은 교외였다. 교외에서까지 이런 이야기가 돌고 있다면 성안은 대체 어떤 지경일까?

비연은 자신들이 진양성에 돌아갈 즈음에는 헛소문들이 가라앉아 있을 거라 생각했다. 그런데 이렇게 더욱 심해졌을 줄이야!

이대로라면 정왕 전하가 과연 그녀를 남겨 두려고 할까? 정왕 전하가 그러고 싶어 한다 해도 황상이 그것을 윤허할까? 하소만이 그녀에게, 황상이 황족의 명예를 특별히 중요시한다고 일깨워 준 적이 있었다.

대체 누가 이렇게 계속 이야기에 살을 붙이고 있는 걸까! 게다가 아직도 끝내지 않고!

그녀가 참지 못하고 속삭였다.

"전하, 이렇게 헛소문을 만드는 사람을 반드시 색출해야 합니다! 제 명예를 욕되게 하는 거야 작은 일이지만, 전하의 깨끗한 명예를 더럽히는 것은 큰일이니까요!"

군구신이 고개를 숙여 비연을 바라보았지만 대답은 하지 않았다. 비연이 다시 소곤거렸다.

"전하, 성에 돌아가시면 바로 공고를 붙여 배후에 있는 자에게 경고를 한번 해 주시지요!"

이 말을 들은 망중은 하마터면 웃음을 터뜨릴 뻔했다. 다른 이유가 아니었다. 이 소문들의 배후에 있는 자, 이야기에 살을 붙인 자는 바로 하소만이기 때문이었다!

처음에는 대황자와 기욱이 일부러 헛소문을 퍼뜨렸다. 전하는 하소만에게 그 헛소문에 양념을 좀 치라고 명했다. 또한 대자사의 점괘가 거짓이라는 소문까지 내도록 했다.

이 일이 시끄러워질수록 황상은 아주 불만스러워할 것이고, 동시에 대황자와 기씨 가문에도 의혹을 품을 것이다. 그러나 단지 의혹일 뿐이다.

기씨와 정씨, 두 가문에서 공고문을 올린 후에도 전하는 계속 입장 발표를 하지 않고 있으니 황상은 전하가 정말 비연에게 마음이 있는 건 아닌지 의심하기 시작했다. 특별히 하소만을 입궁시켜 물어보기까지 할 정도였다.

영리한 하소만은 전하를 위해 좋은 변명거리를 만들어 냈다. 전하가 계속 입장 발표를 하지 않는 것은 헛소문을 퍼뜨리는 막후의 주범을 찾기 위함이라고 말했던 것이다.

하소만의 설명을 들은 황상은 그것이 정말 사실이라 믿었다. 그래서 하소만은 계속 헛소문에 살을 붙여 나갈 수밖에 없었다. 목적은 기씨 가문에게 죄를 뒤집어씌우는 것이었다.

어젯밤에 전하는 하소만의 밀서를 받았다. 그 밀서에는 황상이 기씨 가문이 헛소문을 퍼뜨렸다고 철저하게 믿고 있으며, 분노한 상태로, 기씨 가문을 다스릴 생각을 하고 있다는 내용이 적혀 있었다.

"응."

군구신은 비연의 작은 얼굴을 내려다보며 말한 다음 재빨리 시선을 다른 곳으로 옮겼다.

비는 오래 내리지 않았다. 얼마 지나지 않아 날이 개었고, 사람들도 흩어지기 시작했다. 비연 일행도 날이 어두워지기 전에 성에 들어가기 위해 서둘렀다.

그들이 성을 향해 달려갈 때, 계속 객잔 뒤에 멈춰 서 있던 마차가 마침내 천천히 움직이기 시작했다. 마차 안에는 보랏빛 옷을 입은 남자가 나른한 자세로 기대앉아, 호두 한 쌍을 손으로 굴리고 있었다. 그 손은 매우 보기 좋게 가꾸어져 있어, 부드럽고 매끄러움이 여자에게 지지 않았다.

마부가 물었다.

"삼전하, 우리도 성에 들어갈까요?"

그러자 삼전하라 불린 이가 희미하게 미소 지으며, 나른하고도 듣기 좋은 목소리로 대답했다.

"당연하지. 오늘 밤 군구신이 분명 입궁할 터이니, 본 황자도 가서 저 약녀를 살펴봐야겠다. 벌써 열흘이나 제대로 보지 못했으니 보고 싶구나."

마부는 '예'라고 대답한 후 마차를 몰았다. 그러나 발각될까 두려운 듯 비연 일행에게 너무 가까이는 가지 않았다.

신농곡에서부터 따라오는 동안 그들은 계속 안전한 거리를 유지해 왔다. 지난번 삼전하가 정왕부에 갔을 때, 하마터면 들킬 뻔했던 것이다!

백리명천

비연과 군구신은 밤이 되어서야 정왕부에 도착했다.

그들은 떠날 때처럼 조용히 움직여 누구의 주의도 끌지 않았다.

군구신은 잠시도 쉬지 않고 의복을 갈아입은 후 바로 입궁했다. 부황이 기씨 가문을 다스리는 것이야 작은 일이지만, 신농곡에 내적이 있다는 것은 큰일이었다!

그는 신농곡의 내적이 그 늙은 여우라고는 믿지 않았다. 그의 추측에 따르면 늙은 여우는 신농곡 사람을 매수하여 약재를 훔친 게 분명했다.

이렇게 도발하고, 천염국의 두 대장군을 모함할 수 있는 것은 분명 외적도 있다는 뜻이었다. 서쪽의 백초국이거나, 혹은 동쪽의 만진국이거나.

오는 길에 비둘기를 날려 상황을 부황에게 보고했지만, 이 일은 얼굴을 맞대고 의논해야 했다.

이틀 전에 노집사에게서 서신을 받았다. 신농곡 쪽은 순조롭게 진전되고 있었다. 아마도 며칠 내로 내적을 색출해 낼 수 있을 것 같았다.

그러므로 반드시 반격할 준비를 제대로 하여 흥수를 착오 없이 잡아내야 했다. 진양성 안의 세작 하나도 놓칠 수 없었다.

변경도 전면적으로 재배치해야 할 듯했다. 만진국이건 백초국이건 감히 진양성 안으로 들어오고, 심지어 황궁에까지 잠복하다니! 이것은 의심할 바 없이 군씨 황족을 안중에도 두고 있지 않다는 이야기였다.

무시해도 분수가 있지!

이 원한을 갚지 않는다면, 만약 이 일이 퍼졌을 때 천염국이 현공대륙에서 어디 행세를 할 수 있겠는가?

조용한 밤이었다. 군구신이 타고 있는 마차가 닫혀 있는 궁문 앞에서 멈췄다. 시종이 금위군에게 영패를 보여 주려 했을 때였다. 시위가 다급하게 달려와 신농곡에서 막 도착한 밀서를 건넸다.

군구신이 밀서를 펼쳤다. 눈에 차가운 빛이 감도는가 싶더니 그가 조용히 중얼거렸다.

"삼전하 백리명천百里明川……. 원래 당신이었군! 좋다!"

그러고는 바로 나지막한 목소리로 시위에게 말했다.

"이화수항梨花水巷, 신농약당, 바로 사람을 보내도록."

군구신은 다시 신분을 표시하는 영패를 수행하던 태감에게 건넨 후 차가운 목소리로 말했다.

"정역비를 찾아, 사방의 성문을 봉쇄하라 일러라. 그 누구도 성에 들어오지 못하도록 하라고. 황상께서 친필로 쓰신 명이 아니라면, 궁중의 누가 명령하더라도 따를 필요 없다!"

그리고 그는 다시 밀서를 금군에게 건네며 황상에게 전달하도록 했다.

모든 것을 안배한 후에 군구신은 서둘러 성 남쪽의 이화수항으로 향했다.

그가 방금 받은 밀서는 바로 신농곡의 노집사가 친필로 작성한 것이었다. 내적이 잡혔고, 진상 역시 드러났다!

내적은 만진국의 삼전하인 백리명천에게 매수되었고, 백리명천의 여우 굴은 바로 진양성 남쪽 이화수항에 위치한 신농약당이었다!

백리명천에게 도둑맞았던 육단상륙 몇 뿌리 외에도 신농약당에 보관되어 있는 다른 약재들 모두 신농곡의 내적을 통해 가져온 것이었다.

내적이 신농곡 약초밭에서 약을 훔쳐 신농약당으로 보내면, 신농약당 주인은 대금을 지불해 구매하는 방식으로 처리했다. 그렇게 그들은 백리명천의 돈에서 이득을 취하고, 또 약재를 판매하면서도 이득을 취했다. 그야말로 자본 한 푼 없이 장부상 거래로 이익을 취했던 것이다.

세작이었던 오 공공이 쓰던 약도 모두 신농약당에서 온 것으로, 결국 신농곡 약초밭에서 온 셈이었다.

바꿔 말하면, 신농약당 주인과 내적이 그런 방식으로 이득을 취하지 않았다면 오 공공이 썼던 약이 모두 신농곡에서 온 것이 아닐 수도 있었다. 그 경우 비연이 아무리 열심히 약가루를 분석했다 한들 신농곡을 의심하지는 못했을 것이다.

그 주도면밀하고 음험한 늙은 여우가 결국은 자기 사람들 때문에 꼬리를 밟히게 된 것이다!

내적은 진상뿐 아니라 백리명천의 계획까지 자백했다. 오 공공이 자살하자 백리명천은 철수할 생각이었다. 그러나 왜인지 모르게 갑자기 계획을 취소하고, 가을까지 진양성에서 머물기로 결정했다.

군구신이 빠르게 신농약당에 도착했다. 그로부터 얼마 지나지 않아 망중이 직접 시위들을 이끌고 달려와 신농약당을 포위했다.

군구신이 문 앞에 서서 차갑게 말했다.

"생포해라. 많을수록 좋다."

다른 이들이라면 그가 직접 손을 쓸 필요가 없었다. 그가 기다리는 것은 백리명천이었다.

백리명천이 안에 있다면 최선의 결과였다. 하지만 안에 있지 않다 해도 상관없었다. 사방이 이미 봉쇄되었고, 정역비가 직접 파수를 보고 있다. 그 누구도 도망칠 수 없다!

시위들이 안으로 들어간 지 얼마 되지 않아 조용하던 신농약당이 시끄러워졌다. 고함 소리며 용서를 비는 소리, 싸우는 소리가 들려왔다. 군구신은 뒷짐을 진 채 문가에서 냉담한 표정으로 기다리고 있었다.

얼마 지나지 않아 검은 옷의 여자가 허공에서 공중제비를 돌며 뛰어내려, 군구신을 검으로 찔러 왔다.

"정왕! 천당에 길이 있는데 그곳으로 가지 않고, 문이 없는 지옥으로 굳이 들어가려는 것인가? 오늘 내가 주인을 대신해 너에게 길을 열어 주마!"

군구신은 움직이지 않았다. 대신 양옆에서 시위 두 명이 나타나 힘을 합쳐 여자를 잡으려 했다. 그러나 흑의녀의 무공이 생각보다 높았다. 두 시위는 그녀에게 상처 입히지 못했을 뿐 아니라 오히려 세 초식 만에 그녀에게 제압당했다.

군구신 역시 꽤 놀랐다. 이 여자가 꽤 인물인 모양이었다.

그는 시위의 장검을 걷어차 올려 손으로 잡고는 앞을 향해 달려 나갔다. 그리고 단 한 초식 만에 흑의녀를 제압했다. 여자의 기세는 전혀 줄어들지 않았지만, 형세가 좋지 않은 것을 보고 몸을 돌려 도망치려 했다.

군구신이 쫓아갔다. 그는 여자라고 봐주는 것 없이 두 번째 초식으로 흑의녀의 팔에 상처를 입혔다. 흑의녀는 어쩔 수 없이 몸을 돌려 신농약당으로 도망가며, 가는 길에 두 시위를 죽였다.

군구신은 더 이상 쫓지 않았다. 신농약당 안에 함정이 없다고 확신할 수 없었기 때문이다. 또한 방금 흑의녀의 초식이 자신을 유인하기 위한 것인지도 모른다는 생각이 들었다.

그의 목표는 단 하나, 백리명천이었다.

흑의녀는 제자리로 돌아가 적지 않은 동료들을 구해 냈다. 그녀는 동료들을 이끌고 후문으로 도망치며 분노한 목소리로 물었다.

"삼전하께서는? 오늘 밤 돌아오신다 하지 않았나? 어디 계신 거지?"

이 순간 백리명천은 바로 정왕부의 명월거에 있었다.

그는 비연이 문을 닫는 것을 보고 그 자리를 떠나려다가 멀리서 하소만이 다가오는 것을 보고 발을 멈췄다. 그의 입가에 장난스러운 미소가 떠올랐다. 달빛 아래 그 모습이 유달리 매력적이었다.

비연은 방 안 침상에 누워 있었다. 꼼짝도 하고 싶지 않았다. 그녀는 성실하게 일하는 성격이었기에, 돌아오자마자 식사를 마친 후 장약루에 가서 모든 약재를 한 번 더 검사했다. 그리고 이제야 막 씻은 후 자려는 참이었다.

그러나 문을 두드리는 소리가 들렸다.

"누구……."

"나!"

"무슨 일이야?"

"급한 일이야."

"말해 봐."

"일단 문을 열어! 아주 긴급한 일이니까, 빨리!"

비연은 어쩔 수 없이 침상에서 내려와 다시 옷을 입고 문을 열었다. 그러나 하소만은 그녀를 보자마자 손을 내밀었다.

"차용증서를 보여 줘!"

비연은 당황했다가, 곧 손을 뻗어 그의 손바닥을 사납게 내려쳤다.

"급한 일이라는 게 이거야? 저리 가! 자는 걸 방해하지 말고! 그리고 이 돈은 내 거라고. 한 푼이라도 가져갈 생각 하지 마!"

하소만은 맞고서는 화가 나서 바로 본론에 들어갔다.

"고비연, 한 삼소저의 돈을 받아서는 안 돼!"

하소만이 돈 때문에 왔다고 생각했지 한 삼소저 때문에 왔다고는 생각지 못했던 비연은 가만히 그를 바라보았다.

정왕 전하와 한 삼소저의 관계가 어느 정도인지 하소만은 분명 알고 있겠지?

그녀가 갑자기 큰 소리로 웃기 시작했다.

"만 공공, 할 말이 있으면 안으로 들어와 하시지요!"

하소만이 그제야 만족하며 성큼성큼 안으로 들어왔다. 비연은 일부러 문을 닫아걸었다. 하소만을 제대로 손봐 줄 작정이었다.

백리명천은 흥미가 떨어져 바로 그 자리를 떠났다. 그는 정왕부의 담벼락을 넘어간 후 침착하게 자신이 입고 있던 화려한 장포를 정돈했다. 그때, 멀지 않은 곳에서 기다리고 있던 마부가 다급하게 달려왔다.

"삼전하, 큰일입니다! 신농약당이 포위당했고, 사방 성문이 모두 봉쇄됐습니다. 지금 당장 떠나셔야 합니다!"

백리명천이 경악했다.

"뭐라고?"

마부가 분노하며 말했다.

"정왕과 비연이 신농곡에 간 것이 분명 문제였습니다! 삼전하, 정역비가 성 밖에서 궁수들을 움직이고 있습니다. 당장 가시지 않으면 늦습니다."

백리명천은 서두르지 않았다. 그의 긴 눈매가 천천히 가늘어지더니, 고개를 돌려 정왕부의 높은 담장을 바라보았다.

처음 뵙겠습니다. 미안합니다.

깊은 밤, 진양성 전체가 계엄 상태에 들어갔다. 그러나 사람들 대부분은 꿈속에 있어 알아채지 못했다.

비연은 명월거에서 하소만과 서로 멀뚱멀뚱 바라보고 있었다.

하소만의 입은 단단히 다물려 있었다. 그녀가 아무리 회유해도, 또 일부러 떠보아도, 그리고 거액을 준다 해도 대답하지 않았다. 아니, 대답하지 않는 것은 그렇다 치고, 계속 차용증을 보여 달라고 요구했다.

하소만의 이런 태도를 보자 비연은 확신했다. 자신이 차용증을 꺼내는 즉시 빼앗길 거라고. 그러니 그것을 어떻게 꺼낼 수 있겠는가?

비연은 정말 피곤해 하품을 하며 말했다.

"1천 금을 더해 줄게. 모두 1만 금이야. 아는 사실을 말해 줘. 어때?"

하소만이 대답했다.

"차용증을 주면 고려해 보지."

비연이 혀를 찼다.

"이만 가 봐! 배웅하지 않을 테니."

듣고 싶은 이야기가 있었던 게 아니라면 벌써 하소만을 내쫓았을 것이다.

그러나 하소만은 미동도 하지 않았다. 그는 잠시 머뭇거리더니 진지하게 물었다.

"비연, 전하를 좋아하는 거…… 맞지!"

비연이 바로 고개를 끄덕이고 웃으며 반문했다.

"당연히 좋아하지. 너는 전하를 좋아하지 않는 거야?"

하소만이 냉소했다.

"바보같이 굴지 마. 내가 말하는 게 무슨 의미인지 알잖아!"

비연의 웃음이 살짝 굳는가 싶더니, 그녀가 재빨리 몸을 일으킨 뒤 문을 가리켰다.

"만 공공, 무슨 말씀을 하시는지 모르겠사오며, 알고 싶지도 않사옵니다. 제발 꺼져 주시지요!"

그러나 하소만은 침착하게 탁자 위의 차를 따라 마셨다.

"비연, 솔직하게 모든 것을 털어놓을게. 황상께서는 너를 싫어하셔. 그것도 아주 많이. 그리고 한 삼소저는 매우 좋아하시지. 전하께서도 한 삼소저를 좋아하시고 말이야. 한 삼소저가 나중에 전하의 정비는 되지 못한다 해도 측비 정도는 될 가능성이 높아. 네가 한 삼소저에게 밉보이면 후에 좋게 지내기 어려울 거야. 신농곡으로 가는 수밖에 없을지도 모르고."

비연은 굳어 버렸다. 왜인지 모르게 마음속이 갑자기 막혀 오는 것 같았다. 신농곡에서 전하가 한 삼소저의 신물을 받는 것을 보았을 때도 이렇게 답답한 기분은 아니었는데!

그녀는 전하와 한 삼소저의 관계가 얕지 않다는 걸 알고 있었다. 전하가 한 삼소저를 좋아한다는 것도 알고 있었다. 그러나 전하가 한 삼소저를 아내로 맞이하리라는 생각은 해 본 적이 없었다.

좋아하는 것과 아내로 맞는 게 무엇이 다를까? 두 가지 사이에 얼마큼의 거리가 있는 걸까?

만약 아내로 맞이한다면, 그건 분명 아주…… 아주 좋아한다는 의미겠지?

그녀는 더 이상 생각하지 않기로 했다. 그러나 그녀의 얼굴빛은 분명 좋지 않았다. 비연이 차가운 목소리로 하소만에게 외쳤다.

"네가 가지 않는다면 내가 가지!"

그녀가 몸을 돌려 성큼성큼 걸어갔다. 그리고 문을 열었을 때, 보랏빛 옷을 입은 남자가 문가에 서 있었다.

비연이 남자의 외모를 제대로 보기도 전에 그가 그녀를 끌어당겼고, 비연은 남자의 품으로 쓰러졌다.

"악……!"

비연이 비명을 질렀으나 곧 입이 틀어막히고 말았다.

"앗!"

하소만이 비연보다 날카롭고 크게 비명을 지르며 쫓아오기 시작했다.

"여봐라, 자객이다! 누구 없느냐! 어서……!"

얼마 지나지 않아 시위 여럿이 나타났으나 보랏빛 옷의 남자는 이미 사라져 보이지 않았다.

하소만은 당황한 표정이었으나 여전히 냉정을 유지하며, 과감하게 명령했다.

"궁수들은 밖에서 포위하고, 바로 샅샅이 뒤지도록. 도망치게 내버려 두어서는 안 된다! 고 약녀에게 무슨 일이라도 생긴다면, 너희 모두 살아남지 못할 것이다!"

하소만의 말이 막 끝났을 때 우측 정원 구석에서 시위의 목소리가 들렸다.

"여기입니다, 여기, 어서!"

시위들이 재빨리 그쪽으로 향했다. 하소만은 무공을 익히지 않았지만 지름길로 빠르게 달려 시위들을 따라붙을 수 있었다.

그러나 그들이 도착했을 때 보랏빛 옷의 남자와 비연은 보이지 않았다. 망중이 담장을 넘어 추격했고, 곧 그도 보이지 않게 되었다.

이렇게 많은 시위가 있는데도 망중만이 가까스로 추격할 수 있었다. 자객은 유유히 정왕부에서 도망쳤다.

비연을 납치한 사람은 바로 백리명천이었다.

그는 정왕부를 나오자마자 바깥쪽에서 포위하고 있는 궁수들을 발견했다. 인질이 있다 해도 도망치기 어려울 것 같은 기세였다. 그러나 그는 여전히 사악하고도 매력적인 미소를 빼어물고, 당황하지도 서두르지도 않았다.

그는 심지어 잠시도 멈추지 않았다. 한 손으로는 비연의 입을 막고, 다른 손으로는 그녀의 허리를 끌어안아 방패로 삼았다.

그는 자신 앞에 가득한 화살을 무시한 채, 발끝에 힘을 주어 우아하게 궁수들 앞으로 날아올랐다. 망중은 비연이 다칠까 두려워 시위들에게 활을 쏘라고 할 수가 없었다.

백리명천은 보기에 우아해 보였으나 속도는 결코 느리지 않았다. 그는 여유롭게 화살들을 피하며 궁수 두 명을 발로 걷어차고는 재빨리 남성문 쪽으로 도망쳤다.

"어서 신농약당으로 가서 전하께 알려 드려라. 그리고 정 대장군에게도 통지하도록. 최대한 빨리 남성문으로 가야 한다!"

망중은 다급하게 설명하고는 궁수들을 이끌고 계속 추격했다.

백리명천은 곧 망중 등의 추격에서 멀리 벗어났다. 비연은 계속 발버둥 한 번 치지 않고 조용히 있었다. 그럴 마음이 없어서가 아니었다. 백리명천의 손바닥에 독이 있었다.

그가 그녀의 입을 틀어막았을 때 그녀는 독을 마셨다. 곧 온몸에서 힘이 빠지고 정신마저 아득해졌다. 그녀의 손이 약왕정 위에 있었으나 약왕정을 불러낼 수 없는 정신 상태였다.

얼마 지나지 않아 백리명천이 남성문에 도착했다.

성루 위에 빽빽하게 보이는 것은 모두 궁수들이었다. 그들은 모두 활을 당긴 채 지시만을 기다리고 있었다. 그러나 백리명천은 백 명 가까이 되는 궁수들도 안중에 없는 듯했다.

그는 성루 위를 흘깃 보고는 고개를 숙여 품 안의 비연을 바라보았다. 그녀는 정신을 잃은 상태였다.

"약녀, 첫 만남인데 미안하게 되었군."

그는 미소 지으며 비연의 얼굴 위에 흐트러진 머리카락을 정돈해 주었다.

이 순간, 정역비가 노한 눈으로 그 장면을 바라보고 있었다.

그는 성루 위에서 궁수들을 지휘하고 있는 것이 아니라 성루 좌측 지붕 위에 서 있었다.

그는 검은 머리를 모두 묶고, 역시 검은 옷을 입었다. 꼿꼿하게 서 있는 그의 모습은 마치 밤하늘 속에 녹아 있는 것 같았다. 그는 백리명천을 보며 소리 없이 왼손을 들어 올렸다. 그의 왼팔에는 활이 놓여 있었다.

그는 눈을 가늘게 뜨고 백리명천 등 뒤의 급소를 조준했다. 그의 입가는 승리를 확신하듯 가벼운 곡선을 그렸다. 그는 언제나처럼 자신만만했다.

정왕 전하 앞에서는 유순하지만 그 외의 경우에는 아무도 탈수 없는 야생마 같은 정역비였다. 철기는 정씨 가문의 가장 귀한 패였고, 궁수들은 그 귀한 패 중에서도 가장 귀한 패들이었다. 그는 어린 시절부터 궁술을 배웠고, 지금까지 단 한 발도 헛되이 쏘지 않았다.

정왕 전하의 명령만 있다면 백리명천 같은 타국의 황자는 말할 것도 없고, 천염국 군씨 황족의 황자라도 그는 일발에 적중시킬 수 있었다. 손에 사정을 두는 일은 결코 없을 것이다.

만진국 백리 황족의 삼전하라 했던가? 감히 자신의 목숨을 해치려 하고, 약녀를 납치하려 한 자가? 그는 오늘 밤 백리명천이 고슴도치가 될 때까지 활을 쏘아 줄 생각이었다.

정역비는 조준을 끝낸 후 화살을 한 대 더 꺼내 이미 목표를 조준하고 있는 활에 메겼다. 그리고 또 다른 급소를 조준했다.

정역비가 활시위를 놓으려 할 때였다. 백리명천이 갑자기 비

연을 오른손으로 안으며, 다른 손으로 허리춤에서 부채를 꺼내
활짝 폈다. 손을 쓰려는 것이 분명했다!

정역비가 재빨리 방향을 바꿔 다시 목표를 조준하고, 주저하
는 빛 없이 화살을 쏘았다!

휙!

날카로운 화살 두 대가 동시에 날아가며 번개보다도 빠르게
백리명천의 등을 덮쳤다. 그러나 백리명천은 정역비가 매복하
고 있는 걸 알고 있었던 것처럼 갑자기 몸을 옆으로 슬쩍 비켰
다. 화살 두 대가 바로 비연을 향해 날아가고 있었다!

"안 돼!"

정역비가 비명을 질렀지만, 이미 늦은 후였다…….

아슬아슬, 겁을 먹다

"안 돼!"

정역비가 미친 듯이 소리쳤다. 그가 지붕에서 날듯이 뛰어내렸다. 마치 자신이 쏜 화살을 쫓을 것처럼.

그러나 화살을 어떻게 쫓을 수 있을까? 그는 제정신을 잃고 있었다.

"백리명천, 그러면 안 돼! 그녀를 놔줘, 그녀를 놓으라고⋯⋯!"

정역비가 외치는 동안 화살이 비연의 귀를 스치고 지나갔다. 하마터면 그녀를 상처 입힐 뻔했지만 결국은 추호도 상하게 하지 않았다. 비연은 여전히 정신을 잃고 있었고, 무슨 일이 벌어지는지 알지 못했다.

정역비는 창백한 안색으로 갑자기 발걸음을 멈추었다. 비연에게는 아무 일도 없었지만 그의 심장은 쿵쿵 소리를 내며 빠르게 뛰고 있었다!

백리명천이 큰 소리로 웃기 시작했다. 그는 모든 것을 장악하고 있는 듯, 또 이런 결과를 미리 예상했다는 듯, 이 심장이 떨리는 순간이 그저 장난이었던 것처럼 정역비를 희롱하고 있었다.

정역비가 멀리서 발걸음을 멈춘 것을 보고 그의 웃음소리에는 점차 장난기가 짙어져 갔다.

"하하! 정 대장군, 보아하니 이 계집을 무척 좋아하는 모양 이군!"

정역비가 바로 활을 들어 올리고는 노한 목소리로 외쳤다.

"백리명천, 그녀를 놔줘! 그럼 본 장군이 네 시체만은 온전 히 남겨 주마!"

백리명천이 가볍게 웃었다. 정역비의 경고 따위는 아무렇지 도 않다는 태도였다.

"정 대장군, 도박을 할까? 어때?"

비연을 꽉 끌어안은 그는 다른 한 손으로 부채를 우아하게 움직여, 성루를 가득 채운 궁수들을 가리켰다.

"저 화살들이 모두 쏟아진다면, 이 계집을 죽일 수 있을지 내 기하는 건 어때?"

"너!"

분노한 정역비가 즉시 활을 당겨 백리명천의 눈을 조준했다.

백리명천의 그 가늘고 긴 눈에는 여전히 웃음기가 배어 있었 다. 그는 사악해 보일 정도로 매력적인 모습으로, 그리고 나긋 하게 말했다.

"본 황자가 생명으로 도박을 해 볼까 하는데. 네가 이 계집을 죽일 수 없을 뿐 아니라, 이 계집의 머리카락 한 올 다치게 하 지 못할 거라는 데 걸겠어. 어때, 내기를 해 볼까?"

정역비는 활을 꽉 잡은 채 대답하지 않았다. 백리명천은 대 체 무슨 뜻인 걸까? 화살이 전부 쏟아지는데 백리명천이 어떻 게 약녀를 지킬 수 있겠는가. 그는 분명 약녀를 방패로 쓰지 않겠는가?

백리명천이 도전하고 있었다! 약녀를 인질로 삼아, 일부러 사람을 화나게 하며! 정역비는 감히 내기에 응할 수 없었다! 어찌해야 할까?

정역비가 조급해하며 계속 생각했다. 그는 솔직한 성격이었지만 그렇다고 해서 어리석거나 충동적인 사람은 아니었다. 그는 분명히 알고 있었다. 자신이 가장 잘 아는 방식은 계속 이대로 가는 것이다. 가능한 한 비연에게 상처 입히지 않으면서 백리명천을 잡는 것. 그는 자신의 궁술과 성 위 정예병들의 궁술을 믿고 있었다. 백리명천을 잡지 못할 리 없다!

그러나 방금의 그 장면 때문에 그는 겁을 먹고 있었다. 그는 확신할 수 없었다. 두 번째도 세 번째도, 비연이 요행히 살아남을 수 있을까?

결국 정역비는 병사들을 움직이지 않는 것을 선택했다. 그로서는 도저히 비연의 생명을 걸고 도박을 할 수 없었다. 그는 그저 시간을 끌며 정왕 전하가 올 때까지 기다리기로 했다.

정역비가 소리쳤다.

"대체 무슨 생각이냐? 사람을 놓지 못하겠느냐?"

백리명천이 그의 말에 대답하지 않고 제법 진지한 표정으로 물었다.

"왜, 정 대장군께서 도박을 못 하겠단 말이지?"

정역비 눈가에 일말의 복잡한 빛이 스쳐 갔다. 그는 일부러 재촉했다.

"소인배 주제에 본 장군과 겨뤄 보려 하다니. 어떻게 해야 사람을 놓아줄 건지 명쾌하게 말해 봐라!"

백리명천이 빙긋 웃었다. 그와 같이 교활한 자가 이곳에 오래 머물면 안 된다는 사실을 모를 리 없었다. 비록 그가 군구신과 정면으로 마주하기를 고대하고 있다 해도 말이다. 어쨌든 이곳은 군구신의 영역이니, 그를 만난다면 고생할 각오를 해야 했다.

"정 대장군께서 도박에 흥미가 없으시다면, 본 황자는 이만 작별을 고하지!"

그는 비연을 품에 끌어안은 채 성루 위의 궁수들 쪽으로 향했다. 그리고 경공법을 발휘하여 그들 바로 앞으로 달려갔다.

정역비가 헉, 숨을 들이마셨다. 그는 백리명천이 자신의 위협을 무시하리라고는, 그리고 성에 가득 찬 궁수들을 신경 쓰지 않으리라고는 생각지 못했던 것이다.

궁수들은 정역비의 명령이 없으니 활을 당기지 못하고 있었다. 백리명천은 땅을 내딛는 힘을 빌려 갑자기 허공으로 치솟더니 성벽을 넘었다. 마침내 정역비도 참지 못하고, 백리명천의 등을 조준하여 사납게 화살을 쏘았다!

그러나! 백리명천은 다시 한번 일부러 몸을 틀어 비연을 방패로 삼았다!

사실 이 순간 백리명천의 다른 한쪽은 방패가 없으니 아무 대비가 없는 셈이었다. 정역비 스스로 손을 쓰지 않더라도 궁수들에게 활을 쏘라 명령해야 했다. 그러나 그는 그렇게 하지 않았다! 다시 한번 굳어 버렸던 것이다.

그가 쏜 화살이 비연의 배를 날카롭게 스쳐 갔을 때, 비연이 상처 입지 않은 것을 보고서도 그의 심장이 내려앉았다. 그리고 긴장의 극에 달해 있던 몸에서 힘이 풀렸다. 하마터면! 하마터면……!

방금 화살은 정말 아슬아슬했다! 그는 아주 분명히 보았다. 그 화살이 살짝만 옆으로 비껴갔더라면 비연의 배를 꿰뚫었을 것이다.

이제 그의 손이 떨리고 있었다.

백리명천이 땅에 내려앉더니 방금보다 더 큰 소리로 웃었다.

"정 대장군, 보아하니 내기를 하고 싶은 모양인데! 하지만 안타깝군. 그쪽이 이미 져 버렸으니!"

그는 말을 마치자마자 다시 한번 공중으로 날아올랐다. 그리고 성을 넘어 밖으로 빠져나갔다!

성에 가득 찬 궁수들이 경악한 얼굴로 자신들의 주인을 바라보았다. 그들 중 나이 든 이들은 정역비가 자라는 것을 보아 온 사람들이었다. 신병들은 정역비가 직접 키운 자들이었다. 그들 중 누구도 정역비가 이렇게 당황하며 결단을 내리지 못하는 모습을 본 적이 없었다. 그들이 아는 대장군의 반응이 아니었다. 이곳이 만약 전쟁터였다면 치명적일 수밖에 없는 상황이었다.

정역비는 자신의 떨리는 손을 바라보며 그대로 굳어 있었다. 그렇다. 그도 오늘 밤에야 자신이 비연을 얼마나 좋아하는지 알게 된 것이다. 그는 겨우 정신을 다잡고 추격을 명령했다.

이때, 망중 역시 수하들을 이끌고 추격 중이었다. 그들이 성을 나선 지 얼마 되지 않아 누군가가 담을 넘어, 마치 그림자가 번쩍이듯 빠르게 움직였다. 성을 지키던 병사들도 알아채지 못할 정도였다.

바로 군구신이었다. 그는 이미 옷을 갈아입고 은색 가면을 쓰고 있었다. 소위 영술이란 것이 이렇게 그림자처럼 빠른 것이었다!

곧 그는 소리 없이 망중을 추월했고, 다시 정역비도 추월했다.

얼마 지나지 않아 그는 백리명천을 발견했다. 그 순간 백리명천이 그를 알아챈 것처럼, 홀연히 작은 오솔길에서 어두운 숲속으로 꺾어져 들어갔다. 군구신도 바로 따라 들어갔으나 곧 발걸음을 멈추고 자신의 충동적인 행동에 분노했다.

오늘 밤은 달이 어두워, 어두운 숲속에 들어오니 손을 뻗어도 다섯 손가락이 보이지 않을 정도였다. 게다가 사방은 쥐 죽은 듯 고요했다.

백리명천이 먼저 숲에 들어갔으니 그는 십중팔구 매복했을 것이다. 매복이 없다 해도 백리명천은 그가 움직이는 소리를 듣는 순간 그의 위치를 판단할 수 있었다. 그러나 군구신은 백리명천을 볼 수 없었다! 지금 그는 밝은 곳에, 그리고 백리명천은 더욱 어두운 곳에 있는 것이나 마찬가지였다!

정역비와 망중도 곧 도착할 테니, 그는 이렇게 충동적으로 굴지 말았어야 했다.

군구신은 그 자리에 멈춰 선 채 주변을 살피고 귀를 기울였다.

점차 이상하다는 생각이 들었다. 비연은 대체 어떻게 된 걸까?

군구신에게 잡혔을 때 그녀는 발버둥도 치고 온갖 계교를 부려 댔다. 그러나 백리명천의 손에 들어간 후로는 아무런 움직임이 없지 않은가? 비연의 독술은 어떻게 된 걸까? 그녀는 아무도 몰래 독을 쓸 수 있는 능력이 있지 않은가?

비연에게 무슨 일이라도 생긴 건 아니겠지?

군구신이 미간을 찌푸렸다. 본래 주변에 대한 경계를 높여야 했는데 어느새 저도 모르게 정신을 놓고 있었다.

그리고 바로 그 순간, 그의 머리 위에서 살기가 덮쳐 왔다!

처음 겨뤄 보니, 호적수

살기가 덮쳐 왔다.

군구신은 알아채자마자 바로 피했다. 그러나 피하다가 바로 발걸음을 멈췄다. 이렇게 어두운 곳에서라면 움직이지 않는 게 가장 안전했다. 정적인 것으로 동적인 것을 제압해야만 했다.

주변이 곧 방금처럼 고요해졌다. 때때로 나무 사이로 들려오는 바람 소리뿐이었다. 군구신은 비록 백리명천이 어디 있는지 정확히는 몰랐지만 근처에 있다는 건 알고 있었다.

그렇다면 비연은? 백리명천이 설마 그녀를 안은 채 자신을 기습했다는 말인가?

방금 머리 위에서 느껴진 동작은 급작스러웠고 매우 빠르게 사라졌다. 누군가를 안고 있는 사람이 할 수 있는 행동이 아니었다.

그렇다면 비연은 어디에 있는 걸까? 지금 어떤 상태일까?

마음속에 다시 한번 걱정이 일었다. 그리고 바로 이때, 머리 위 나무에서 갑작스러운 움직임이 느껴졌다. 군구신은 이번에는 피하지 않고 검을 쥔 채 뛰어올랐다. 어둠 속에서 백리명천의 웃음소리가 들려왔다.

"누구냐? 너도 이 약녀를 데리러 온 거냐? 하하, 애쓸 필요 없다. 본 황자가 너에게 줄 테니!"

말이 끝나자마자 갑자기 바스락거리는 소리가 들리더니 누군가가 나무 위에서 떨어져 내렸다!

눈앞은 칠흑 같은 어둠이었고 아무것도 보이지 않았다. 다만 그 소리만 아주 뚜렷하게 들려왔다.

그러나 군구신은 소리만으로도 확신할 수 있었다. 지금 나무에서 떨어지는 사람은 비연이 아니다. 그녀는 작고 말랐다. 이런 소리가 날 리 없다.

하지만 언제나 과감하던 그가 망설이고 있었다. 군구신은 결국 검을 거둬들이고 피하는 것을 선택했다.

곧, 그 사람이 땅 위에 무겁게 떨어지는 '쿵' 소리가 들렸다. 그 뒤를 따라 어두운 숲이 다시 죽음 같은 적막에 잠겼다. 이제 바람 소리마저 들리지 않는 것 같았다.

군구신은 자신이 지금 번뇌하고 있다는 것을 인정하지 않을 수 없었다. 땅에 떨어진 소리로 판단하건대 절대로 비연이 아니었다. 방금 자신의 판단은 옳았다. 의심할 바 없이 그는 방금 좋은 기회를 놓친 것이다. 그가 만약 피하지 않고 기세를 몰아 위로 올라갔다면 백리명천을 잡았을 것이다.

여기까지 생각하고 나니 군구신은 마음을 굳힐 수 있었다. 그는 과감하게 장검을 들고 손을 쓸 준비를 했다.

그는 아주 명확하게 알고 있었다.

땅에 떨어진 사람은 비연이 아니라 백리명천 본인일 것이다!

이것이야말로 함정 속의 함정이었고, 허허실실 전법이었다. 진실과 거짓을 판단하기 어렵게 만드는 것, 그것이 바로 백리명천이 가장 잘 쓰는 수법이자 자주 쓰는 수법이었다!

그가 방금 피하지 않았다면 백리명천에게 상처를 입혔으리라 확언할 수 없고, 오히려 백리명천에게 상처를 입었을 수도 있다. 어쨌든 지금 그가 계속 움직이지 않는다면 백리명천이 움직일 것이다.

군구신의 추측이 옳았다!

이 순간 땅에 누워 있는 사람은 바로 백리명천이었다. 그는 군구신의 위치를 정확하게 파악하고 일격에 치명상을 입힐 수 있는 방향을 판단하고 있었다.

백리명천은 이 그림자처럼 빠른 사람이 어디서 온 인물인지 알지 못했다. 그러나 한 가지만은 명확했다. 이자는 분명 그때 정역비의 약을 훔치러 왔던 자객이고, 오 공공을 잡아 정역비에게 건넨 그 비밀스러운 인물이다! 그의 일은 비연 때문에 망쳤다기보다는 바로 이 신비한 자객 때문에 망친 것에 가까웠다.

백리명천은 비록 이 자객의 진짜 신분에 흥미를 느끼고 있었지만 자객을 죽이는 것 역시 개의치 않았다. 그가 가장 싫어하는 건, 그가 심혈을 기울여 짜 놓은 판이 다른 이 때문에 망가지는 것이었다! 그가 완벽하다고 생각했던 것이 무너지는 일!

백리명천은 꽉 쥐고 있던 부채를 슬며시 펼치기 시작했다. 그 속에는 표창이 숨어 있었다. 금방이라도 화살처럼 쏘아져 나갈 태세였다.

그러나 바로 이 순간, 군구신 역시 일격에 치명상을 입힐 방향을 판단해 내고는 검을 손에 쥔 채 대기 중이었다.

갑자기!

표창이 쏟아지고 장검이 날카롭게 빛났다. 두 사람은 완벽하게 동시에 손을 쓰기 시작한 것이다!

쨍!

쇠와 쇠가 부딪치는 맑은 소리가 들렸다. 표창이 칼날에 부딪치며 나는 그 소리는 잠시도 쉬지 않고 계속 들렸다!

군구신은 피해야 했지만 피하지 않았다! 그는 검을 쥐고 백리명천을 향해 과감하게 찔러 가는 동시에 머리를 살짝 옆으로 비꼈다. 원래대로라면 그의 목을 꿰뚫었을 표창이 그의 목을 스치고 지나가며 긴 핏자국이 생겨났다.

백리명천도 피했지만 군구신만큼 운이 좋지는 않았다. 그의 목을 노리고 들어왔던 검이 그의 쇄골 부위를 찔렀기 때문이다. 치명상은 아니었지만 중상이었다. 그리고 이 순간, 군구신은 아직 검을 손에 쥐고 있었다.

그러나 군구신은 계속 공격할 수 없었다. 백리명천의 표창에 독이 있었기 때문이다!

군구신의 무공이 한 단계 위였지만 백리명천은 교활하게 독을 사용했다. 두 사람은 한 번씩 힘을 주고받았지만 누구도 유리한 고지를 점하지 못했다.

그래도 둘 중에서 상승세를 타고 있는 사람은 바로 군구신이었다! 그는 천성적으로 독에 강했다. 팔에서 점차 힘이 빠져나가고 있었지만 그는 조금도 주저하지 않고 바로 힘을 더했다.

백리명천이 아픈 나머지 신음을 흘리며 다급하게 두 손으로 장검을 잡았다. 두 사람은 다시 한번 대치 상태에 빠져들었다.

바로 이 순간, 군구신의 등 뒤에서 발걸음 소리가 들려왔다.

이 어두운 숲속에 사람이 더 있다니!

군구신은 소스라치게 놀라 바로 장검을 빼어 들고 뒤쪽을 베어 갔다.

거의 동시에 백리명천이 몸을 빼어 도망치기 시작했고, 등 뒤에서 다가오던 이도 다급하게 물러나 멀리 사라졌다.

이 어두운 숲 안에 대체 몇 사람이나 숨어 있는 걸까?

군구신은 아쉬워하면서도 과감하게 숲을 떠났다.

달이 나왔으나 군구신의 눈이 아직 제대로 적응하지 못하고 있을 때였다. 멀리서 말발굽 소리가 들렸다. 분명 망중과 정역비일 터였다.

군구신은 두 손으로 장검을 짚었다. 그는 지금 제대로 서 있을 수도 없었다.

백리명천의 표창에는 대체 얼마나 강한 독이 발려 있었던 걸까? 독에 당한 지 얼마 되지도 않았는데 이미 버티기 힘들어지고 있었다.

그는 어두운 숲을 바라보았다. 걱정스러운 마음이 그를 스쳐 갔고, 평소처럼 냉정할 수도 과감할 수도 없었다.

백리명천이 무엇 때문에 비연을 데려간 걸까?

그나마 다행인 것은 아마도 백리명천은 비연을 죽이지 않을 거라는 사실이었다. 그렇지 않다면 그렇게 힘겹게 비연을 납치하지 않았을 테니까.

군구신은 잠시 생각하다가, 장검에 묻은 피로 땅 위에 별 모양의 기호를 그렸다. 그리고 그 자리에서 사라졌다.

사실 숲속에는 매복이 없었다. 방금 백리명천을 구한 사람은 바로 성 밖에서 잠복하고 있던 백리명천의 시녀였다. 백리명천과 시녀는 비연을 데리고 재빨리 숲을 떠나 산속으로 들어갔다.

그리고 그날 밤, 정역비도 병사들을 뽑아 산을 수색하기 시작했다.

망중은 본래 정역비와 함께 산에 들어가려 했으나 땅 위의 암호를 보고는 핑계를 만들어 그 자리를 떠났다.

다음 날에도 정역비는 산에서 아무것도 찾아내지 못했다. 그러나 그는 포기하지 않고 병사들을 더 많이 파견하여 수색 범위를 넓혔다.

동시에, 군구신은 대리시에 명해 만진국의 삼황자 백리명천에게 현상금을 걸고 수배했다!

이 수배령은 당연히 성 전체를 들끓게 했다. 이런 일이 일단 성 밖으로 나가면 천염국 전체, 아니 현공대륙 전체에 난리가 날 수밖에 없는 문제였다! 이웃 나라의 황자에게 지명 수배를 내리다니, 전대미문의 사건이었다. 그러나 군구신은 그런 패기를 부렸다!

군구신은 일단 일을 저지른 후에 보고할 생각이었다. 아니, 정확히 말하자면 그는 천무제에게 보고할 시간조차 없었다.

그는 성에 돌아오자마자 의원을 찾아 해독하려 했지만 의원에게는 그럴 능력이 없었다. 다만 독이 발작하는 것을 잠시 억제해 주었다. 군구신은 즉시 대리시로 찾아가, 신농약당에서 잡아 온 이들을 직접 심문하기 시작했다.

백리명천이 진양성에 그리도 오래 머물렀다면, 분명 성 밖에도 은신처가 있을 것이다. 군구신은 그렇게 확신하고 있었다.

너의 임무를 잊지 마라

대리시 감옥은 음산하고 어두웠다. 공기 속에는 축축한 피비린내가 배어 있었다. 긴 회랑 끝에서 때때로 소름 끼치는 채찍 소리며 참혹한 비명 소리가 들려왔다.

신농약당에서 잡아 온 포로는 모두 일곱이었다. 그중 다섯은 점원이었고, 한 명은 주인이었다. 그리고 남은 한 명은 바로 그 무공이 뛰어난 신분 불명의 여자였다.

지금 다섯 점원이 모두 형구 위에 매달린 채 고문을 받고 있었다. 고춧가루를 탄 물에 적신 가느다란 채찍이 피부 중 가장 연약한 얼굴 위로 떨어지고 있었다. 그들은 화가 나서 눈을 부라리면서도 계속 원하는 말을 하지 않고 그저 비명만 질렀다.

망중이 그들을 고문하고 있었고, 군구신은 모습을 드러내지 않았다.

이때 군구신은 가장 어두운 곳에 서 있었다. 그는 상태가 그다지 좋지 않은 듯 벽에 등을 기댄 채 살짝 고개를 숙이고 있었다. 윤곽이 분명한 얼굴은 언제나처럼 차갑고 잘생겨 보였지만 어둠 속에 있으니 더욱 조용하고 고독해 보였다.

"아, 용서해 주십시오……! 저는 아무것도 모릅니다!"

"악…… 아악!"

"우리는 삼전하를 뵌 적 없습니다. 악……!"

"전하가 어디 있는지 아는 건 주인과 채미뿐입니다. 우리는 모릅니다. 아무것도 몰라요!"

여기까지 들은 군구신이 몸을 일으켜 그 자리를 떠났다.

주인과 그 채미라는 여자는 각기 다른 곳에 갇혀 있었다. 주인의 입은 무겁지 않았지만 아는 것이 많지 않았다. 채미, 그 여자가 문제 해결의 관건을 쥐고 있음이 틀림없었지만 어떤 고문을 가해도 한마디도 하지 않았다.

군구신이 뇌옥 대문에 도착하자 궁 안의 태감총관인 매 공공이 문 앞에서 기다리고 있었다. 하소만도 그 뒤에 있다가 재빨리 군구신에게 눈짓했다. 부황이 그를 보려 하는 것이다.

군구신을 본 매 공공이 바로 달려 나와 공손하게 말했다.

"노비가 정왕 전하를 뵈옵니다. 황상께서 급히 전하께 입궁하라는 명을 내리셨습니다. 가마가 이미 준비되어 있으니, 전하, 가시지요."

군구신은 곁에 있던 공 대인에게 몇 마디 건네고 매 공공을 따라갔다. 하소만도 복잡한 표정으로 재빨리 군구신을 따랐다.

궁에 도착했다. 군구신의 추측대로 천무제는 더 이상 아픈 기색을 보이지 않았다. 상황을 모르는 이라면 그가 중병을 앓고 있다는 사실을 절대로 알아챌 수 없었을 것이다. 그러나 황제는 약에 의지해 간신히 버티고 있는 것에 불과했다. 군구신은 이를 아주 잘 알고 있었다.

부황의 병세가 '좋아졌다'. 그러나 진정으로 좋아진 것이 아니며, 오래 버틸 수도 없었다. 일단 약을 끊으면 아마 마지막

숨결마저 제대로 쉬기 어려울 것이다.

얼굴을 굳히고 있는 천무제에게서는 얼마 전까지 보이던 자애로운 부친의 모습은 찾아볼 수 없었다. 화가 나 있는 게 분명했다.

"소자, 부황을 뵙사옵니다."

군구신이 예를 행한 후 물었다.

"소자가 곁에 없는 동안에 부황께서는 평온하셨는지요?"

"좋다마다, 좋고말고!"

천무제가 노기등등하게 외쳤다.

"네가 이렇게 시끄러운 짓을 벌이지 않았다면 더 좋았을 것이다! 말해라, 어찌 네 마음대로 이런 큰일을 벌인 것이냐! 지금의 형세를 잘 알고 있을 텐데! 이렇게 이럴 수도 저럴 수도 없는 상황을 만들면 대체 우리에게 무슨 이점이 있단 말이냐?"

비록 백리명천의 행동이 지나쳐서 이런 일이 생겼다 해도 천무제의 분노는 다른 이에게 뒤지지 않았다. 천무제가 이미 변방에 주둔한 군대에게 명을 내려 준비시키고 있다지만, 그는 결국 진짜 흥수의 신분을 공개하지도, 전쟁을 벌이고 싶지도 않았던 것이다.

천염, 백초, 만진. 이 나라들은 모두 건국한 지 얼마 되지 않아, 기반이 안정되어 있지 않았다.

천염국이 가장 강하기 때문에 백초국이나 만진국을 이길 수 있기는 했다. 그렇기 때문에 백초국과 만진국이 3년 전에 동맹을 맺고, 동서 양쪽에서 천염국을 견제하고 있었다.

세 나라는 둘로 갈라진 상황이나 마찬가지였고, 서로의 힘이 비슷해 미묘한 관계를 이루며 서로 균형을 맞추고 있었다. 양쪽 모두 이 균형 관계를 깨고 패자가 되고 싶었지만 감히 경거망동하지 못하는 상태였다.

천무제가 생각하기에 이 일을 처리하는 가장 현명한 방법은, 설사 손해를 좀 보더라도 사람들에게 진짜 흉수를 공개하지 않는 것이었다. 병사들을 준비시킨 것은 만진국에게 경고하는 동시에, 사람들로 하여금 그 원인을 추측하게 하려는 의도였다. 백리명천을 쫓아 복수하고 치욕을 씻는 것은 어둠 속에서 해도 되는 일이었다.

그러나 군구신은 황제의 명을 기다리지 않고, 현상금을 내거는 방식으로 진상을 세상에 알려 버리고 말았다. 공개적으로 백리 황족을 모욕하고 도전한 것이나 마찬가지라 천염국은 어쩔 수 없이 공개적으로 복수를 해야만 했다. 그러지 않으면 이렇게 일을 크게 벌여 놓고 제대로 처리하지 않는다고 사람들의 웃음거리가 될 테니까.

군구신이 돌아온 지 3년이었다. 천무제가 처음으로 화를 내고 있었다.

군구신이 침묵하자 천무제가 다시 물었다.

"말해라. 그 약녀 때문에 네 이성이 어지러워진 것은 아니냐? 짐이 그리도 너를 믿었건만…… 너는 절대 이런 실수를 범해서는 아니 되었다!"

이 말에 곁에 있던 하소만이 깜짝 놀랐다. 정왕 전하가 성에 없던 보름 동안, 그는 전하와 비연 사이에는 아무 일도 없다고 황상을 설득해 놓았던 것이다. 그런데 이 일로 그의 노력이 물거품이 되었다.

하소만이 설명하려 했을 때, 분노한 천무제가 탁자를 내리쳤다.

"비를 선택하는 문제도 짐이 막 안배해 놓았거늘! 네가 돌아온 날 짐이 네게 말하지 않았더냐! 큰일을 이루려는 자는 여자 때문에 마음을 어지럽혀서는 안 된다고. 잊지 마라, 너는 군씨 황족의 적장자다. 네 진정한 임무를 잊지 마라! 네가 대황숙에게 했던 약속을!"

여기까지 들은 하소만이 감히 아무 소리도 하지 못하고 소스라치게 놀랐다. 비밀에 속하는 무언가를 들었다는 걸 직감해서였다.

그와 망중은 전하를 가장 잘 이해하는 사람들이었다. 그들은 계속 전하가 무엇 때문에 어린 시절을 다른 곳에서 보냈는지 추측해 왔다. 그리고 그렇게 오랜 시간을 보낸 다음 다시 돌아온 이유에 대해서도.

게다가 태자를 도와 정치에 참여한다? 황상이 전하를 돌아오게 하고, 태자와 같은 권리와 지위를 줄 바에야 무엇 때문에 태자를 바꾸지 않는 걸까? 적장자는 전하니, 본래 전하가 제위를 계승해야 했다. 게다가 전하에게는 그럴 만한 능력도 충분히 있었다!

아직 어린 태자는 동궁에 있지도 않고 매일 어딘가를 다니며

형으로 하여금 태자의 직무를 대신하게 했다. 태자가 남방을 유람하는 중이 아니었다면, 아마 전하가 궁에 들어왔다는 것을 알자마자 달려와 어리광을 부렸을 것이다.

그러나 하소만이 가장 이해할 수 없는 것은 바로 전하가 전심전력으로 태자를 돕고 있다는 사실이었다. 전하에게는 제위를 잇는다는 생각 같은 건 전혀 없어 보였다.

'진정한 임무? 대황숙에게 했던 약속?'

하소만이 마음속으로 황상의 말을 되뇌어 보았다. 분명 이유가 있어 한 말일 것이다. 전하와 황상, 그리고 한 번도 얼굴을 드러낸 적 없는 대황숙, 그들 사이에 다른 이들이 알아서는 안될 비밀이 있는 것이다!

하소만은 아무 말도 할 수 없었고 군구신도 변명하지 않았다. 군구신은 침묵을 지키는 것 외에 아무런 표정조차 드러내지 않았다. 그는 부황이 자신을 보며 시험하고 있다는 사실을 잘 알고 있었다.

군구신은 잠시 후 부황이 더 이상 말을 하지 않는다는 것을 확신하게 되자 무릎을 꿇고 공손하게 말했다.

"소자가 죄를 지었습니다. 부황께서는 벌을 내려 주십시오."

이 모습을 보고 천무제가 저도 모르게 주먹을 쥐었다. 그가 원하는 것은 사죄가 아니라 해명이었다!

그는 계속 이 아들을 예외로 두어 왔다. 아주 자주, 부자 사이의 예의범절 같은 것도 무시할 정도로. 그러나 아들은 그에게 항상 예의 바르게 굴었다. 심지어 다른 황자들보다 더. 이런 예의범절은 신하로서 주군을 대할 때의 공손함이었고, 일종의 겸양을 섞은 소원함이었다.

친아들이었다. 그와 대황형이 10여 년을 기다렸던 아들이었다. 그들이 온 마음을 다해 군구신이 어린 시절 지니지 말았어야 했을 기억을 지웠다. 그러나 군구신은 결코 그들과 친해지지 않았다.

천무제의 마음은 분노와 불만으로 가득 찼다. 그러나 결국 다시 양보하기로 했다. 그가 노한 목소리로 외쳤다.

"일어나라! 너에게 설명할 기회를 주겠다!"

영명, 은애와 위엄을 동시에 베풀다

천무제의 분노를 마주하면서도 군구신의 얼굴에는 공손함 외 다른 감정은 보이지 않았다. 그는 은애에 감사하며 몸을 일으켜 설명하기 시작했다.

"부황께서 걱정하시는 바는 소자도 모두 알고 있습니다. 그러나 소자가 보기에 백리명천 사건은 지금 우리 천염국뿐 아니라 신농곡과도 관련 있는 문제입니다. 신농곡의 약사를 매수하고, 신농곡이 소중하게 보관하고 있던 약재를 훔쳤으니 결코 작은 죄가 아니며……."

군구신이 여기까지 말하자 천무제가 놀랐다. 그는 이 부분까지는 생각지 않았던 것이다.

군구신이 계속 말했다.

"소자가 이번에 신농곡에 다녀오면서 수확이 많았습니다. 신농곡 노집사와 깊은 이야기를 나누었지요. 신농곡의 협조가 없었다면, 소자가 이렇게 빨리 백리명천의 소굴을 잡아내지 못했을 겁니다."

군구신은 여기까지 말한 후 더 이상 입을 열지 않았다. 그의 뜻을 깨달은 천무제는 수염을 쓰다듬으며 생각에 빠졌다.

신농곡이 이 사건에 대해 알게 된 이상, 손해를 감수하며 참기만 한다면 신농곡이 군씨 황족을 어떻게 보겠는가?

이렇게 큰일이라면 신농곡 역시 숨기고만 있을 수는 없을 것이다. 신농곡이 백리명천과 만진국을 성토하는 일이 생기느니, 그들이 먼저 성명을 내어 황족의 위엄을 보이는 편이 나았다. 그리고 이 기회를 빌려 신농곡의 노집사는 물론이고 곡주 대인과도 얼굴을 마주하고 우정을 쌓을 수도 있을 터였다.

게다가 이 일로 인해 천염국이 만진국과 무력 충돌을 하게 되더라도 서쪽의 백초국이 경거망동하지는 못할 것이다. 백초국과 만진국은 맹우였지만, 그것은 만진국이 신농곡에 죄를 짓지 않았을 때의 이야기일 뿐이다. 지금 같은 상황에서는 백초국이 중립을 지키거나, 중재인 노릇을 하며 평화를 권할 가능성이 높았다.

천무제가 한참 생각하다가 고개를 끄덕였다. 생각하면 할수록 군구신의 방법이 옳았다.

부황의 태도가 변한 것을 보고 군구신이 계속했다.

"현상령이 이미 나갔습니다. 소자가 보기에는 이 기회를 빌려 동쪽 변경에 병사들을 배치하고, 백리 황족에게 설명을 요구하는 것이 옳습니다."

천무제가 바로 고개를 끄덕였다.

"좋은 생각이다!"

백초국의 위협 없이 단독으로 만진국을 상대한다면 천염국은 그야말로 여유만만이었다. 천염국의 병력으로 위협하고 신농곡의 위엄으로 압력을 가하면, 만진국은 병사들을 움직이지 못하고 굽히고 들어올 가능성이 높았다.

부황의 화가 가라앉았을 뿐 아니라 오히려 기뻐하는 듯 보이자 군구신의 눈에 복잡한 빛이 스쳐 갔다. 올해 들어 그는 중병이 든 부황이 과거처럼 영명하지 않다는 걸 분명하게 느끼고 있었다. 신농곡의 세력을 빌려 만진국을 제압한다는 것 정도는 부황 스스로 생각했어야 하는 바였다!

군구신은 전날 밤 비연이 납치되었음을 확인한 후 마음이 불안정했다. 그러나 그의 실수는 백리명천을 잡지 못했다는 거지 백리명천을 수배한 것이 아니었다. 그에게 있어 이 일은 일거양득이었다. 첫째로는 군씨 황족의 위엄을 지킬 수 있고, 둘째로는 백리명천에게 상황을 제대로 파악하게 함으로써 그의 손 안에 있는 유일한 패인 비연을 제대로 돌보게 할 테니까!

천무제는 분노를 가라앉히는가 싶더니 이제는 오히려 기뻐하고 있었다.

"하하! 신아, 부황이 늙었구나. 네가 그리 세심하게 생각하니 됐다!"

군구신이 담담하게 말했다.

"소자가 당연히 먼저 보고드려야 했습니다."

천무제가 더 이상 이야기할 필요 없다고 손을 내저으며 혼잣말하듯 중얼거렸다.

"동쪽의 군대라면 모두 기씨 가문의 병사들인데, 이건……."

동쪽에 병사들을 배치해 만진국을 위협하려면 자연히 상당히 무게감이 있는 대장을 보내야 했다. 그러나 회녕 공주와 기복방의 죄목이 아직 결정되지 않았고, 기씨 가문이 연루된 책임도 채 밝히지 못한 상태였다. 기씨 가문에겐 금족령이 내려져 있었고, 병부에서도 서군영의 뇌물 사건을 수사 중이었다. 아무래도 처리하기 쉽지 않은 일이었다.

천무제가 생각하고 있노라니 군구신이 말했다.

"소자가 보기에 이 사건은, 회녕과 기씨 대소저가 결국 이용당한 것입니다. 그러니…… 기씨 가문으로 하여금 공을 세워 죄를 벌충하게 하는 것이 어떻겠습니까? 부황의 너른 마음과 인자하심을 드러내고 은애를 베풀 수도 있고, 또한 진양성에 오래 머물며 홀로 전장에 나가 본 적 없는 기 소장군에게 훈련의 기회도 될 것입니다!"

이 말은 천무제의 마음을 아주 흡족하게 했다.

기씨 가문에 대한 천무제의 감정은 애증이라 할 만했다. 그는 기씨 가문을 경계하는 동시에 중용했다.

회녕 공주와 기복방이 그렇게 큰 문제를 일으켰으니, 그는 지금까지도 화가 난 한편 근심하고 있었다. 균형을 제대로 맞출 방법을 생각해 낼 수 없었기 때문이다. 그런데 군구신의 이 방식이 참 괜찮을 것 같았다.

그가 군구신을 바라보며 진지하게 물었다.

"이 일의 주모자가 회녕이니, 회녕을 서민으로 낮추어 기욱과 혼사를 맺도록 하고, 기욱을 장수로 삼아 동쪽 변경으로 가게 하면 어떠하겠느냐?"

이 말을 들은 하소만의 두 눈이 즐겁게 반짝였다. 그는 홀연히 전하가 이렇게 큰 올가미를 던진 이유를 깨달을 수 있었다.

전하의 진정한 목적은 방금 이야기한 허울 좋은 이유가 아니라, 바로 기씨 가문과 대황자 일당을 상대하기 위한 것이었다!

그러나 군구신은 여전히 평온하게 답했다.

"은애와 위엄을 동시에 베푸시니, 과연 영명하시옵니다!"

"이 궁에서 짐이 가장 아끼는 딸이 바로 회녕이다."

천무제가 탄식하며 군구신을 바라보았다. 그에게서 무슨 실마리라도 찾아 마음을 들여다보고 싶은 듯한 표정이었다.

"그래서 그 아이가 제멋대로 놀도록 내버려 두었다마는, 황가의 명예를 더럽히도록 하지는 않겠다. 그 아이를 서민으로 내리는 것도 가벼운 벌이라 할 수 있지. 나중에 만약 다시 그런 일을 벌인다면, 부황은 절대 쉽게 용서치 않을 것이다!"

천무제의 이 말은 사실 두 가지 목적을 품고 있었다. 군구신이 비연에게 신경 쓰지 않도록 일깨우는 동시에, 배후에서 소문을 퍼뜨리는 황족들과 기씨 가문에게 하는 경고였다.

아마 천무제는 배후에서 소문을 가장 심하게 퍼뜨린 자가 사실 군구신이라는 걸 영원히 알지 못할 것이다.

곁에 있던 하소만이 코를 비비며 고개를 들지 못했다. 그러나 군구신은 여전히 평온한 표정으로 어떤 감정도 드러내지 않았다. 그는 심지어 비연에 대해 먼저 언급하지도 않고, 또한 천무제가 이야기한 '비를 고르는 일'에 대해서도 묻지 않았다.

천무제는 기다리다 못해 결국 먼저 물었다.

"비를 고르는 일에 대해서는 어찌 생각하느냐?"

군구신은 여전히 평온했다.

"부황께서 원하시는 대로 하십시오."

천무제는 만족한 듯 고개를 끄덕이며 군구신에게 이만 물러가라고 손짓했다.

감정이 드러나지 않는 얼굴은 말할 것도 없고 군구신의 발걸음도 평온했다. 마치 그 무엇도 그만의 박자를 어지럽힐 수는 없다는 듯 빠르지도 느리지도 않았다.

그러나 어서방을 떠나자마자 그의 발걸음은 불안정해졌다. 체내의 독이 다시 발작한 것이다. 그는 어쩔 수 없이 멈춰서 약을 먹었다. 의원이 준 해독약은 독성을 두 시진 정도 억제할 수 있을 뿐이었고, 그나마 장복하면 약효도 점점 약해질 터였다.

궁문을 나온 다음 하소만이 즉시 마부에게 저택으로 돌아가자고 했으나 군구신이 차갑게 명령했다.

"대리시로 가자."

하소만이 다급하게 말했다.

"전하, 독이 아직 남아 있습니다. 저택으로 돌아가 쉬셔야 합니다. 제가 가서 지켜보다가 새로운 소식이 있으면 바로 보고드리겠습니다."

군구신은 대답하지 않았고, 마부는 명을 따라 대리시로 향하기 시작했다. 바로 이때, 망중이 달려왔다.

"전하, 좋은 소식입니다! 정 대장군이 방금 직접 와서 보고하기를, 백리명천이 서쪽 교외에 은신처 세 곳을 두고 있다고 합니다! 현재 성 밖 백 리까지 모두 병사들이 수색 중이니, 그는 분명 은신처로 갈 것입니다."

136

군구신이 서둘러 물었다.

"그 세 곳이 어디지?"

망중이 위치를 설명하자 군구신이 차갑게 명령했다.

"정역비를 잘 지켜보도록. 본 왕의 명령 없이는 그가 움직이지 못하도록 해라!"

말을 마친 그는 망중의 말을 빼앗아 타고 재빨리 사라졌다.

"전하! 전하! 어찌, 어찌……."

하소만은 화도 나고 다급했다. 전하는 포위하여 토벌하는 방식을 선택하지 않았고, 정역비 역시 움직이지 못하게 했다. 이 것은 분명 백리명천의 기분을 거슬리게 하여 비연에게 위험이라도 닥칠까 봐 걱정해서일 것이다.

군구신은 다급하게 성 밖으로 달려 나갔다. 그리고 이때, 백리명천은 비연과…… 밥을 먹고 있었다.

바람둥이 여우

진양성 서쪽 교외에 자상산이라는 산이 하나 있는데, 그 산 속에는 사람들이 알지 못하는 깊은 골짜기가 있었다.

골짜기 사방이 모두 험준한 절벽이었다. 그 골짜기로 들어가려면 비밀스레 숨겨져 있는 동굴을 지나야 했다. 그 동굴은 물 위, 험준한 절벽 아래에 있어 아주 좁았다. 이 동굴을 통과하려면 배 위에 누운 채 천천히 흘러 들어가야 했다.

백리명천은 깊은 계곡에서 수영하다가 우연히 이 동굴을 발견했다. 바로 사월, 봄꽃이 지고 있을 때였다. 그러나 골짜기 안에는 도화가 무성하게 피어 있어 그야말로 선경을 이루고 있었다.

그는 이 골짜기에게 도요곡이라는 이름을 지어 주었다. 그리고 2년 동안 이 골짜기에 꽤 많은 도화를 심어, 골짜기 전체가 그 이름에 걸맞게 꽃의 바다를 이루게 되었다.

백리명천은 그 꽃의 바다 한가운데에 나무집을 한 채 지었다. 천염국에 잠입해 있을 때도 그는 신농약당에는 자주 머물지 않고 대부분의 시간을 바로 이 도요곡에서 지냈다.

백리 가문은 군씨 가문과 마찬가지로 현공대륙에서 은거하고 있던 가문이었다. 물론 기반은 약하지 않고, 역사도 오래되었으며 강했다.

10년 전 빙해에 변고가 있은 후에 백리 가문도 세상으로 나와 세속적인 권세를 좇기 시작했다. 그들은 곧 현공대륙의 동쪽을 장악해 만진국을 세웠다.

백리명천은 백리 황족의 여러 황자 중 가장 사치스럽고 무도해, 양심이라고는 없이 뭐든 자기 하고 싶은 대로 하는 사람이었다.

어젯밤에 숲에서 나온 그는 비연을 데리고 이 도요곡에 숨었다. 지금 이 순간, 그는 나무집 안에서 비연과 얼굴을 마주하고 가부좌를 튼 채 앉아 있었다.

두 사람 사이에는 긴 탁자가 놓여 있었는데, 그 위에는 도화가 잔뜩 깔려 있었다. 그리고 그 위에 다시 백자 그릇이 잔뜩 있었는데, 접시고 그릇이고 잔이고 모두 지극히 정교하고 아름다운 것들이었다. 물론 그 그릇 위의 음식들 역시 색, 향, 맛, 형태가 완벽했다.

이렇게 산해진미가 차려져 있으면 누구라도 건드려 보고 싶을 것이다. 특히나 먹는 것이라면 더더욱.

백리명천은 잘생긴 얼굴만큼이나 음식을 먹는 모습도 보기 좋았다. 그의 침착하고 우아한 몸가짐에서는 나긋한 매력이 풍겨 나왔다. 탁자 위 맛있는 음식들을 보지 않고 그가 식사하는 모습만 바라보아도 흐뭇할 지경이었다! 그러나 비연은 고개를 숙인 채 식사에만 열중하고 있었다.

백리명천이 그녀에게 도요곡의 유래를 설명한 후, 도화주가 담긴 잔을 들어 살짝 한 모금 마시고는 웃으며 말했다.

"약녀, 어때? 도요라는 이름이 아름답지 않아?"

비연은 말없이 식사하며 눈길 한번 던지지 않았다.

그녀는 정신을 잃고 있다가 배가 고파 깨어났다. 대체 저 녀석이 자신에게 무슨 독약을 썼는지는 모르지만 어쨌든 지금은 해독이 된 상태였다. 그러나 그녀는 아주 강렬한 식욕을 느끼고 있었다.

저 녀석은 분명 그 독약의 후유증을 알고 있을 것이다. 그래서 이렇게 산해진미를 준비하고 그녀에게 식사를 청하며 사죄하려는 것이겠지.

비연은 음식에 독이 없다는 걸 확인하자마자 앉아서 먹기 시작했다. 그녀는 반드시 배부르게 먹어야 했다. 그래야 도망칠 힘을 낼 수 있을 테니까!

그녀는 그가 대체 어떤 사람인지 알지 못했다. 그러나 그가 그 여우라는 것만은 확신하고 있었다.

그녀는 상당히 놀란 상태였다. 늙은 여우가 분명 나이가 꽤든 사람일 거라 생각했는데, 이렇게 젊고 잘생긴 남자일 줄이야.

비연이 상대하지 않는데도 백리명천은 아무렇지 않은 듯했다. 오히려 기분이 좋은 듯 웃으며 시를 읊기 시작했다.

"아리따운 복숭아나무, 그 꽃이 화려하게 피었구나. 아가씨가 시집가니 그 집안이 즐거울지어다. 아리따운 복숭아나무, 그 열매가 많이도 맺혔구나. 아가씨가 시집가니 그 집안이 즐거울지어다. 아리따운 복숭아나무, 그 이파리가 무성하고도 무성하다. 아가씨가 시집가니 그 집안이 즐거울지어다……."

그녀를 납치한 후 괴롭히거나 이것저것 묻지 않고 식사를 청하더니, 자신의 은신처를 자세하게 소개하고 이제 시마저 읊고 있었다. 이 녀석이 대체 뭘 하고 싶은 걸까? 머리에…… 문제가 있는 건 아니겠지?

정말 참을 수 없어 비연이 살며시 눈을 들어 백리명천을 바라보았다. 이 녀석의 얼굴은 정말 아름다웠다. 슬쩍 보기만 해도 홀딱 빠질 것 같고, 열심히 들여다보면 푹 빠질 것 같았다. 특히 저 가늘고 긴 눈매는…… 웃음기 서린 눈은 신비하게 고혹적이라 더할 나위 없이 사람을 끌어당겼다.

비연은 지금까지 여인보다 예쁘게 생긴 남자를 좋아하지 않았다. 그러나 눈앞의 이 녀석의 아름다움은 그런 온유한 아름다움이 아니라, 뭐랄까…… 그래! 완벽한 아름다움이라고 할 만했다.

그녀는 한참 동안 그를 살펴보았지만 단 한 곳도 모자라는 곳을 찾지 못했다. 상대가 결코 좋은 사람이 아니라는 걸 알고 있으면서도.

그녀는 이해할 수 없었다! 이 녀석이 대체 무엇 때문에 그녀를 납치한 걸까?

백리명천은 비연이 자신을 훔쳐보는 것을 발견하고, 시를 흥얼거리며 천천히 그녀 쪽으로 고개를 돌렸다.

"먹고 싶은 모양이지?"

비연은 어색한 느낌에 일부러 차분하고 느긋하게 그를 한번 훑어본 후 퉁명스럽게 물었다.

"무엇을?"

백리명천이 잔잔하게 미소 지었다. 그의 눈빛은 아련하게 매력적이었다.

"나를."

"컥!"

비연이 콜록거리다 하마터면 제 침에 목이 막혀 죽을 뻔했다. 지금까지 그 망할 얼음이 이 세상에서 가장 파렴치한 인간이라 생각해 왔는데, 오늘 더한 인물을 만나게 된 것이다.

그녀가 냉소했다.

"너무 낭비잖아!"

이번에는 백리명천이 알아듣지 못했다.

"무슨 뜻이지?"

"그 잘생긴 얼굴로 체면이란 체면을 전부 내던지고 있으니, 낭비가 아니면 뭐야?"

비연은 지금 그가 파렴치하다고 돌려 말하고 있었다!

그러나 백리명천은 화를 내지 않고 오히려 큰 소리로 웃기 시작했다.

"약녀, 네가 그렇게 나를 재미있게 해 주는 걸 생각해서 결판을 내지는 않기로 하지. 앞으로는 나를 따르는 게 어때?"

비연이 깜짝 놀랐다. 그녀가 막 대답하려 했을 때, 곁에서 애교 넘치는 목소리가 들려왔다.

"주인님, 너무해요! 지난달에 저를 들이시면서 제가 재미있다고, 앞으로 저 한 사람만 아껴 주시겠다고 했잖아요! 그런데 이렇게 빨리 마음이 바뀌시는 거예요?"

비연이 고개를 돌려 보니 시녀 하나가 술 주전자를 들고 다가오고 있었다. 열일곱에서 열여덟 살 정도 되어 보였다. 날씬하지만 약해 보이지는 않고 매우 예쁘장했다. 걸음걸이며 자태모두 우아하고 아름다워 보기만 해도 즐거워지는 미녀였다.

시녀는 술 주전자를 탁자 위에 놓고는 순종적인 태도로 백리명천의 품에 기대 술을 따랐다. 백리명천은 그런 대접이 좋은 듯 예쁘장한 손을 들어 단숨에 술을 마셔 버리고는 미소 지었다.

"착하지, 내려가거라."

시녀가 불쾌한 듯 비연을 한번 흘깃 바라보았다. 그러나 여전히 몸을 일으키지 않았다.

그 순간 비연의 마음에 싹튼 것은…… 경멸이었다! 그녀는이제 이 여우가 자신을 무엇 때문에 납치했는지 깨닫고 있었다.

이 녀석은 분명 여색을 즐기는 바람둥이 여우인 것이다. 저잘난 얼굴로 얼마나 많은 '재미있는' 여자들에게 해악을 끼쳤을지! 한 달에 한 명씩 해악을 끼친 건 아니겠지?

비연은 경멸감을 감춘 채 몰래 약왕정을 문질러 독약을 만들여러 약재를 소환했다. 그리고 소리 내어 웃으며 물었다.

"네가 나를 모해했고, 나는 네 일을 망쳤고. 우리는 이 정도면 공평한데, 내가 무슨 빚이 있다는 거지?"

백리명천이 잠시 멍한 표정을 지었다가 갑자기 즐겁게 웃기시작했다.

"무슨 조건이라도 있나?"

"먼저 말해 줬으면 좋겠는데. 네가 어떤 사람인지?"

비연이 잠시 망설이다가 일부러 도발하듯 말했다.

"네가 정왕 전하에게 비길 만하다면야 나도 고려해 볼 수 있지. 정왕 전하보다 못하다면, 뭐 유감이고."

무의식중에 부상당한 어깨를 쓰다듬은 백리명천이 싱긋 웃더니 몸을 일으켜 비연 쪽으로 다가왔다. 그녀의 눈을 바라보며 몸을 굽힌 그가 매력적인 미소를 지으며 비연의 턱을 치켜들었다. 그리고 일부러 낮은 목소리로 물었다.

"시험해 보지 않으면 어떻게 비교하지?"

비연은 처음에는 그 말의 의미를 깨닫지 못하고 열심히 그를 바라보다가, 마침내 온 얼굴이 달아오르고 말았다.

"무뢰한!"

그녀가 그렇게 외치면서, 약왕정에서 배합한 독약을 백리명천의 얼굴에 뿌렸다!

아름답고 아름다워

　백리명천이 피하지 못하고 멍하니 독가루를 얼굴에 맞았다.

　비연이 기회를 놓치지 않고 몸을 돌려 달리기 시작했다. 방금 백리명천이 도요곡에 대해 설명할 때 그녀는 출구를 파악해 두었다. 그녀는 당연히 출구 방향으로 달렸다.

　백리명천은 비연이 도망치는 것이 아무렇지도 않은 듯 그녀의 뒷모습을 바라보기만 했다. 그러다 얼굴을 쓰다듬어 손에 묻은 독가루를 살펴보았다. 그의 입가에 무엇인가 음미하는 듯한 미소가 어렸다.

　"후후, 점점 더 재미있잖아!"

　그가 비연을 경계하지 않았던 건 이미 그녀의 몸을 수색했기 때문이었다. 그녀의 몸에는 어떤 독약도 없었다. 저 계집은 아무것도 없는 데서 독약을 만들어 낸단 말이지! 대체 어찌 된 일일까?

　이때 곁에서 지켜보던 시녀가 서둘러 다가와 손수건을 내밀었다.

　"주인님, 너무 지저분해요! 제가 닦아 드릴게요!"

　백리명천이 고개를 갸우뚱하더니 웃으며 물었다.

　"이 독은 사람을 해치는 물건인데, 무섭지 않으냐?"

　시녀는 그를 흘겨보고는, 그의 대답을 기다리지도 않고 다가와 그의 손을 잡아끌었다.

백리명천이 가루 냄새를 맡아 보고는 손을 시녀에게 맡겼다. 그 모습을 보고 시녀도 안심한 모양이었다. 주인이 이 독을 별 것 아닌 것처럼 대하니 자신도 만진다 해서 별문제 없으리라고 말이다.

시녀는 조심스럽게 그의 손을 닦았을 뿐 아니라 까치발을 하고 그의 얼굴도 닦았다. 그러면서 계속 추파를 보내 그를 유혹했다.

백리명천이 그 모습을 보다 큰 소리로 웃고는 몸을 굽혀, 사람을 미혹시켜 죽게 만들 만큼 잘생긴 얼굴을 가져다 댔다. 시녀는 천천히 그의 얼굴을 닦았다.

그녀의 움직임은 매혹적이었다. 그녀가 얼굴을 닦아 주는 이 뿐 아니라 그 누구라도 보기만 하면 마음이 흐트러질 정도였다. 백리명천도 눈을 감고 그녀의 손길을 즐겼다. 그가 미소 지으며 말했다.

"재미있군, 이 독마저 아주 재미있어! 본 황자도 모르겠으니 말이다."

이 말을 들은 시녀의 손이 순간 멈췄다.

"주인님, 이…… 이 독은……."

백리명천은 농담을 하고 있는 게 아니었다. 그는 정말로 비연이 쓴 독가루가 무엇인지 알지 못했다. 다만 당장 발작하지 않으리라는 것만 알고 있었다.

그는 시녀에게서 손수건을 받아, 곁에 있는 경대 앞으로 다가가 자세히 들여다보았다. 그런 다음 머리카락에 묻은 가루들도 닦은 후 손수건을 경대 아래 작은 서랍 속에 넣어 두었다.

그는 이 독에 흥미가 있었지만 그보다는 약녀에 대한 호기심이 더 컸다. 그는 일단 비연과 좀 놀아 볼 생각이었다. 그다음에 해독한다 해도 늦지 않았다.

그의 추측이 틀리지 않았다면 이 독은 흑백독에 속했다. 낮에 독을 뿌리면 밤에 발작하고, 밤에 독을 뿌리면 낮에 발작하는 것이다.

그는 비연이 어떻게 독을 숨기고 있었는지 알지 못했다. 그가 추측하기에 비연은 본래 독을 쓰려 했던 게 아닐 것이다. 다만 가진 물건이 달리 없고, 그를 놀라게 만들어 도망칠 기회를 얻으려니 어쩔 수 없었던 것일 게다.

백리명천이 성큼성큼 걸어 나가자 시녀는 울지도 웃지도 못하고 외쳤다.

"주인님…… 주인님!"

그녀는 쫓아 나가고 싶었지만 결국은 그대로 있을 수밖에 없었다. 주인이 자신을 보지 않는다는 것을 확인하자 그녀는 있는 힘을 다해 달렸다. 무슨 독인지 모르니 어서 손을 씻어야 했다!

백리명천이 나무집을 나왔다. 비연은 이미 보이지 않았다. 그는 전혀 조급해하지 않고 앞쪽 연못으로 빠르게 걸어갔다.

도요곡 밖은 깊은 골짜기였는데, 그곳에는 긴 강이 흐르고 있었다. 강이 골짜기로 들어와 도요곡에서 깊은 연못을 이루고 있었다.

연못물은 구름이 비치도록 맑고 노니는 물고기도 많았다. 슬쩍 보기에는 얕아 보였지만 실제로는 아주 깊은 못이었다. 그는 이 못을 도화담이라 부르고 있었다.

도화담은 도요곡 밖으로 향하는 유일한 출입구였다. 이 깊은 못 가에 바로 만 장 높이의 절벽이 있었고, 그것과 물이 만나는 곳에 동굴이 있었다.

비연은 이미 도화담에 도착해 있었다. 그러나 백리명천이 이야기했던 배는 찾지 못했다. 그녀는 고개를 돌려 등 뒤 아무도 없는 도화림을 바라보았다. 그리고 다시 눈앞의 깨끗한 연못물을 바라보다가 참지 못하고 몸을 떨었다.

그녀는 홑옷만 입고 있었다. 사월이라 날이 따뜻해지기 시작했다 해도 산속은 여전히 음습하니 추웠다. 게다가 이곳의 기온은 바깥보다 아주 많이 낮았다. 그렇지 않다면 이곳의 도화가 지금까지 이렇게 성대하게 피어 있을 수 없었을 것이다.

지금의 연못물이라면 분명 뼈가 시리도록 차가울 것이다!

그 변태 같은 여우가 사월에 수영을 하다가 이 입구를 발견했다고 했다. 비연은 이해할 수 없었다. 이런 곳까지 와서 수영을 한 이유가 뭘까? 저 녀석은 차가운 물이 싫지도 않은가? 혹시 머리에 정말로 문제가 있는 건 아닐까?

비연은 주변의 지형이며 눈앞의 깎아지른 듯한 절벽을 열심히 살펴본 후에 바로 떠났다. 도망치고 싶었지만 지금은 때가 아니었다. 상식에서 벗어난 여우를 상대하려면 그녀 역시 상식에서 벗어난 패를 내놓아야만 했다!

그녀는 일단 길을 찾고, 그 바람둥이 여우가 한 말이 믿을 만한지 살펴보기로 했다.

비연은 도화림 안으로 달려갔다. 그녀는 길을 잃은 것처럼 굴면서, 실제로는 자신이 움직인 길을 기억하고 주변의 지형을 탐색했다.

말할 것도 없이 정말로 아름다운 도화림이었다. 그녀는 정왕 전하와 함께 신농곡에서 돌아오며 적지 않은 도화림을 보았지만 이렇게 아름다운 곳은 본 적이 없었다. 물론 그녀는 그때 도화를 감상할 심정도 아니었지만 말이다.

비연은 눈앞에 펼쳐진 모습에 감동받고 말았다. 멀지 않은 곳에 아주 커다란 도화나무가 한 그루 있었다. 거대한 용수나무만큼 큰 나무였다. 도화가 성대하게 피어난 모습이 마치 거대한 우산 같았다. 바람이 불어오면 우산 아래로 꽃들이 분분히 떨어지며 꽃의 비가 내렸다.

"아름다워!"

비연은 저도 모르게 그 모습에 빨려 들어갔다. 나무 가까이 다가가 고개를 들고 쳐다보았다. 도화 꽃잎이 향기로운 꽃비가 되어 그녀의 머리 위로, 코끝으로 나리고 있었다. 살짝 입김을 불어 보았다. 얼굴에 묻은 꽃잎이 바닥으로 떨어지는 동시에 다른 꽃잎 하나가 얼굴로 떨어졌다.

꽃을 좋아하지 않는 여자가 있을까?

지금까지 살면서 이렇게 아름다운 풍경을 본 것은 처음이었다. 그녀는 즐거운 마음에 그 자리에서 한 바퀴 빙그르르 돌고는 소리 내어 웃었다.

이렇게 아름다운 곳에 어떻게 그 여우요괴만 살고 있는 걸까? 수려하고 온화한 도화의 신선이 살고 있다면 분명 훨씬 더 좋을 텐데.

비연이 즐거워하고 있을 때 백리명천이 소리 없이 곁으로 다가왔다. 그는 팔짱을 낀 채 미간을 살짝 찡그리고 재미있다는 듯 그녀를 지켜보았다. 그의 입매가 점점 더 위로 올라가고 있었다.

그는 도화담 쪽에 비연이 없는 걸 보고 그녀가 물속으로 들어갔다 생각했다. 그는 연못 안을 수색했지만 비연을 찾지 못하고 꽤 공을 들여 마침내 이 꽃의 바다 속에서 그녀를 찾아낸 것이다.

저 계집은 자신이 인질이라는 것도 모르는 걸까? 도망치지 않은 것은 그렇다 치고, 이렇게 즐겁게 놀고 있다니?

백리명천도 비연의 웃음소리에 전염이라도 된 듯 기분이 좋아져 참지 못하고 고개를 흔들며 웃기 시작했다.

"하하……!"

그의 웃음소리를 들은 비연이 바로 멈추고 고개를 돌려 그를 바라보았다.

그녀가 고개를 돌리는 순간, 백리명천이 나는 듯 달려가 그녀의 허리를 끌어안고 한 바퀴 빙 돌았다. 그리고 그녀를 천천히 땅 위에 눕혔다. 그는 그녀 곁에 누워 한 손으로 머리를 받치고, 다른 한 손으로는 나긋하게 그녀 얼굴에 묻은 꽃잎을 쓸어 주었다.

비연의 안색이 창백하게 변했다. 그녀가 벗어나려 했지만 백리명천이 긴 다리를 우아하게 뻗어 그녀의 두 다리를 꽉 눌렀다.

비연이 두 손을 움직이려 하자 백리명천이 그 크고 늘씬한 몸을 뒤집어 그녀 위로 올라왔다.

군구신이 너를 어떻게 대한 거지

"비열한 놈! 꺼져!"

비연이 분노하여 소리쳤지만 백리명천은 가볍게 웃기만 했다. 그는 한 손을 그녀의 머리 옆에 놓고, 다른 손으로는 계속 그녀의 얼굴에 묻은 꽃잎을 털어 주었다. 그 움직임은 여전히 나긋하고 또 우아했다.

비연은 움직이지 않고 차가운 눈으로 그를 노려보았다. 백리명천이 그런 그녀를 감상하듯 바라보며 웃었다.

"약녀, 누가 이런 말 해 준 적 없어? 너는 화를 낼 때 웃는 것보다 예쁘다고?"

비연이 속으로 계산을 했다. 잠시 이 녀석과 너무 충돌하지 않겠다고 마음먹었다. 그녀가 냉랭하게 물었다.

"너는 대체 누구지?"

그녀는 예전에 정왕부에 잠입했던 자객이 분명 이 녀석일 거라고 생각했다.

그렇게 오래 잠입하고도 별 동정이 없다가 어젯밤 갑자기 나타나 그녀를 납치했다. 십중팔구 신농곡 쪽에서 내적이 잡히고, 정왕 전하가 여우 소굴을 찾아냈을 거다. 그래서 다급한 나머지 이런 일을 저질렀을 테고.

이 녀석은 얼핏 보기에는 풍류를 즐기면서 그녀에게 호감을 품고 있는 것처럼 보이지만, 실제로 그녀는 인질이 아닌가? 그녀는 참고 또 참기로 했다. 귀찮은 일을 더 만들고 싶지 않았다. 독이 발작하고 나면 그때 지켜보면 되는 것이다!

백리명천은 비연의 질문은 듣는 둥 마는 둥, 오히려 제가 물었다.

"약녀, 네 이름이 고비연 맞지? 고비연, 고비연……."

몇 번 중얼거리더니 갑자기 진지하게 말했다.

"이 이름은 어딘가 처량하게 들리니 너에게 어울리지 않아. 앞으로 너를 연아라 부르겠다. 어때?"

비연이 그를 흘깃 보고는 말없이 하늘을 바라보았다. 도화 꽃잎이 잇달아 얼굴로 쏟아졌다. 그녀는 무의식적으로 눈을 감았다. 곧 꽃잎이 그녀의 작은 얼굴에 가득 쌓이고 눈을 가렸다. 비연이 꽃잎을 털어 내려 하자 백리명천이 그녀의 손을 잡고 다급하게 말했다.

"움직이지 마! 제대로 좀 보게."

비연은 꽃잎이 그녀의 얼굴에 떨어지는 순간 백리명천이 넋을 잃고 자신을 바라보았다는 사실을 몰랐다.

그녀가 눈을 떴을 때, 백리명천이 갑자기 얼굴 가까이 다가와 입김을 불었다. 얼굴 위 꽃잎이 흩어지며 그녀의 눈과 그의 가늘고 긴 눈매가 마주쳤다. 그의 눈동자는 그녀의 모습으로 가득 차 있었다. 그리고 잔잔한 웃음기와…… 또 진지함이.

비연은 살짝 멈칫했다. 그의 진지함에 놀란 것 같기도 했다. 이 풍류공자는 양심도 없고, 사람을 대할 때 진지할 리 없다고 여기고 있었기 때문이다.

백리명천은 확실히 진지했다. 아주 진지하게 비연의 얼굴을 살폈다. 그의 시선이 천천히 비연의 눈매에서부터 아래로 내려와 마침내 그녀의 입술에서 멈췄다.

그가 계속 바라보았고, 그의 입술이 점점 더 가까워졌다. 마치 그녀에게 입을 맞추려는 듯이. 비연이 깜짝 놀라 맹렬하게 발버둥 쳤다. 그녀의 작은 얼굴이 또 창백해졌다.

백리명천이 갑자기 큰 소리로 웃었다. 마치 진짜로 그녀에게 입을 맞추려던 게 아니라 그저 그녀를 놀렸다는 듯이. 그러고는 조금 떨어져서 말했다.

"그럼 이제 결정한 거다. 앞으로는 너를 연아라 부르겠다."

비연은 진저리를 쳤다. 다급하게 뛰던 심장도 겨우 조용해진 것 같았다. 그녀는 지금 즉시 그에게 '앞으로는 없어. 오늘 밤이 지나면 영원히 보지 못하게 될 테니까'라고 말할 수 없어 안타까웠다. 그러나 결국 참아 냈다.

그녀는 그에게 겉치레뿐인 미소를 지으며 물었다.

"그럼 나는 뭐라 부르고?"

"주인님."

백리명천이 아주 당연하다는 듯 대답했다. 비연은 시선을 피하며 아무것도 묻지 않은 걸로 하기로 했다.

"연아, 연아……."

백리명천은 이렇게 부르는 게 좋은 모양이었다. 그는 비연의 작은 손을 잡아끌고 살펴보더니 화가 난 표정을 지으며 말했다.

"군구신이 대체 너를 어떻게 대한 거지? 이렇게 마르다니!"

그는 다시 그녀의 얼굴을 보며 진지하게 말했다.

"아무래도 살을 좀 찌워야겠다. 분명 미인이 될 거야."

비연은 그에 대해 좀 더 알아볼 계획이었지만, 이런 말을 듣자 무슨 말을 계속해야 할지 도무지 알 수 없었다. 다행스럽게도 백리명천이 곧 화제를 바꿨다.

"연아, 약술과 독술은 어디서 배웠지?"

비연은 속으로 기뻐하며 바로 반문했다.

"너는? 어디서 배웠는데?"

"당연히 사부에게서 배웠지. 너는? 너도 사부가 있나?"

백리명천의 말은 농담처럼 들려 진짜인지 거짓인지 알 수가 없었다. 비연은 거짓말로 응대하기로 했다.

"당연히 사부가 있지. 아니면 뭐 태어나자마자 다 할 줄 알았겠어?"

백리명천이 웃더니 다시 물었다.

"네 사부는 신농곡 노집사와 비교하면 어때?"

비연은 일부러 웃으며 대답하지 않았다. 그러자 백리명천이 그녀보다 더 보기 좋게 웃으며, 그녀의 손을 잡아끌어 자신의 어깨 위에 올리고 불쌍한 척 말했다.

"연아, 내 상처 좀 봐 줘. 이건 그 약을 훔쳐 가려던 자객에게 당한 거야. 그 자객이 네 정왕 전하보다 더 다급하게 너를 구하러 왔더라. 대체 그 자객이 누구지?"

그리고 다시 덧붙였다.

"맞아, 그 자객이 군구신보다 빠르게 사람을 추격하더군! 내 목숨 줄이 길지 않았다면 지금 너는 나를 보지 못하고 있겠지."

비연은 의아함을 느꼈다. 사건의 진상은 이미 밝혀진 거나 마찬가지인데 그 망할 얼음이 다시 개입할 이유가 없지 않은가. 그녀는 그가 자신을 구하러 달려올 거라고는 전혀 예상하지 못했다. 이 여우는 무공도 평범하지 않고 독술도 뛰어난데…… 망할 얼음은 괜찮을까?

비연이 다급한 마음에 물었다.

"그에게 무슨 짓을 했어?"

그러나 이 말을 입 밖으로 내뱉는 순간 그녀는 바로 후회했다.

백리명천의 입가에 장난스러운 미소가 어리더니 감동한 듯 말했다.

"보아하니 너는 그 녀석이랑 그냥 아는 사이 정도가 아니라 관계가 꽤 좋은 모양인데? 그자도 군씨 황족인가?"

비연은 대답하지 않고 고개를 돌려 옆을 보았다. 그녀는 하룻밤 내내 정신을 잃고 있었던 바람에 지금 상황을 제대로 파악하지 못하고 있었다. 더 이상 이 녀석과 이야기를 나누는 건 위험했다. 이대로 가면 그녀는 그에게서 무언가를 알아내기도 전에 오히려 그의 함정에 빠질 것 같았다.

"하하, 말하기 싫으면 말라고. 나는 여자들을 압박하는 걸 좋아하지 않아."

백리명천이 아무렇지도 않은 듯 그녀의 머리카락을 만지작 거리다가 갑자기 또 당황스러운 질문을 던졌다.

"연아, 진양성에 떠도는 소문 중 진실은 얼마나 되지? 군구신은…… 너를 맛본 적이 있나?"

비연이 재빨리 고개를 돌리고 눈을 휘둥그렇게 뜬 채 그를 바라보았다. 정말로 이 입만 열면 음탕한 말을 늘어놓는 녀석을 견딜 수가 없었다. 그녀는 고개를 쳐들고는 사납게 그의 얼굴에 박았다!

백리명천이 바로 피했다. 비연은 이 기회를 틈타 재빨리 그를 밀어 버리고 옆으로 굴렀다. 그리고 몸을 일으켜 죽어라 달리기 시작했다. 그러나 백리명천은 그녀를 쫓지 않고 두 손으로 머리를 받친 채 도화 꽃잎이 가득 쌓인 나무 아래 누워 있었다.

그는 계속 흩날리는 꽃잎을 바라보며 천천히 눈을 감았다. 꽃잎이 그의 잘생긴 얼굴 위로 떨어지더니 점점 그의 얼굴을 가렸다. 꽃잎 사이로 희미하게 보이는 그의 입은 잔잔한 미소를 띠고 있었다.

그는 일부러 비연이 도망가게 내버려 두었다. 다른 이유는 없었다. 그녀가 화내는 모습을 보는 게 좋았을 뿐이다.

비연은 고개도 돌리지 않고 냅다 뛰어, 백리명천이 쫓아오지 않는다는 걸 알지 못했다. 그녀는 계속 앞을 향해 달렸고, 숨을 제대로 쉴 수 없을 지경이 되어서도 멈추지 않았다.

부끄러워서일까, 화가 나서일까, 그도 아니면 지쳐서일까. 그녀의 작은 얼굴은 온통 붉게 물들어 있었고 귀마저도 새빨갰다. 그리고 그녀의 마음은…… 역시 분노 때문인지, 피곤 때문인지, 아니면 긴장 때문인지, 지금까지도 쿵쿵 소리 내며 뛰고 있었다.

한참 후에야 겨우 마음을 가라앉히고 거친 숨을 토해 냈다. 그러나 백리명천이 쫓아오지 않는 것을 보고서도 도화림 깊숙한 곳으로 숨었다.

날이 어두워지기까지는 아직 시간이 꽤 남아 있었다. 그녀는 최대한 몸을 피할 생각이었다. 날만 어두워지면 그녀가 절대적으로 유리할 것이다!

비연은 몸을 숨기며 골짜기의 상황을 관찰했다. 백리명천은 계속 그녀를 찾으러 오지 않았다.

마침내 날이 저물었다.

그럼 편안하게 즐겨 봐

날이 어두워졌다.

도요곡은 겨울이 된 것처럼 아주 추웠다. 비연은 꽃 덤불 속에서 옷을 꼭 여미고 재빨리 등불이 있는 곳으로 향했다.

걸으면서도 약왕정에서 약재 몇 가지와 독약을 꺼내 몸에 숨겼다. 그녀가 독을 사용했으니 약왕정이 언제 또 파업을 할지, 얼마나 오래 할지 모를 일이었다. 그녀는 만반의 준비를 해야 했다.

하루 종일 걸어서인지 무척 배가 고팠다. 그런데 나무집이 가까워지자 아주 맛있는 냄새가 났다. 고기를 굽는 냄새였다! 그녀는 속으로, 저 변태 여우는 정말 제대로 누리며 산다고 생각했다! 아름다운 풍경에 맛있는 음식, 훌륭한 술에 미인까지. 하나도 모자란 것 없이!

대문에 이르니 정원에 모닥불이 피워져 있는 게 보였다. 백리명천은 희귀한 보랏빛 여우 가죽으로 만든 외투를 걸친 채 불에 고기를 굽고 있었다. 그리고 그 애교 넘치던 시녀가 곁에서 시중을 들며 술을 따르고 있었다.

비연은 그가 입고 있는 보랏빛 가죽 외투를 보고 속으로 혀를 찼다. 보랏빛 여우는 백 년에 한 마리도 보기 힘든데, 이 녀석 정말 사치스럽잖아!

비연은 문가에 선 채 들어가지 않았다. 그녀는 뒷짐을 진 채 살짝 몸을 움직이며, 들어가고 싶지 않은 척해 보였다.

백리명천이 눈썹을 치켜세우더니, 바삭하니 육즙이 흐르는 닭을 들고 흔들어 댔다.

"연아, 이리 와."

비연은 여전히 신중하게 굴었다. 이 여우는 속이기 쉽지 않으니까. 그녀는 문가에 기대선 채 다시 한번 연극을 할까 고민했다. 그러나 입을 열기도 전에 그녀는 참지 못하고 두 번 재채기를 했다.

이제 그녀는 연극을 할 필요가 없었다. 백리명천은 그녀가 춥고 배가 고파 어쩔 수 없이 돌아온 것이라 믿는 기색이 역력했다. 그가 제 옆자리를 두드리며 조금 다급하게, 재촉하듯 말했다.

"이리 오라니까. 해독약 내놓으라는 말은 안 할 테니까."

오전의 그 독을 그는 알아내지 못했지만 마음에 두고 있지 않았다. 이 세상에 그가 시험해 보지 않은 독은 없었다. 독이 발작하면 그는 독의 성질을 이해할 수 있을 테고, 그렇다면 어떻게 해독할지도 알게 될 것이다.

비연은 그를 흘깃 보고는 대답 없이 성큼성큼 걸어와 앉았다. 그리고 바로 그의 손에 들린 고기를 빼앗아 크게 베어 물었다.

백리명천은 조금 놀란 듯했지만 곧 웃으며 제 외투를 벗어 비연에게 덮어 주었다. 비연은 거절하지 않고, 손으로 콧물을 닦아 되는대로 외투 위에 문질렀다. 그리고 외투를 꼭꼭 여며서 자기를 빈틈없이 감싸고, 계속 그 바삭바삭 맛있는 닭고기를 먹었다.

이렇게 맛있는 고기를 먹지 않는 건 헛된 일이고, 이렇게 따뜻한 외투를 입지 않는 것도 바보 같은 일이다. 도망치려면 힘을 비축해야 했다. 절대로 배가 고프거나 몸이 차가워서는 안 된다. 물론 옆에 있는 여우가 추워서 몸을 떤다면 더더욱 기쁜 일이다.

백리명천은 비연이 콧물 묻은 손을 외투에 닦는 것을 보고도 미소 지었다. 어쩔 수 없다는 듯, 아까운 빛이라고는 전혀 없이.

그가 물었다.

"연아, 여기는 닭도 있고, 오리도 있고, 토끼, 돼지, 산양에 생선과 새우도 있다. 어떤 걸 좋아하지?"

비연은 그제야 고개를 돌려 뒤쪽에 잘 정리되어 있는 식재료들을 발견했다. 모두 아주 신선했고, 또 좋은 향신료로 제대로 맛을 내 둔 것이었다. 그녀는 깜짝 놀랐다. 심지어 저도 모르게, 만약 이 녀석을 따라다닌다면 살을 찌울 수 있을 거라고 생각했다.

어쨌든 비연은 사양하지 않기로 했다.

"좋아하는 걸 말하면 구워 줄 건가요?"

백리명천이 눈을 가늘게 뜨고 순진하게 웃어 보였다.

"물론."

비연도 눈을 가늘게 뜨고, 그보다 더 순진해 보이는 얼굴로 웃었다.

"그럼 모든 종류를 하나씩요."

이 말을 들은 시녀가 깜짝 놀라 하마터면 술을 흘릴 뻔했다. 삼전하께서 손수 고기를 구워 비연에게 먹이려 하신다면 자신이 어떻게든 대신 고기를 구워야 했다. 어떻게 삼전하께 다른 이의 시중을 들게 할 수 있단 말인가? 대체 이 계집애는 끝도 모르고 감히……?

백리명천도 놀란 듯했지만 재빨리 상쾌한 목소리로 대답했다.

"좋다!"

비연은 속으로 얕보고 있었다. 역시 호색한 남자라, 여자에게 잘 보이기 위해서라면 무엇이건 하는 모양이지!

그녀는 백리명천을 신경 쓰지 않고 마음껏 닭고기를 먹으면서 곁에 있는 시녀를 곁눈질했다. 아주 공교롭게도 시녀 역시 그녀를 바라보고 있었는데, 달갑지 않은 표정이 역력했다.

비연이 바로 시선을 피했다. 그러자 시녀가 그녀에게 도전하듯 몸을 일으켜 말했다.

"주인님, 제가 춤을 춰 주흥을 돋워 드릴게요."

백리명천이 대답하기도 전에 그녀는 바로 모닥불 쪽으로 걸어갔다. 그리고 외투를 벗고는 소매를 흔들며 춤을 추기 시작했다. 대단한 솜씨였다. 난촛빛 물총새가 날아다니는 듯, 부드러이 노니는 용이 일어나듯, 귀걸이 떨어질 제 눈빛이 흔들리고 소매는 하늘을 오르는 듯, 근심을 잡을 수 없으니 날아가 기러기를 놀라게 하고![1]

---

1 이군옥李群玉의 시 〈장사구일등동루관무長沙九日登東樓觀舞〉의 일부분

너무나 아름답다!

비연이 넋을 잃고 바라보았다. 이 여우는 비록 바람둥이지만 아무에게나 마음을 주는 건 아닌 모양이었다. 최소한 안목은 지극히 좋았다.

백리명천이 술을 마시며 춤을 감상했다. 입가에는 미소가 떠올라 있었고, 나른한 듯 쉬고 있었다.

비연도 춤에 빨려 들어가 하마터면 중요한 일을 잊어버릴 뻔했다. 다행히도 제때 정신을 차렸다. 안 그래도 손을 쓸 기회가 없을까 봐 걱정하던 참이었는데 시녀가 춤을 추다니, 비연에게 기회를 주는 것이나 마찬가지였다. 그녀는 일부러 흥분한 듯 소리쳤다.

"아름다워! 언니, 내게도 춤을 가르쳐 줘요!"

그러고는 시녀의 대답을 기다리지도 않고 바로 달려가 시녀의 손을 잡아끌었다. 그리고 그대로 독을 썼다.

시녀는 독에 당했다는 것도 눈치채지 못하고 사납게 비연의 손을 밀쳤다.

"내 춤은 가문 대대로 내려오는 거야! 아무에게나 가르쳐 줄 수 있는 게 아니라고! 주인님의 흥취를 망치지 말고 저리 비켜!"

시녀는 다시 소매를 펄럭이며 춤을 추기 시작했다.

비연의 눈에 교활한 빛이 스쳐 갔다. 그러나 그녀는 시무룩한 표정으로 고개를 숙이고 돌아와 앉았다.

백리명천은 별다른 의심을 하는 것 같지 않았다. 춤은 꽤 많은 여자의 마음을 설레게 하니까. 그를 시중드는 다른 시녀들이 이 춤을 보았어도 비연과 비슷한 반응을 보였을 것이다.

백리명천은 춤을 감상하면서도 비연을 푸대접하지 않았다. 그는 새우를 구워 건네주고, 다시 생선을 구워 건넸다. 그다음에는 다시 닭을 굽기 시작했다.

비연은 계속 먹으면서 춤을 감상했다. 다른 사람은 말할 것도 없고 그녀 자신조차 제가 인질이라는 사실을 잊을 지경이었다.

고요한 밤, 모닥불은 활활 타오르고 춤은 나긋나긋했다. 시간은 조용하게 멈춰 버린 것 같았다.

갑자기 시녀가 춤을 멈췄다. 그녀는 무슨 문제라도 있는 것처럼 멍하니 백리명천을 바라보았다. 백리명천이 영문을 몰라 답답해하고 있을 때, 갑자기 몸 아래에서 뜨거운 기운이 밀려왔다. 깜짝 놀라 재빨리 비연을 바라보며 소리쳤다.

"음양독을 쓰다니!"

비연은 이미 멀리 피한 상태였다. 그녀가 웃으며 말했다.

"음양독이 무엇인지 안다면…… 그럼, 편안하게 즐겨 봐!"

말을 마치자마자 재빨리 달려 연기처럼 사라졌다.

음양독이란 당연히 음과 양이 합쳐진 독이었다. 독은 두 가지로 나뉘어 있는데, 낮에 한 번 그리고 밤에 한 번, 또 남자에게 한 번 여자에게 한 번 써야 했다. 그러고 나면…… 말로 표현할 수 없는 상태가 된다. 그리고 마지막에는 기를 소진해 죽을 확률이 최소한 열에 여덟은 되었다!

비연이 나는 듯이 도화담을 향해 달리며 계속 웃었다. 옛 원한과 새 원한을 모두 갚았다! 바람둥이 여우! 다시 한번 그녀에게 누명을 씌우고, 모함하고, 이용하고, 또 모욕해 보라지!

　그래, 풍류를 즐기잖아? 충분히 즐기면서 죽게 해 주지. 귀신이 되어서도 풍류를 즐겨 보라지!

본 황자는 너를 놓아주지 않겠다

비연은 살기 위해 나는 듯이 달리면서 큰 소리로 웃고 있었다.

백리명천이 대문까지 따라왔지만 몸을 지탱하지 못하고 결국 무너졌다. 그는 한쪽 무릎으로 땅을 짚고 고개를 숙였다. 그러고는 주먹으로 사납게 땅을 쳤다. 이렇게 추운 날에 그의 머리카락 사이로 커다란 땀방울이 흐르고 있었다.

지금 그의 몸 안에서 어떤 일이 벌어지고 있는지는 하늘만이 알 것이다. 그 괴로운 열기를 그는 어떻게든 견뎌 내고 있었다.

머리카락에서 땀방울이 계속 떨어져 보기 좋은 얼굴선을 따라 흘렀다. 그렇게 웅크린 채 한참 동안 움직이지 않는 모습이 매우 차갑고 악랄해 보였다. 평소 나른하게 웃던 그의 모습과는 완전 딴판이었다.

갑자기 시녀가 등 뒤에서 다가오더니 그를 끌어안았다. 그녀는 이미 자신을 제어할 수 없는 상태였다.

시녀가 그를 끌어안은 건 마치 깊은 물 속에서 지푸라기라도 잡는 것과 같았다. 그녀는 두 손으로 그의 목을 단단히 끌어안고, 괴로운 얼굴로 애걸했다.

"주인님, 구해 주세요…… 구해 줘요, 너무 힘들어요……."

그녀가 애걸하며 그의 옷 속으로 손을 살며시 밀어 넣었다.

"주인님…… 주인님…… 제발……."

백리명천이 힘들여 그녀를 밀쳐 내고는 몸을 일으켜 비틀비틀 걷기 시작했다. 음양독 중에서도 양독이 더더욱 강했다. 그는 지금 시녀가 받는 고통의 세 배를 견디고 있었다. 거의 온 힘을 끌어내어 죽어라 견디고 있었다. 시녀를 가까이하면 의심할 바 없이 목숨을 빼앗기게 될 터였다.

음양독은 해독약이 없었다. 독에게 제어당해 순순히 따르거나, 아니면 의지로 버텨야 했다! 순순히 따르는 경우에는 열에 여덟은 기가 다해 죽게 된다. 물론 의지력으로 버티는 경우에도 마찬가지였다.

이 독은 매우 희소하여 아는 이가 거의 없었다. 비연처럼 착하고 단순해 보이는 계집이 어디서 이렇게 음탕하고 악랄한 물건을 손에 넣었을까? 정말 너무 부주의했다. 그녀를 너무 얕보았던 것이다!

백리명천은 비척거리며 밖으로 걸어 나갔다. 귀밑머리 아래로 푸른 힘줄이 솟아 나왔다. 그는 이미 극한의 인내력을 발휘하고 있었다.

그가 대문을 나섰을 때, 시녀가 다시 쫓아와 그를 덮쳤다. 백리명천은 의지와는 달리 힘없이 앞으로 쓰러졌다. 시녀는 그의 등을 안은 채 그야말로 미쳐 있었다. 물뱀처럼 그를 휘감은 채 몸을 움직여 어떻게든 그를 유혹하려 했다.

백리명천의 눈가에 혐오감이 스쳐 갔다. 시녀를 밀쳐 내려 했지만 그녀는 혼신을 다해 그의 얼굴을 끌어안고 입을 맞추려 했다. 입술이 채 닿기 전에 백리명천의 분노가 폭발했다! 대체 어디서 나온 힘인지 사납게 시녀를 밀쳐 내고, 놀랄 만큼 무서운 목소리로 외쳤다.

"본 황자에게서 꺼져!"

언제나 여인을 희롱하는 것은 그였다. 그가 언제 여자에게 이렇게 밀려 넘어져 보았겠는가?

어디를 가건 곁에 여자들이 끊이지 않았다. 그러나 그런 여자들에게 손을 댄 적은 단 한 번도 없었다! 고비연, 그 망할 계집이 뜻밖에도 이렇게 수를 쓰다니, 반드시 갚아 줄 것이다!

백리명천이 다시 몸을 일으키고 심호흡을 깊이 했다. 그리고 도화담을 향해 나는 듯이 달리기 시작했다.

도화담에 이르자 보랏빛 여우 외투만이 물가에 떨어져 있었다. 그리고 연못의 수면이 흔들리고 있었다. 비연이 물에 들어간 지 얼마 되지 않았다는 표시였다!

백리명천은 바로 물속으로 뛰어들었다. 헤엄을 치지 않고 깊이 잠수해 들어가 순식간에 물속으로 사라졌다.

뼈를 엘 듯 차가운 물이 그의 열기를 가라앉혀 줄 것 같았으나, 독이 발작하면서 그는 점점 더 자제력을 잃었다. 그는 원래 헤엄을 잘 쳐, 깊은 못 속에서도 손바닥을 뒤집듯 쉽게 잠수할 수 있었다. 그러나 지금은 산 동굴도 넘어갈 수 없었다.

백리명천은 산 동굴 앞에서 멈췄다. 물속에서 곧은 자세로 서 있는 그의 잘생긴 얼굴에 얼마 지나지 않아 다시 고통의 빛이 어렸다. 정말로 쫓을 방법이 없었다. 포기해야만 했다.

갑자기 그가 물속으로 곤두박질치더니 막 현을 떠난 화살처럼 더 깊고 더 차가운 곳으로 잠수해 들어갔다. 그의 몸이 보이지 않은 지 얼마 지나지 않아, 물속 깊은 곳에서 물보라가 일더니 차갑고 음산한 목소리가 들려왔다.

"연아! 본 황자는 결코 너를 놔주지 않을 것이다!"

그때 비연은 막 산 동굴을 지나던 참이었다. 그녀는 물 아래서 들려오는 목소리를 듣지 못했다. 그저 추워서 온몸을 덜덜 떨 뿐이었다. 점차 손과 발이 제대로 펴지지 않았다. 곧 헤엄칠 수 없게 될 터였다.

이 도화담 물은 그녀가 생각했던 것보다 훨씬, 훨씬 더 차가웠다! 그리고 이 강물은 그녀가 생각했던 것보다 훨씬 깊고 훨씬 넓었다!

그래도 어떻게든 버텨 냈다. 물속에서 숨을 참고 헤엄치다가 겨우겨우 물 위로 올라올 수 있었다. 눈앞은 온통 칠흑과 같이 어두웠다. 희미하게 주변의 깎아지른 듯한 절벽의 형태를 볼 수 있을 뿐이었다.

이곳에 올 때는 정신을 잃고 있었다. 산 동굴 밖이 어떤지, 물이 얼마나 깊고 강이 얼마나 넓은지, 뭍은 어디에 있는지도 몰랐다. 그저 주변의 산들을 바라보며 그쪽으로 헤엄치는 수밖에 없었다! 어쨌든 산기슭까지만 가면 괜찮을 것이다.

그녀는 다시 버텨 냈다. 그러나 강은 너무나 넓고 헤엄은 너무나 느렸다. 별로 오래 헤엄치지 않았는데도 온몸의 힘이 다해 가고 있었다.

몸이 점점 더 차가워지고, 손발을 점점 더 제대로 움직일 수 없었다. 온몸에 힘이 들어가지 않게 되자 그녀는 마침내 조급해졌다. 어떻게 하지?

절대로 멈춰서는 안 된다는 건 알고 있었다. 그러나 멈추고만 싶었다. 멈추고, 쉬고, 한숨 돌리고……. 그녀는 상상하기 시작했다. 만약 이 물속에 잡을 수 있는 게 뭐라도 있다면 잠시 멈춰 쉴 수 있을 텐데. 그러면 얼마나 좋을까!

그러나 현실은 상상과 정반대였다. 갑자기 물속 깊은 곳에서 누군가가 뛰어오르더니 그녀의 다리를 잡아끌었다! 비연이 깜짝 놀라 무의식적으로 비명을 지르자 그 틈에 입안으로 물이 들어왔다!

그녀는 힘차게 다리를 뻗으며 물 위로 떠오르려 했지만 누군가에게 잡혀 그럴 수 없었다! 그녀는 당황하여 온 힘을 다해 버둥거렸다. 그러나 그러면 그럴수록 점점 더 숨만 막힐 뿐이었다! 그리고 바로 이 순간, 그녀의 머릿속에 갑자기 수많은 기억이 떠올랐다 사라졌다.

몸의 원주인이 여덟 살 되던 해에 물에 빠졌던 기억이었다. 이미 잊었던 기억이 뜻밖에도 지금 다시 살아난 것이다.

몸의 원주인은 그해 물에 빠졌다. 지금과 같이 공포에 질리고, 그 누구에게서도 도움받지 못한 상태로 무력하기만 했다. 너무나 괴로운 나머지 영혼이 몸에서 생생하게 떨어져 나갔다. 몸은 질식한 상태로 가라앉았고, 영혼은 산산조각이 나 그대로 사라졌다. 죽음의 느낌이 이런 걸까?

하지만 몸의 원주인은 그때 죽지 않았다. 그녀는 비연이 다시 태어날 때까지 분명 살아 있었다! 그런데 어째서 죽음의 느낌이 이리도 생생한 걸까? 너무 생생해서 마치 몸의 원주인이 아니라 그녀가 어린 시절 직접 겪었던 일인 양 착각이 들 정도였다.

그녀는 물에 빠져 본 적이 없었다! 죽어 본 적은 더더군다나 없었다. 그녀는 그저 기억을 잃었을 뿐이고, 계속 안락하게 살아왔다. 그 망할 사부가 그녀를 절벽에서 밀기 전까지 말이다.

이건…… 대체 어떻게 된 일일까?

너무 지쳐서 이런 걸까? 곧 익사할 거라서……?

나는 누구일까? 나는 대체 누구지?

고통스러운 가운데 기억이 어지럽게 난무했다. 비연은 점차 의식을 잃어 갔다.

그녀의 발을 잡아당긴 사람이 사납게 그녀를 끌어당겨 품에 안은 후 수면 위로 올라왔다. 검은 옷에 은색 가면을 쓴 이 사람은 바로 정왕 군구신이었다.

군구신은 수면으로 올라온 다음에야 옅은 달빛에 의지해, 자신이 안고 있는 이를 알아볼 수 있었다.

바로 비연이라는 사실을……!

갑자기 마음에 걸려서

정역비가 이야기한 세 곳 중에서 도요곡이 가장 은밀했다. 군구신은 당연히 도요곡으로 향했다.

그는 저녁 무렵 도착하여 주변의 지형을 익혔다. 그러나 입구를 찾지 못했다. 그는 한참 고심한 끝에 밤이 되어서야 물에 뛰어들었다.

어두운 밤에 물속을 돌아다니는 일은 쉽지 않았다. 대신 발각될 위험도 별로 없었다. 이 지역에 익숙하지 않은 데다 교활한 독의 고수를 상대해야 하기 때문에 군구신은 신중에 신중을 기했다.

야명주를 들고 물속 깊은 곳까지 잠수해 들어간 그는 누군가가 헤엄쳐 오고 있는 것을 발견하고는 즉시 더 깊은 곳으로 들어갔다. 야명주의 빛이 어두웠기에 그는 상대를 알아볼 수 없었다. 분명 백리명천의 수하일 거라 생각했는데 설마 비연일 줄이야!

비연의 창백한 얼굴을 본 군구신의 안색도 창백해졌다.

"고비연!"

그는 재빨리 그녀를 데리고 뭍으로 올라가 똑바로 눕혔다. 다급하게 비연의 옷깃이며 허리띠를 풀고, 그녀의 배를 힘차게 눌러 물을 토하게 했다. 비연은 엄청난 양의 물을 토해 냈지만 깨어나지는 않았다.

더 이상 지체할 여유가 없었다. 군구신은 바로 비연의 코를 쥐고, 그녀의 턱을 치켜들었다. 그리고 자신의 숨을 그녀에게 불어넣기 시작했다. 한 번, 또 한 번.

처음에는 그도 냉정을 지키고 있었다. 그러나 몇 번이고 숨을 불어넣어도 비연이 깨어나지 않자 그는 허둥거리기 시작했다.

한 번, 한 번, 더 빠르게. 그렇게 얼마나 숨을 불어넣었을까. 그의 입술이 다시 한번 그녀의 입술을 덮었을 때 비연이 갑자기 눈을 떴다. 그러나 너무 당황한 군구신은 그것도 모르고 계속 숨을 불어넣었다.

막 깨어난 비연은 머릿속이 너무 어지러웠다. 게다가 눈앞에 익숙한 은빛 가면이 있는 걸 보고 순간적으로 이게 꿈인지 생시인지 구분하지 못해 멍하니 굳어 버렸다. 입술이 다가와도 그녀는 움직이지 않았다. 그러나 부드러운 감촉이 전해져 오자 저도 모르게 눈을 크게 떴다. 꿈이 아니었다. 입술은 차갑고…… 너무나 차가웠다!

군구신은 숨을 불어넣고는 바로 떨어져 다시 크게 숨을 들이마셨다. 그리고 다시 입술을 붙인 순간, 그는 마침내 비연이 눈을 휘둥그렇게 뜨고 저를 바라보고 있는 걸 발견했다.

이제 그도 굳어 버리고 말았다. 입술이 그녀의 입술과 닿아 있었지만, 그는 입술을 떼는 것마저 잊어버렸다.

이렇게 두 사람은 입술을 맞댄 채 서로를 바라보고 있었다. 이 순간 온 세계가 고요해진 것만 같았다.

갑자기! 넋을 잃고 있던 비연의 눈에 경악이 서렸다. 그녀는 사납게 군구신을 밀어내고 황망하게 일어나더니 소리쳤다.

"너, 너…… 대체 무슨 짓이야!"

한옆으로 밀쳐진 군구신은 그야말로 아슬아슬하게 걸려 있던 심장이 쿵 하고 내려앉음을 느꼈다. 무슨 변명이라도 하고 싶었지만 결국은 한마디도 할 수 없었다. 그는 손을 들고 가볍게 입술을 훔쳤다. 마치 자신도 싫다는 태도였다.

비연이 다급하게 몸을 일으켜 제 온몸을 살펴보았다. 그리고 허리띠며 옷깃이 전부 다 풀려 있는 걸 그제야 발견했다.

"개새끼! 무슨 짓을 한 거야!"

그녀는 마치 털을 곤두세운 들고양이처럼 아주 흉흉하게 그를 노려보았다. 두 손으로는 제 몸을 꽉 끌어안은 채.

군구신은 방금 다급하게 그녀를 구하느라 제대로 보지도 못한 상태였다. 지금 비연이 이렇게 반응하니 그는 겨우 그녀의 온몸이 젖어서 속이 비쳐 보인다는 것을, 옷깃이 반쯤 열려 그 안으로 보드라운 살결이 보일락 말락 한다는 것을, 그리고 비연이 지금 아주 유혹적이라는 사실을 깨닫게 되었다.

비연은 흘깃 보기에는 아주 말랐지만…… 그래도 있을 것은 다 있었다.

군구신의 시선은 마치 붙박인 것처럼 움직이지 않았다. 언제나 차갑고 냉정하던 그의 눈동자가 점차 깊어졌다. 마치 누군가를 잡아먹기라도 할 것처럼 깊게 가라앉았다.

비연은 아직 젊은 여자였다. 그런 눈길을 받으니 당황스러울 수밖에 없었다. 그녀는 황망한 손길로 허리띠를 줍고 옷을 여미며, 한 걸음 한 걸음 뒤로 물러났다.

"망할 얼음, 미, 미리 말해 주겠는데, 나…… 나는 네가 누군지 알아. 그러니까…… 그러니까…… 가까이 오지 마!"

군구신이 곧 정신을 차렸다. 방금 자신의 눈길이 얼마나 무서웠는지 전혀 모르는 그는 비연의 이런 반응에 어찌 반응해야 할지 알 수 없었다.

그가 냉랭하게 말했다.

"어떻게 도망쳐 나왔지? 다행이군. 물속에서 실수로 너를 죽여 버리지 않아서."

그러면서 그는 제 곁에 떨어져 있던 바람막이를 주워 비연에게 던졌다.

비연은 겨우 냉정을 되찾았다. 그녀는 그의 젖은 옷을 보고, 또 주변을 본 다음에야 상황을 파악할 수 있었다.

"날 잡아끈 게 너였군!"

군구신은 대답하지 않고 손을 들어 다시 가볍게 입술을 닦아 냈다. 비연의 눈에 그의 이런 동작은 그가 자신을 싫어한다는 의미로밖에는 보이지 않았다. 비연 역시 혐오스럽다는 듯 입술을 훔치고 불쾌한 목소리로 말했다.

"그 늙은 여우 손에도 죽지 않았는데 네 손에 죽었다면, 죽어서도 눈을 감지 못했겠지!"

군구신은 조금 당황했다. 그러나 어둠 속이라 비연은 그런 그의 모습을 알아챌 수 없었다.

그는 더 이상 설명하지 않고 냉랭하게 물었다.

"춥지 않나?"

이 질문을 받자마자 비연은 덜덜 떨기 시작했다. 그녀는 무의식적으로 바람막이를 걸치고 몸을 꼭 감쌌다.

군구신이 차가운 목소리로 말했다.

"그런데도 오지 않겠다는 건가."

비연은 그 뜻을 알 수 없어 경계하는 눈빛으로 그를 바라보았다.

군구신의 인내심이 다했다. 그는 재빨리 다가와 패기 있게 그녀를 끌어안았다. 그리고 발끝으로 가볍게 땅을 짚더니 절벽 위로 날아올랐다.

비연이 발버둥 치려 했지만 군구신이 턱으로 그녀의 머리를 누르며 속삭였다.

"계속 난동을 부리면 그 결과는 스스로 감당해야 할 것이다!"

비연은 계속 발버둥 치고 싶었지만 갑자기 그가 방금 보여주었던, 자신을 잡아먹을 것 같았던 눈길이 기억났다. 그녀는 곧 얌전해질 수밖에 없었다.

비연은 이제 의심하기 시작했다. 이 녀석은 얼음처럼 차가워 보이지만, 사실 그 바람둥이 여우보다 훨씬 더 무뢰한 인간인 게 아닐까!

이 사건의 진상은 이미 드러났다. 그런데 그가 무엇 때문에 그녀를 구하러 온 걸까? 무슨 좋은 마음에서 온 것은 아닐 텐데.

그녀는 생각하고 또 생각하다가 저도 모르게 자신의 정왕 전하에게 생각이 미쳤다. 정왕 전하는 지금 무엇을 하고 계실까? 그녀가 실종된 후 정왕 전하도 조금은 당황하셨을까?

군구신은 비연을 데리고 절벽 위 동굴 안으로 들어갔다. 그는 물에 뛰어들기 전 이 동굴 안에 모닥불을 피워 놓았다. 한 번에 순조롭게 산 동굴을 통과할 수 있을지 확신하지 못했던 것이다.

"이 주변에는 인가가 없다. 옷을 말린 후 돌아가자."

군구신은 비연을 놓아준 후 그녀를 등진 채 동굴 입구에 섰다.

비연은 그제야 그가 왜 그녀를 이곳으로 데려왔는지 알 수 있었다.

그녀는 속으로 생각했다. 저 녀석도 몸이 젖은 상태인데, 저렇게 바람까지 맞으면 분명 추울 텐데.

그녀는 바람막이를 벗어 그에게 건네려다가 생각을 바꿨다. 저 녀석도 모닥불 근처에 와서 서라 하면 되잖아? 뭐, 저 녀석이 몸을 돌리지만 않는다면…… 사실 괜찮지, 뭐.

비연은 그를 부르려다가 갑자기 멈췄다. 그녀는 자신의 생각에 경악하고 있었다.

그녀는 뜻밖에도 그를 마음에 걸려 하고 있었다.

그녀는 뜻밖에도 자신이 불편해질 위험을 무릅쓰고 그를 안타까워하고 있었다.

됐다!

아직 그가 어떤 사람인지도 모르는데. 그가 거듭 그녀를 도운 것도, 진짜 목적이 무엇인지 아직 모르는 일 아닌가?

결국 비연은 그에게 바람막이마저 돌려주지 않고 경고했다.

"고개 돌리지 마. 따르지 않는다면…… 독을 쓸 테니까!"

이렇게 그녀는 죄책감이라고는 전혀 없이 바람막이를 끌어안고 동굴 안 깊은 곳으로 들어갔다.

군구신은 그저 추운 정도가 아니라 제대로 서 있을 수도 없을 지경이었다. 그는 해독약을 하나 먹었다.

정역비의 군대가 근처에 있을 테니 백리명천은 은신처에서 빠져나올 수 없을 것이다. 분명 비연을 이 깊은 산에서 무사히 내보내 줄 수 있을 것이다.

그는 돌벽에 천천히 기대앉았다. 어두운 숲을 바라보며 그는 마치 정신을 빼앗긴 듯, 저도 모르게 다시 손으로 입술을 가볍게 문지르고 있었다.

연약한 웃음소리

비연은 바람막이를 입은 채 불 주변에 앉아 옷을 말렸다.

고개를 돌리자 망할 얼음이 멀리 동굴 입구에 앉아 꼼짝도 하지 않고 있는 게 보였다.

그녀는 다시 마음이 걸리기 시작했다. 그러나 방금의 일이 떠오르자 사납게 입술을 닦고, 의연하게 고개를 돌려 다시는 그를 보지 않았다.

비연은 빠르게 움직였고, 날이 밝아 올 무렵에는 옷을 전부다 말렸다. 그녀는 망할 얼음이 여전히 고개를 돌리지 않고 있는 것을 확인하고는 단정하게 옷을 챙겨 입었다. 그리고 성큼성큼 걸어가 그에게 재촉했다.

"이봐, 네 차례야. 어서!"

그러나 망할 얼음은 대답하지 않았다.

비연이 이상한 마음에 다시 소리쳤다.

"이봐, 망할 얼음, 네 차례라니까. 어서 들어와!"

그러나 그는 여전히 반응을 보이지 않았다. 동굴 입구에 앉아 있는 그의 뒷모습이 마치 조각상 같았다. 비연은 그제야 뭔가 이상하다는 것을 깨닫고 재빨리 달려갔다.

"망할 얼음, 괜찮아?"

군구신의 젖은 옷은 바람에 이미 말라 있었다. 그의 몸은 여전히 꼿꼿한 자세를 유지하고 있었고, 눈을 감고 있어 마치 수련이라도 하는 것처럼 보였다.

가면이 그의 얼굴을 반 이상 가리고 있어 드러난 것은 입과 턱뿐이었다. 비연은 그의 안색을 제대로 살필 수 없었지만 입술색은 볼 수 있었다!

그의 입술은 창백하다 못해 보랏빛으로 질려 있었다. 얼핏보기에는 추위에 얼어붙은 걸로 보였다. 그러나 비연은 한눈에 이것이 중독 증상이라는 것을 알아챘다.

비연이 재빨리 그를 때렸다.

"망할 얼음, 자면 안 돼, 일어나! 이봐, 어떻게 독에 당한 거야, 망할 얼음!"

그러나 그는 깨어나지 않았다. 비연은 서둘러 그를 동굴 안으로 끌고 들어갔다.

"중독되었으면서 말도 하지 않고, 뭘 잘난 척을 그렇게!"

멀쩡한 상태의 남자라면 조금 추운 곳에 있었다 해도 그다지 문제가 되지 않는다. 체질도 훌륭하고 무예도 익힌 사람이라면 심지어 몸이 차가워지거나 하는 일도 없다. 그러나 중독된 상태라면 이야기가 완전히 달라진다!

비연은 그야말로 온 힘을 다해 군구신을 동굴 안 모닥불 근처로 끌고 왔다. 그녀는 그가 무슨 독에 중독되었는지 살피다가 손에 작은 환약이 한 알 들려 있는 것을 발견했다. 그것을 본 순간 그녀는 바로 헉, 차가운 숨을 들이마셨다.

세상에, 칠성갈주독을 억제하는 환약이었다!

바꿔 말하자면, 이 녀석은 칠성갈주독에 중독되어 있었다!

칠성갈주독은 독성이 점차 증폭하는 극독으로, 첫 발작부터 일곱 번째 발작까지, 매번 그 전의 발작보다 고통이 배가되었다. 그리고 일단 일곱 번째 발작이 일어나면 아무리 많은 해독약을 먹는다 해도 효과가 없고, 전신 피부가 점차 괴사하며 결국은 사망에 이르게 된다.

누가 대체 이렇게 잔혹한 독을 그에게 쓴 걸까!

그가 지니고 있던 이 환약은 억지로 독성의 발작을 막을 수 있을 뿐, 독성을 제거하는 데는 전혀 도움이 되지 않았다. 아니, 오히려 독성이 억제되어 있다가 오히려 더 일찍, 더 크게 폭발할 수도 있었다.

게다가 칠성갈주독의 발작이 일어나는 시간 간격은 점점 짧아지기 마련이었다. 거기에 이렇게 독성을 억제하는 약까지 먹는다면, 독이 발작하는 시간은 훨씬 더 짧아질 것이다!

즉, 보통 경우라면 독이 발작하여 죽기까지 열흘이 걸리지만 이 녀석은 기껏해야 사나흘 정도나 버틸 수 있을 터였다!

"말도 안 돼! 대체 어떤 돌팔이가 이런 약을 준 거지! 이 약은 너를 해치는 약인데!"

비연은 이상하게 분노했다. 자신이 계속 이 녀석을 미워해 왔다는 것도, 지난번에는 이 녀석이 빨리 죽어 버렸으면 좋겠다고 생각했다는 것조차 잊은 채!

그녀는 다급하게 맥을 짚었다. 그리고 다시 한번 깜짝 놀랐다. 이미 여섯 번째 발작이었다! 가능한 한 빨리 해독약을 먹어야 했다. 그러지 않으면 기회가 없다. 다음 발작이 일어나면…… 죽는다!

"해독약, 해독약……."

비연은 재빨리 자신이 가진 약재를 뒤져 보았지만 해독약을 배합할 약재가 없었다. 그녀는 머뭇거리며 허리춤에 매달린 약왕정을 바라보았다. 그녀는 긴장하고 있었다!

그녀가 어제 사용한 음양독은 극독일 뿐 아니라, 약왕정이 가장 경멸하고 배척하는 음란독이기도 했다.

그녀는 어제 약왕정에서 필요한 약재를 꺼낼 때 이미 상당히 힘을 들여야 했다. 약왕정은 분명 그녀에게 화를 내고 있었고, 그녀의 명령을 듣지 않으려 했다.

그로부터 하루가 지났다. 약왕정은 완전 파업 상태에 들어갔을 가능성이 아주아주아주아주아주 높았다!

비연은 긴장하지 않을 수 없었다. 그녀는 심지어 조금 허둥거리고 있었다.

만약 약왕정이 파업에 들어갔다면, 이 절벽 어디에서 약재를 찾을 수 있겠는가! 그럼 그녀는 여기서 눈을 뜬 채 이 녀석이 죽어 가는 걸 지켜봐야 한다! 생각하면 생각할수록 당황스러웠다.

그녀는 다급하게 허리춤에서 약왕정을 풀어 공손하게 두 손으로 받쳐 들었다. 그리고 진지한 얼굴로, 심지어 경건한 분위기까지 풍기며 열심히 애원하기 시작했다.

"내가 잘못했어! 약속할게. 다음에는, 아, 아니야, 다음은 없을 거야! 절대로 다시는 그러지 않을게! 나는 그저 네 약으로 사람을 구하려는 거지, 절대로 사람을 해치려는 게 아냐! 제발 한 번만 용서해 줘! 이번 한 번만!"

자신과 계약한 신기에게 이렇게 애걸하는 사람은 예로부터 지금까지 아마 비연 한 명밖에 없을 것이다. 백의 사부가 이 모습을 보았다면 대체 무슨 생각을 했을까!

백의 사부가 이 모습을 볼 수 있을지 없을지는 단언할 수 없지만, 군구신은 볼 수 있었다. 그는 비록 온몸에 힘이 없어 눈꺼풀조차 움직일 수 없었지만 의식은 아주 명료했다. 그는 혼절한 게 아니었다!

군구신은 비연이 애걸하는 소리를 듣고 호기심을 느껴, 살짝 눈을 떠 보았다. 비연은 공손하게 약왕정을 들고 있는 정도가 아니라 심지어 머리 꼭대기 높이까지 들고 있었다. 눈을 감고 경건한 표정으로, 움직이지 않은 채. 마치 하늘에 기도하는 모습 같았다.

물론 비연은 기도 중이 아니라 정신을 집중하여 자신의 의식을 약왕정 안으로 들여보내는 중이었다. 의식이 곧 약왕정 안으로 들어갔다. 그러나 그녀가 기뻐하며 약재를 찾으려 하자 바로 튕겨 나왔다.

그녀는 다시 들어갔지만 또 한 번 튕겨 나왔다!

그녀는 점점 더 당황했다. 이런 상황은 결국 지난번과 똑같은 것 아닌가!

"이렇게 애원하는대도 안 되는 거야?"

그녀는 중얼거리면서도 계속 노력했다.

점차 그녀의 표정은 경건하지 않게 변해 갔다. 꽉 찌푸린 양 미간에 고집이 어렸다. 어떻게든 원하는 것을 얻고야 말겠다는 모습이었다.

군구신은 이 상황을 이해할 수 없었지만, 어쨌든 그녀가 약을 구하고 있다는 사실은 알 수 있었다. 그는 비연을 바라보며 함께 미간을 찡그렸다. 그의 마음에 일말의 애정이 솟아났다.

비연은 군구신이 저를 보고 있다는 사실도 모른 채 한 번, 또 한 번 계속했다. 서른한 번째 시도에서 마침내 그녀의 의식은 약왕정에서 튕겨 나오지 않고 순조롭게 약을 저장한 공간 안으로 들어갔다.

잠시 후 그녀는 약왕정을 내려놓고 눈을 떴다. 순간 현기증이 밀려왔다. 그러나 그녀는 숨 돌릴 틈도 없이 군구신에게 해독약을 먹였다.

군구신이 때맞춰 눈을 감았기 때문에 비연은 아무것도 눈치채지 못했다. 그녀는 비틀거리며 군구신 옆에 앉았다가 결국은 누워 버렸다. 그야말로 탈진해 버렸기에 꼼짝도 하고 싶지 않았다. 그런데 그녀가 갑자기 웃기 시작했다.

"망할 얼음, 네 목숨을 내가 구해 준 셈이지. 네가 나를 한 번 구했고, 나도 너를 한 번 구했으니……. 하하, 이제 우린 빚이 없는 거야."

군구신은 마음속으로 어찌 반응해야 할지 알 수 없어 조금 당혹스러웠다. 그러나 바로 그다음 순간, 비연의 연약한 웃음소리가 살며시 들려왔다.

"후후, 기다려…… 기다리라고. 내가 좀 쉬고 나면…… 네가 대체 어떻게 생겨 먹은 녀석인지 봐야겠으니까!"

정왕의 어디가 좋지?

비연이 웃으면서 군구신을 바라보았다. 마치 사탕이라도 몰래 훔쳐 먹은 아이같이 즐거운 모습이었다.

군구신은 그녀의 말을 모두 똑똑히 들을 수 있었지만 얼굴에 감정을 드러내지 않았다.

"망할 얼음, 그러니까…… 팔황자 군한인 맞지? 정역비와 관계도 괜찮다며? 신분을 숨기고 이 사건에 끼어든 이유가 대체 뭐야?"

비연은 가만히 쉬지 않고 끊임없이 말을 걸었다.

"신분을 숨기고…… 다른 생각이 있는 거야? 미리 경고해 두겠는데, 감히 정왕 전하께 해를 끼칠 생각이라면 내가 절대로 가만 놔두지 않을 거야!"

그녀는 여기까지 말한 후 다시 군구신을 바라보았다. 점차 가늘어지는 그녀의 눈이 위험한 기운을 풍기고 있었다.

그러나 이 순간, 군구신이 갑자기 눈을 뜨고 그녀와 마주 보았다. 정확하게 말하자면…… 그녀를 얕보고 있었다.

그 순간 비연이 멈칫했다. 표정도 그대로 굳어 버린 채 한참 동안 멍하니 있을 수밖에 없었다.

"너, 너……."

군구신은 원래 좀 더 쉬고 싶었지만 비연이 다가와 가면을 벗기기를 기다릴 수는 없었다. 어차피 비연이 계속 떠들었기 때문에 그도 제대로 쉴 수 없는 상태였다.

"좋아! 날 속였겠다. 혼절한 것처럼 굴면서!"

비연은 완전히 깨달은 듯했다.

해독약의 약효는 매우 빠른 편이었지만 이 정도까지는 아니었다. 이 녀석은 분명 기력이 없어야 했다. 그런데도 정신이 또렷한 걸 보면, 계속 기운이 없었을 뿐 혼미한 상태는 아니었다는 결론이 나왔다!

좋아! 그녀가 방금 그렇게 놀라 허둥지둥하는 걸 보고도 감히 속였단 말이지!

"사기꾼!"

비연이 이를 악물고 일어나 한 걸음 한 걸음 다가왔다. 그녀는 이 정도의 시간에 그가 회복했으리라고는 생각지 않았다. 그녀는 지금 그의 가면을 벗길 생각이었다!

그러나 망할 얼음이 바로 일어나 앉더니 침착하게 몸에 묻은 흙먼지를 털어 냈다. 그리고 어지럽게 흐트러진 머리카락도 정리했다. 그녀가 다가오는 걸 전혀 신경 쓰지 않는 태도였다.

비연이 갑자기 걸음을 멈췄다. 뭔가 이상했다. 이 녀석의 몸은 독에 대한 내성이 강할 뿐 아니라 약효도 굉장히 빠르게 흡수했다! 이런 체질은…… 너무 좋은 것 아닌가?

그녀는 후회했다. 약왕정에서 해독약을 꺼내 바로 그에게 먹일 게 아니라 일단 얼굴부터 볼 걸, 왜 그렇게 조급하게 굴었던 걸까?

비연은 화가 나서 발을 구르며 중얼거렸다.

"사기꾼······."

군구신은 옷차림도 단정히 정리했다. 그는 웃음소리를 내지 않기 위해 간신히 참고 있었다. 하지만 안타깝게도 비연은 그의 그런 모습을 보지 못했다.

단장을 끝낸 군구신이 그녀를 바라보며 조금 머뭇거리다가 입을 열었다.

"방금 그렇게 조급해했던 건······ 설마 내가 죽을까 봐?"

비연도 제가 왜 그렇게 허둥댔는지 알지 못했다! 그녀는 잠시 생각하다가······ 저의 덕이 높기 때문이며, 의료에 종사하는 이로서의 본능 때문이라는 결론을 내렸다.

그녀는 달갑지 않다는 듯 가부좌를 틀고 앉아 동굴 밖을 바라보며 퉁명스럽게 말했다.

"네가 죽으면 나는 여기서 어떻게 나가지?"

"오!"

군구신은 이렇게 말하고 침묵했다.

비연은 맑은 눈으로 그를 바라보며 계속 질문을 던지기 시작했다.

"망할 얼음, 그 늙은 여우가 너에게 독을 쓴 거야? 그는 네 검에 하마터면 죽을 뻔했다고 하던데. 설마 그때부터 계속 여기까지 추격해 온 건 아니겠지? 그 환약은 어디서 얻은 거야? 계속이 사건을 주시하고 있었던 모양인데, 대체 무슨 생각이야? 말해 주지 않으면 돌아가 정역비에게 모두 말해 버릴 거야!"

군구신은 대답하지 않고 오히려 되물었다.

"어떻게 도망친 거지? 백리명천이…… 너에게 무슨 해라도 끼친 건 아니겠지?"

"백리명천! 만진국 삼전하?"

비연은 홀연히 깨달았다. 그녀는 계속 늙은 여우가 만진국 사람이 아니라 백초국 사람이라 생각했고, 특히 황족일 거라고는 꿈에도 생각지 못했다.

백리명천은 그녀도 아는 이름이었다. 백리 가문에서 가장 이름난 방탕아였으니까. 아니, 현공대륙 전체에서 가장 유명한 방탕아였으니까! 소문에 의하면 그는 무절제하게 음탕하고, 돈도 물 쓰듯 쓴다고 했다. 그의 측비 수가 황제인 아버지보다 많다는 소문도 있었다.

좀 더 일찍 깨달았어야 했는데!

군구신이 조금 다급한 듯 다시 물었다.

"왜 그래? 무슨 일이라도 있었어?"

비연이 갑자기 큰 소리로 웃기 시작했다. 음양독을 생각하니 정말 통쾌해 계속 웃고만 싶었다.

"나를 괴롭히는 게 그렇게 쉬울 거 같아? 그는 아마 골짜기에서 나오지도 못할 거야. 그리고…… 그리고 아주 못 볼 꼴로 죽게 될걸!"

군구신은 이해할 수 없었다.

"무슨 뜻이지?"

비연이 눈을 가늘게 뜨고 사악하게 미소 지었다.

"그와 나만 아는 비밀이야. 너에겐 말해 주지 않겠어!"

군구신은 그녀가 이렇게 웃는 걸 보고, 어쨌든 그녀가 어떤 억울한 일도 당하지 않았다는 결론을 내렸다. 몰래 안도의 숨을 토해 낸 그는 더 이상 묻지 않고, 몸을 일으켜 동굴 입구 쪽으로 향했다.

"가지. 데려다줄 테니."

비연의 눈에 의심스러운 빛이 스쳤다. 그녀는 그를 따라가지 않고 갑자기 외쳤다.

"팔전하!"

군구신은 발걸음을 멈추지 않고 계속 입구까지 걸어간 후에 말했다.

"여기 계속 남아 있고 싶은 모양이군."

비연은 자신이 실패했다는 것을 깨달았다. 그녀는 그의 이러한 반응이 회피인지, 아니면 부정인지 도무지 알 수 없었다.

그녀는 이곳에 혼자 남게 될까 봐 서둘러 그를 쫓아가며 탐색하듯 말했다.

"팔전하, 정왕 전하를 칠 생각은 그만두세요. 그렇지 않으면…… 후회하게 될 테니까!"

군구신이 고개를 돌렸다. 무언가 하고 싶은 말이 있는 기색이었지만 결국 아무 말 없이 그녀에게 손만 내밀었다.

비연은 달갑지 않은 듯 계속 머뭇거렸다. 그러자 그가 그녀의 허리를 안아 제 품 안으로 끌어당긴 후 절벽 아래로 날듯이 뛰어내렸다.

비연이 시무룩한 표정으로 생각했다. 반드시 무공을 배워서 이렇게 남의 신세만 지는 일은 피해야겠다고.

두 사람 모두 침묵을 지켰다. 그러나 땅에 닿기 직전에 군구신이 입을 열었다.

"고비연, 무엇 때문에 정왕을 지키려는 거지?"

비연이 즉각 대답했다.

"좋아하니까!"

군구신이 멈칫하더니 더 이상 말을 잇지 못했다. 그러나 저도 모르게 그녀를 좀 더 단단히 끌어안았다. 비연이 바로 눈치채고 발버둥 치며 소리쳤다.

"적당히 좀 해 둬!"

땅에 내려서자 비연이 사납게 그를 밀쳐 냈다. 눈에는 혐오감이 역력했다. 그녀는 늙은 여우를 잡은 후에 어떻게든 방법을 찾아내서, 이 녀석의 존재를 정왕 전하에게 일깨우고 말겠다고 생각했다!

군구신은 더 이상 그녀를 귀찮게 하지 않았다.

"이 강을 따라 앞으로 쭉 가면 이 골짜기를 빠져나갈 수 있어. 그곳에 정역비의 병사들이 있을 거야."

말을 마친 그는 몸을 돌려 그 자리를 떠났다.

군구신은 동굴에 있을 때 이미 암호를 사용해 망중에게 비연을 구했음을 알렸다. 분명 정역비의 병사들이 이 주변을 포위하고 있을 것이다.

비연은 망할 얼음이 이렇게 쉽게 자신을 놔줄 줄은 생각도 못 했던 바였다. 그녀가 얼떨떨해하며 자리를 떠나려 했을 때 갑자기 군구신이 고개를 돌리더니 물었다.

"고비연, 정왕의 어디가 그렇게 좋지?"

비연이 조금 놀라기는 했지만 조금도 주저하지 않고 대답했다.

"뭐든지 다 좋아! 경고하겠는데, 우리 전하께 피해를 입힐 생각은 버리는 게 좋을 거야!"

군구신은 더 이상 묻지 않고 몸을 돌려 앞으로 걷기 시작했다. 그의 입가에는 저도 모르는 사이에 웃음기가 서려 있었다. 그는 지금 자신이 얼마나 즐거운 표정으로 웃는지 자각하지 못했다.

비연도 몸을 돌려 앞을 향해 걸어갔다. 그러나 곧 긴 한숨을 토해 내며 중얼거렸다.

"하지만…… 곧 석 달이 되고……."

그녀는 하소만의 말을 떠올렸다. 한 삼소저가 정왕 전하의 정비가 된다면 그녀가 정왕부에 남은들 무슨 소용 있을까? 정왕 전하는 더 이상 그녀를 비호해 주지 않을 테고, 오히려 힘든 일이 늘어날 것이다. 아무래도 신농곡으로 가서 빙해의 비밀을 찾아보는 편이 나을 것 같았다.

정왕 전하를 좋아하지만 그저 존경하고 숭배하는 것뿐이다. 자신을 지켜 준 은혜를 갚고 나면 그녀도 저를 위해 여러 가지를 생각해야 했다.

정역비에게 암시하다

강을 따라 걸은 지 반 시진도 되지 않아 비연은 백리명천을 수색하는 병사들과 마주쳤다.

그녀가 이름을 대기도 전에 멀지 않은 곳에서 정역비가 달려 나왔다.

"약녀!"

병사들이 줄줄이 길을 틔워 주었다. 정역비가 마치 고삐를 벗어난 야생마처럼 빠르게 달려오자 비연은 저도 모르게 뒷걸음질을 쳤다. 자칫하다가는 정역비와 부닥쳐 자신이 튕겨 나갈 것 같았다.

정역비가 가까스로 비연을 피해 멈추더니 그녀의 두 어깨를 끌어안았다. 그리고 기쁜 표정에 걱정 어린 눈빛으로 그녀를 살펴보기 시작했다.

"약녀, 아무 일도 없었어? 어떻게 도망쳐 나온 거야? 백리명천, 그 짐승 같은 놈이 괴롭히지는 않았고?"

비연이 그의 손을 밀어내며 뒤로 몇 걸음 물러났다. 정역비가 계속 가까이 오려 했지만 그녀가 재빨리 손을 뻗어 그와의 거리를 유지했다.

기씨 가문이 그녀와의 혼약을 파기하기 전에는 정역비도 정왕 전하의 체면을 생각해서 그나마 규율을 지켰다. 그러나 기씨 가문이 혼약을 파기하자마자 정역비는 바로 공고를 내는 일을 저질렀다. 그가 지난번과 같은 행동을 또 할지 아닐지는 하늘만이 알 것이다. 그러니까 그녀를 떠메고 군영으로 간다거나 하는 행동 말이다.

정역비는 이 이틀 동안 비연을 찾느라 거의 미칠 지경이었다. 먼저 지형을 탐색한 정왕 전하께서, 상대가 눈치채고 도망가지 못하게 하라고 명하지 않았다면 그는 벌써 도요곡으로 들어갔을 것이다.

그는 비연의 경고 같은 것은 마음에 두지 않는 듯 그녀의 손을 밀어내며, 그 잘생긴 미간을 진지하게 찌푸리고 물었다.

"상처는 없어? 백리명천이 너를 괴롭혔나?"

비연은 지난번에는 그렇게 제멋대로 굴던 녀석이 이렇게 진지한 것을 보고 살짝 놀랐다. 그러나 곧 정신을 다잡고, 그보다 더 진지하게 말했다.

"아무 일 없었어요. 백리명천은 도요곡 안에 있고요. 어서 가서 잡아 와요!"

정역비는 답답한 모양이었다.

"대체 어떻게 탈출한 거지?"

비연이 대답하려 했을 때 망중이 시위들을 이끌고 도착했다. 사실 망중은 이미 제 주인과 만났고, 지금은 일부러 비연을 맞이하러 온 것이었다. 그가 매우 놀란 척하며 말했다.

"고 약녀, 괜찮은지요? 백리명천은?"

비연이 잠시 머뭇거리다가 차라리 솔직해지기로 했다.

"내가 백리명천에게 독을 썼어요. 분명 아직 골짜기에 있을 거예요. 아직 죽지 않았다 해도 반죽음 상태일 거고요!"

정역비는 말할 것도 없고 망중도 매우 놀랐다. 망중은 제 주인이 물속으로 들어가 비연을 구출해 냈다고 생각하고 있었던 것이다!

그러나 비연의 다음 말이 그들을 더욱 놀라게 했다.

"그 골짜기의 입구는 단 한 곳뿐인데, 어젯밤에 그곳으로 헤엄쳐 나왔어요. 하마터면 물속에서 죽을 뻔했는데, 무공이 높은, 정체 모를 남자가 나를 구해 줬어요."

이 말을 듣고 망중은 코를 문지르며 아무 말도 하지 않았다. 그러나 정역비는 의심이 생겼다. 예전에 오 공공을 자신의 저택에 던지고 간 그 비밀스러운 인물이 떠올랐던 것이다. 혹시 그자와 동일 인물인 걸까?

정역비가 의미심장하게 비연을 바라보았다. 비연이 원한 것은 바로 이런 정역비의 의심이었다. 그녀가 재빨리 덧붙였다.

"은색 가면을 쓰고 있었어요. 성격은 아주 냉정하고, 뭘 물어도 제대로 대답하지 않았어요. 우리를 도우러 온 것 같기도 하고, 또 다른 생각이 있는 것 같기도 하고요. 그가 여기까지 올 수 있었던 걸 보면…… 계속 우리를 감시하고 있었던 건지, 아니면 백리명천을 감시했던 건지 모르겠어요!"

그러고는 군구신의 키며 체형을 자세하게 설명했다. 정역비는 상당히 진지하게 들으며 깊은 생각에 빠졌다.

망중이 도저히 참을 수 없어 비연의 말을 끊었다.

"고 약녀, 바쁜 정 장군을 그만 놓아주지요. 전하께서 소식을 기다리고 계시니, 어서 성으로 돌아갑시다."

"약녀, 먼저 돌아가도록 해. 다음에 내가 만나러 갈 테니까."

정역비는 알고 싶은 것이 더 많았지만 때를 그르칠 수는 없었다. 그는 바로 병사들을 이끌고 도요곡으로 향했다.

이때는 군구신이 이미 도요곡을 한 번 뒤진 다음이었다. 중독되어 죽은 여자를 하나 발견했을 뿐 백리명천은 그림자조차 보이지 않았다. 정역비 일행이 도착하는 것을 본 군구신은 기회를 보아 자리를 떠났다.

정역비 일행은 수가 많았기 때문에 도요곡을 빠르게 훑어볼 수 있었다. 그러나 역시 아무것도 발견하지 못했다. 정역비가 달갑지 않은 마음으로 그 시녀의 시체를 옮기라고 명했다!

오후가 되어서야 모든 게 평온함을 되찾았다. 바람이 일며 도화담 수면에 둥근 파문이 일었다. 점차 그 파문이 거대한 파도로 변하는가 싶더니 백리명천이 파도 가운데서 나타나 여유롭게 뭍으로 헤엄쳤다.

잘생긴 얼굴에 지극히 훌륭한 몸, 큰 키에 균형 잡힌 모습의 남자가 맑은 물속에서 우아하게 노니는 모습은 보는 이들로 하여금 범죄라도 저지르고 싶게 할 만큼 아름다웠다.

백리명천이 곧 물가로 올라왔다. 그런데 그의 머리카락이며 옷은 모두 말라 있었다. 물속에 잠겨 있었어도 젖지 않았던 것이다!

백리 일족은 상고 시대 인어족의 후예로, 물속에서도 젖지 않는 것은 대단한 능력 축에도 끼지 못했다. 물을 날카로운 병기로 바꾸는 것이야말로 그들의 진정한 능력이었다. 그가 하려고만 했다면 도요곡의 물로 사람들을 봉쇄해 죽일 수도 있었다. 그러나 그는 그럴 생각이 없었다. 가문의 비밀을 가벼이 사람들 앞에 보이고 싶지 않았던 것이다.

평소의 웃음기 서린 얼굴과 달리 지금 백리명천의 얼굴은 음울하게 가라앉아 있었다. 그가 얼마만큼의 노력 끝에, 또 얼마만큼의 고통 끝에 그 불길에 타 죽지 않고 살아남았는지는 하늘만이 아실 것이다. 그는 수 시진 동안 괴로워하며 버텨 냈다.

그는 한 걸음 한 걸음 꽃의 바다 속으로 들어가며 이를 갈았다.

"연아, 다음에 만날 날을 기다리마!"

비연이 진양성으로 돌아왔을 때는 깊은 밤이었다. 오는 길에 망중과 대화하면서 비연은 정왕 전하가 천염국 전체에 백리명천을 수배했다는 사실을 알게 되었다.

그녀는 달리 생각하지 않고 매우 유쾌한 일로 받아들였다! 백리명천처럼 다른 사람 머리 꼭대기까지 기어오르려 드는 녀석은 반드시 손을 봐 주어야 한다. 만진국 황자라는 신분 따위, 알 게 뭔가.

이 일은 천염국뿐 아니라 신농곡마저 연루되어 있었다! 만진국은 제 이가 부러지는 한이 있더라도 꼭 참아야만 했다! 비연은 신농곡이 백리명천을 불순 고객 명단에 넣을 것을 아주 기대하고 있었다! 그 녀석의 약술이 아무리 뛰어나다 해도, 혼자

서 신농곡을 당해 낼 수 있을 리 없잖아?

비연은 기분이 좋았다. 그러나 하루 종일 잠을 자지 않은 데다 물에 빠지기까지 했으니 피곤해 곧 쓰러질 지경이었다. 그녀는 정왕부에 도착하자마자 고개를 푹 숙이고 명월거로 향했다.

그녀가 정왕 전하를 만나지 못해 울적해한다고 생각한 망중이 빠르게 설명했다.

"고 약녀, 정왕 전하께서는 궁에 들어가셨습니다. 언제 돌아오실지 모릅니다."

정왕 전하가 직접 그녀를 맞아 줄 거라는 사치스러운 소망을 비연은 꿈에서도 품은 적이 없었다. 그러나 망중의 말을 들으니 어쩐지 조금 실망스러웠다. 그녀가 백리명천 같은 호색한에게 납치되었을 때…… 정왕 전하도 조금은 걱정해 주었을까?

망중에게 물어볼까 한참을 망설이다 비연은 결국 고개를 숙이고 명월거로 향했다.

그녀가 막 문 앞에 도착했을 때 하소만이 나는 듯이 달려왔다. 정역비의 속도와 그다지 다르지 않은 속도였다. 비연이 무의식적으로 피해 겨우 하소만과 부닥치지 않을 수 있었다.

하소만이 그녀를 잡고 위아래로 살펴보며 말했다.

"고비연, 아무 일 없는 거지? 백리명천이 너에게 무슨 짓이라도 한 건 아니지?"

비연이 웃는 얼굴로 되물었다.

"만 공공, 나에게 무슨 일이라도 있으면 한 삼소저가 돈을 갚을 필요가 없겠지?"

영 오라버니의 어디가 좋은 거야?

정말로 비연을 걱정하고 있던 하소만은 이런 말을 들으니 분노가 치밀어 올랐다.

"흥, 남의 호의도 몰라주고!"

비연이 그를 상대하지 않고, 하품을 하며 방 안으로 들어가 방문을 닫았다. 이 모습을 본 망중이 참지 못하고 피식 웃었다. 하소만이 고개를 돌려 노려보자 망중은 재빨리 그 자리를 떠났다.

하소만이 꽉 닫힌 비연의 방문을 노려보았다. 분노와 함께 알 수 없는 실망감이 밀려왔다. 그러나 곧 코웃음을 치고 그 자리를 떠났다.

비연은 사실 입으로만 투덜거렸을 뿐 하소만에게 별다른 원한을 품고 있지 않았다. 그녀에게 하소만은 어린아이나 마찬가지였다.

그녀는 사지를 쭉 뻗고 침상 위에 누웠다. 피곤해 죽을 것만 같았다. 그러나 눈을 감자 왜인지 모르게 물에 빠졌을 때의 그 현기증이 다시 살아났다. 점차 몸의 원주인이 여덟 살 때 물에 빠졌던 기억이 다시 머릿속에 떠오르는 바람에 그녀는 어쩔 수 없이 눈을 떴다.

몸의 원주인은 여덟 살 때 물에 빠졌고, 1년 동안 혼수상태였다가 깨어났다. 그날은 바로 섣달그믐 밤이었다. 그 외에는 기억에 아무것도 남아 있지 않았다. 그저 물에 빠졌을 때의 공포, 영혼과 몸이 분리되는 그 감각만이 남아 있을 뿐이었다.

비연이 일어나 앉았다. 혹시 물에 빠졌던 건 몸의 원주인이 아니라 자신이었던 건 아닐까? 그렇지 않다면 이 감각이 어찌 이리 생생한 걸까?

그녀는 이 대륙과 대체 무슨 관계가 있는 걸까? 몸의 원래 주인과는? 그녀는 대체 누구인 걸까? 그녀의 집은 어디에 있을까?

백의 사부의 빙해영경은 또 어디에 있는 걸까? 이 대륙과는 무슨 관계지? 빙해의 남쪽에 있다는 그 '운공'이라는 대륙은 어떤 세계인 걸까?

이런 일들을 생각하기 시작하자 다시 두통이 밀려왔다. 비연은 더 이상 생각을 잇지 못하고 한참을 뒤척거리다가 저도 모르는 새 잠들었다. 그리고 다시 그 꿈을 꾸었다. 겨우 일고여덟 살 먹었을 작은 여자아이가 빙해에 있는 꿈이었다.

그러나 이번에는 전쟁이 없었다. 여자아이는 도망치지도 않았고, 죽지도 않았다. 그녀는 마치 방관자처럼 멀리서 빙해를 바라보고 있었다. 작은 여자아이가, 저보다 머리 하나 큰 남자애의 손에 끌려 점차 멀어지고 있었다. 하지만 비연은 그 아이들의 대화를 똑똑히 들을 수 있었다.

여자아이가 달콤한 목소리로 물었다.

'영 오라버니, 크고 나면 아내를 맞을 거야?'

남자아이는 부드럽게 웃을 뿐 대답하지 않았다. 그러자 여자아이가 뜻밖에도 뻔뻔스럽게 말했다.

'영 오라버니, 아내를 맞을 거면 나를 맞아 줘. 응?'

남자아이가 참지 못하고 피식 웃었다.

'연 공주, 넌 아직 어리잖아. 이상한 생각은 하지 마.'

여자아이는 진지했다.

'이상한 생각 하는 게 아냐. 나도 알 건 안다고! 나는 진지해!'

남자아이는 어떻게 대답해야 할지 모르겠는 모양이었다.

여자아이는 점점 더 진지하게 말했다.

'영 오라버니, 나를 아내로 맞아 줄 거야? 응?'

남자아이가 다시 웃었다. 어쩔 수 없다는 듯, 그리고 사랑스럽다는 듯.

'연 공주, 영 오라버니의 어디가 좋지?'

여자아이가 바로 대답했다.

'뭐든지 다 좋아!'

남자아이는 웃지 않았다. 그 아이가 비연에게 등을 돌리고 있어 얼굴을 볼 수 없었다. 여자아이는 분명히 부끄러움을 아는 듯 계속 웃고 있었다.

'하하, 하하……'

꿈속의 여자아이가 웃고 있었고, 침상 위의 비연도 웃고 있었다. 그녀는 웃고 또 웃다가 천천히 눈을 떴고, 그제야 모든 것이 꿈이라는 걸 알았다. 그녀는 즐겁게 웃으며 잠에서 깨어났다.

천천히 일어나 앉았다. 기묘한 느낌이었다. 빙해영경에서 지내던 10년 동안 그녀는 빙해에 대한 꿈을 수도 없이 꾸었고 언제나 그 여자아이를 보았다. 그리고 그 꿈은 항상 악몽이었다!

그런데 이번에는 악몽이 아니라 행복한 꿈이었다! 심지어 꿈이 아니라 마치…… 마치 예전에 정말로 있었던 일인 것처럼 느껴졌다. 너무나 생생했다!

그녀는 분명 웃으며 깨어났다. 그런데 어째서 마음속에는 무어라 이름 붙일 수 없는 고통이 희미하게 어려 있는 걸까?

"남신南辰…… 연 공주? 영 오라버니?"

그녀는 꿈속에서 들었던 이름들을 중얼거려 보았다.

"연 공주? 그 아이가 공주였던 걸까? 이름에 연이라는 글자가 들어 있는 걸까? 그 애는 대체 누구지? 그 애가…… 나인 걸까? 나는 또 누구지? 내가 그 여자아이일까?"

비연이 중얼거리고 또 중얼거렸다. 그러다 갑자기 머리가 깨질 듯이 아파 와 그녀는 멈출 수밖에 없었다. 생각하면 안 돼! 의심하면 안 돼!

어떤 저주라도 걸린 것 같았다. 자신과 그 여자아이의 관계를 떠올리려고만 하면 더 이상 생각을 이어 나갈 수 없었다.

그녀는 머리를 감싸 안고 어떻게든 생각을 정리하려고 했다. 그녀는 아주 잘 알고 있었다. 이대로 계속 생각한다면 분명 아파서 혼절하게 될 것이다.

바로 이때, 밖에서 하소만이 문을 두드리는 소리가 들렸다.

"비연! 일어나! 어서! 좋은 일이 있어!"

비연은 머리를 감싼 채 아무 대답도 못 했다.

"비연, 아직도 안 일어난 거야? 해가 높이 떴는데! 아주 좋은 일이라니까! 어서 나와 봐, 말해 줄 테니!"

하소만의 목소리 덕분에 비연의 주의력이 조금 분산되었다.

"이 사기꾼, 어서 나오라고!"

비연은 더 이상 누가 누구인지 하는 문제를 생각하지 않을 수 있었고, 두통도 완화되었다.

"잠시만 기다려!"

그녀는 옷차림을 정리한 후 문을 열고 물었다.

"무슨 좋은 일? 백리명천이라도 잡아 왔어?"

하소만이 대답했다.

"아직! 하지만 정 대장군이 시녀의 시체를 하나 이송해 왔어. 다른 사람들은 아직 성 밖에서 수색 중이래."

비연은 이상하다는 생각이 들었다. 그렇다면 백리명천이 아직 죽지 않았단 말인가? 도망칠 기운이 있었다고? 명이 정말 길기도 긴 모양이군!

더 대단한 독을 준비해야겠다는 생각이 들었다. 그가 복수하러 올 때를 대비하기 위해.

하소만은 비연이 무슨 생각을 하는지 모르고 웃으며 말했다.

"우리, 큰 원한은 대충 갚은 셈이야!"

그는 이 소식을 듣자마자 바로 비연에게 알려 주려고 뛰어왔다. 너무 흥분한 나머지 한 삼소저와 관련한 일은 완전히 잊은 채!

비연은 처음에는 이해할 수 없었지만 이어진 하소만의 이야기를 듣고 흥분하기 시작했다. 심지어 두통마저 잊을 정도였다.

오늘 아침 천무제는 약선 요리 사건에 대한 최종 결정을 내렸다. 회녕 공주가 주모자이므로 서민으로 강등시키고 황궁에서 내쫓는다. 기복방은 범죄를 도왔으므로 5년 동안 감금해야 하나, 이미 제정신이 아닌 걸 감안하여 죄를 면하고 풀어 준다. 그리고 기 대장군은 자식들을 엄하게 가르치지 못했으므로 그 벌로 1년간 봉록을 감액한다.

"아주 통쾌하네!"

비연이 큰 소리로 웃었다.

하소만이 다시 말했다.

"통쾌한 일이 하나 더 있는데! 뭔지 맞혀 볼래?"

비연은 무슨 이야기인지 알 수 없어 하소만을 흘깃 노려보았다.

"어서 말해 봐!"

하소만이 하늘을 보며 큰 소리로 웃더니 말했다.

"황상께서 회녕 공주를 서민으로 내릴 뿐 아니라 기욱과 혼사를 맺도록 하셨어. 게다가 기욱으로 하여금 만진국을 정벌하러 보내실 작정이야. 기씨 가문에게 공을 세워 죄를 씻게 하겠다는 거지!"

비연이 깜짝 놀랐다. 그러나 곧 웃으며 황궁 방향을 향해 두 손을 모아 절했다.

"우리 황상께서 영명하시기도 하셔라!"

회녕 공주는 기욱에게 시집가기를 간절히 바라고 있었으니 바라던 일이 이루어진 셈이다. 그러나 기씨 가문이 그녀를 황가의 공주로 계속 대우할까? 예전처럼 그렇게 양보해 주고 시중을 들어 줄까? 그럴 리가!

기욱이 회녕 공주와 좋게 지냈던 가장 큰 이유는 그녀가 황상에게 사랑받는 공주였기 때문이다. 지금 서민이 된 회녕 공주에게는 신분도 총애도 없는 것이나 마찬가지였다!

물론 대황자와 운 귀비가 계속 회녕 공주를 비호해 줄 것이다. 그러니 바꿔 말하자면, 기욱은 회녕 공주에게서 얻는 것은 아무것도 없으면서 조심해야 할 일만 많을 테고, 회녕 공주를 괴롭힐 수도 없을 것이다. 기욱, 골탕 좀 먹겠군!

사람에게 해를 끼치면 다 자기에게 돌아오는 법이다. 기욱은 평생 회녕 공주 때문에 답답해하며 살게 될 것이다!

비연이 연이어 물었다.

"혼사는 언제 치른대?"

하소만의 소식통은 당연히 정확했다.

"사흘 후! 황상께서 궁 밖 저택 한 채를 회녕 공주에게 내리셨어. 사흘 후 회녕 공주가 그 저택에서 시집을 가게 될 거야!"

비연은 비록 백리명천을 잡지는 못했지만 이 사건이 꽤 괜찮은 결말을 맞았다고 생각했다. 그녀는 기대에 찬 표정을 지었다.

사흘 후, 반드시 가 볼 작정이었다!

오늘은 좋은 날

천무제가 기씨 가문에게 은애와 위엄을 두루 베풀자 조정 신하들이 모두 관심을 보였다. 뿐만 아니라 그날로 그 소식이 백성들 사이에도 두루 퍼져 열띤 토론이 오갔다. 하소만을 제외하면, 이 모든 것이 군구신의 계략이라는 사실을 아는 사람은 없었다.

신하들이 조정을 가득 메우고 있을 때, 군구신은 성을 떠나 대자사에서 조용한 시간을 보내고 있었다. 정확히 말하면 그날 도요곡에서 바로 대자사로 왔다.

검은 옷 대신 평소에는 잘 입지 않는 달빛 장포를 걸치고 검은 머리를 반쯤 묶은 그는 평소의 차가운 기운이 좀 줄어든 듯 보이기는 했지만 여전히 사람들에게서 유리된 듯한 고독한 느낌을 풍겼다.

절의 승려들이 저녁 일과를 끝낸 다음이었다. 대전에는 촛불이 밝았고, 대전 밖은 풀벌레들의 울음소리 외에는 고요했다.

군구신은 대전 계단이 아니라 대전 지붕 위에 앉아 밤하늘을 보고 있었다. 조용한 표정이 무엇인가 생각에 빠진 것 같기도 했고, 어딘가에 정신을 빼앗긴 것 같기도 했다.

이때 대전 뒤쪽에서 염진이란 이름의 어린 사미승이 길고 긴 대나무 사다리를 타고 달팽이처럼 천천히 위로 올라왔다. 한참

만에야 지붕 위로 올라온 그는 몸을 일으키지 않고 그대로 용마루를 따라 엉금엉금 기어와 군구신 곁에 앉았다.

염진이 자신의 머리를 매만지며 중얼거렸다.

"좀 추운걸요!"

군구신이 그제야 돌아보고는 그의 머리를 쓰다듬었다. 그리고 무슨 말인가 하려다가 결국은 그만두고 다시 고개를 돌려 밤하늘의 별을 바라보았다. 군구신의 손이 저도 모르게 입술을 어루만지고 있었다.

한참 후, 어린 사미승이 다시 소리 없이 기어 내려갔다. 군구신은 여전히 생각에 빠져 있었다. 그러나 그가 무슨 생각을 하는지는 그 자신 외에는 알 수 없었다.

다음 날 새벽, 군구신이 대자사를 떠났다. 그는 진양성으로 돌아가지 않고 계속 백리명천을 추격했다. 그는 아주 명확하게 깨닫고 있었다. 도요곡에서 잡지 못한 이상 앞으로 백리명천을 잡는 건 아주 어려울 것이다.

그는 더욱 중요한 일을 해야 했다. 그의 어깨에는 무거운 임무가 얹혀 있었다. 그러니 어떻게 매일 진양성 안에서만 지낼 수 있겠는가? 부황도 그를 재촉하고 있었다.

비연은 정왕부에서 계속 군구신을 기다리고 있었다. 그녀는 자신이 납치된 게 정왕 전하에게는 아무렇지도 않았을 거라 여기고 있었다. 하지만 그녀가 돌아왔으니 정왕 전하가 어쨌든 자신을 위로해 주려 하지 않을까? 그렇다면 그녀도 기회를 보아 망할 얼음과 관련한 이야기를 할 수 있을 것이다.

그러나 비연은 실망할 수밖에 없었다. 사흘을 기다려도 정왕 전하는 돌아오시지 않았던 것이다. 나흘째 되는 날, 하소만이 기씨 가문의 혼례 구경을 가자고 했다. 그 기회를 틈타 비연이 물었다.

"전하께서는…… 백리명천을 추격 중이신 거야?"

하소만도 주인이 어디 갔는지 알지 못해, 그저 큰 소리로 웃으며 대답하지 않았다. 비연이 그를 흘겨보고는 더 이상 묻지 않았다.

두 사람이 막 대문에 이르렀을 때, 기다리고 있던 정역비와 마주쳤다.

"약녀, 가지. 본 장군이 함께 가 줄 테니까!"

정역비는 아주 신난 듯 웃고 있었다.

비연 역시 그와 의논할 일이 있어 하소만 대신 정역비와 함께 가기로 했다. 하소만의 얼굴이 금세 어두워졌다.

정역비는 비연를 데리고 한 식당으로 갔다. 창가에 앉으니 회녕 공주의 저택 대문이 보였다. 그들이 도착했을 때 혼례 행렬도 막 도착했다.

기씨 가문은 황가의 체면을 생각해서인지 혼례 행렬을 꽤 화려하게 구성했다. 기욱은 무슨 바람이 불었는지 갑옷을 입고 혼례에 참여했다. 그의 몸에는 붉은 비단만 하나 살짝 걸려 있을 뿐이었다. 비연과 정역비는 창틀에 엎드려 그 광경을 자세히 보고 있었다.

기욱이 말에서 내려 신부를 데리고 저택으로 들어가는 걸 보고, 정역비가 술을 석 잔 따르며 큰 소리로 웃었다.

"약녀, 마시지! 본 장군이 축하할 테니까!"

말을 마친 그가 비연의 대답도 기다리지 않고 그 술 석 잔을 바로 다 마셔 버렸다. 비연이 의심스러운 표정을 지었다.

"뭐 하는 거죠? 위도 좋지 않으면서 그렇게 마시다니, 죽고 싶은 모양이네!"

정역비가 코를 문지르며 웃었다.

"정식으로 너를 축하해 주려고!"

그가 이어서 무슨 말을 할지 뻔히 보여 비연은 재빨리 화제를 돌렸다.

"백리명천 쪽 소식은 없나요? 그 가면의 흑의인은? 실마리는 없나요?"

"백리명천은 잡지 못할 것 같아. 그리고 그 가면 흑의인은 분명 아는 사람이야!"

정역비가 대답을 한 후 자신의 화제를 계속 이어 가려 했다.

"약녀, 오늘은 좋은 날이니, 본 장군은……."

비연이 다시 말을 끊었다.

"아는 사람이라면 누구요? 당신을 돕는 사람인가요?"

정역비가 말없이 그녀를 지그시 바라보았다. 그의 아름다운 눈동자에 웃음기가 가득했다. 그 무엇에도 구속받지 않는 듯 자유롭기도 하고, 조금은 제멋대로기도 한 그 눈동자가 유난히도 반짝이고 있었다.

비연이 그의 시선을 피해 창밖을 바라보았다. 기욱이 회녕 공주를 업고 나와 가마 안으로 들여보냈다.

비연이 재빨리 말했다.

"신부가 가마에 탔어요. 어서 봐요!"

정역비는 다른 곳에는 아무 흥미도 없다는 듯 비연에게서 시선을 떼지 않은 채 귀걸이 한 쌍을 꺼내 내밀었다. 그리고 더할 나위 없이 진지하게 말했다.

"비연, 내 여인이 되어 줘! 나는 지금 진지해. 이건 정씨 가문 대대로 내려오는 귀걸이로, 아내에게만 주는 거야."

그의 이런 모습에 적응하기 어려웠던 비연이 어색하게 웃으며 말했다.

"됐어요, 농담은 그만해요."

정역비는 여전히 진지했다.

"내가 농담하는 게 아니라는 걸 잘 알 텐데."

그제야 비연도 웃음을 멈추고 진지하게 말했다.

"나는 농담으로 받아들일 거예요. 그리고 나는 이런 농담을 좋아하지 않아요, 정 대장군!"

말을 마친 그녀가 몸을 돌려 걷기 시작했다. 그녀는 원래 망할 얼음에 대한 이야기를 하려 했다. 그러나 지금 정역비의 이런 모습을 보니 도무지 이야기할 분위기가 아닌 것 같았다! 뭐, 아무래도 좋다. 이 기회에 정역비에게 못 박아 두는 것도 나쁘지 않다.

그녀는 말을 마친 후 문을 열고 나왔다. 정역비가 바로 쫓아 나와 물었다.

"약녀, 혹시 정왕 전하를 좋아하는 거야?"

이 '좋아한다'는 말은 비연이 항상 이야기하던 '좋아한다'와는 완전히 달랐다. 비연이 깜짝 놀라 바로 화를 냈다.

"허튼소리 말아요!"

정역비가 즐거운 듯 말했다.

"약녀, 정왕 전하라면 본 장군은 인정할 수 있다. 하지만 다른 사람이라면 절대 양보하지 않겠어!"

비연은 갑자기 무어라 대답해야 할지 몰라 망설이다가 갑자기 좋은 생각이 떠올라 외쳤다.

"나는 팔황자를 좋아해요!"

팔황자?

정역비가 크게 놀라 순간적으로 무슨 의미인지 받아들이지 못하는 것 같았다. 비연이 그 틈을 타서 단숨에 식당 문가까지 도망쳤다. 하마터면 혼례 행렬과 부딪칠 뻔했지만 다행히도 제때 멈춰 설 수 있었다.

그러나 아주 공교롭게도 기욱이 이쪽을 보고 있다가 한눈에 그녀를 알아보았다. 기욱의 눈에는 짙은, 그야말로 말로는 표현할 수 없을 만큼 짙은 원한이 서려 있었다. 하지만 비연은 대범하게 미소로 되돌려 주고, 축하한다는 몸짓도 해 보였다.

혼례 행렬이 계속 움직이는 사이 비연은 재빨리 다른 방향으로 빠져나갔다. 정역비가 또 쫓아올까 두려워서였다.

그녀는 고씨 가문에 들렀다. 몸의 원주인이 여덟 살 때 물에 빠졌던 일을 알아볼 생각이었다. 그러나 안타깝게도 쓸모 있는 이야기는 듣지 못하고, 오히려 고씨 두 노인에게 한참 붙들려 있어야 했다. 덕분에 그녀가 정왕부에 도착했을 때는 이미 어두워진 다음이었다.

하소만과 궁에서 나온 매 공공이 서서 이야기를 나누고 있었다. 비연이 잠시 망설이며 피할 곳을 찾았다. 그러나 매 공공이 바로 그녀를 알아보고 웃으며 말했다.

"고 약녀, 멈추시게. 내가 자네를 한참 동안 기다렸다네."

나를 기다렸다고?

비연이 깜짝 놀랐다.

매 공공이 다가와 웃으며 말했다.

"황상께서 고 약녀를 데려오라는 명을 내리셨네. 고 약녀, 가도록 하지."

어서방에서의 사건

천무제가 일개 약녀인 그녀에게 입궁을 명했다고? 결코 좋은 징조가 아니었다.

비연이 가마를 타고 떠나자 하소만이 바로 발을 동동 굴렀다.

"망할 계집! 내가 전하 곁을 맴돌지 말라고 그렇게 말했는데 듣지 않더니! 결국은 이런 일이 벌어지는구나! 그래, 그래도 싸지!"

하소만은 화도 나고 다급하여 바로 저택으로 돌아가 시위들에게 소리쳤다.

"망중은? 어서 방법을 생각해. 전하를 찾아야 한다! 어서!"

비연은 매 공공을 따라 바로 어서방으로 들어갔다. 통보조차 없었다. 의심할 바 없이 천무제는 오로지 그녀를 기다리는 중이었다.

황제를 처음 알현하는 것이었지만 비연은 여전히 담담했다. 그녀가 대례를 행했다.

"약녀 고비연, 황상을 배알하옵니다."

"일어나거라."

천무제는 편한 옷을 입고 바둑판 앞에 앉아 있었다. 그는 비연을 보는 둥 마는 둥 바둑판만 한참 들여다보았다. 자못 한가해 보였지만 여전히 위엄과 패기가 넘치는 모습이었다.

"황공하옵니다."

비연이 대범하게 몸을 일으키고 고개를 들었다. 천무제의 옆얼굴을 본 그녀는 그가 병을, 그것도 가볍지 않은 병을 앓고 있다는 사실을 알아차렸다.

그녀가 좀 더 자세히 보고 싶다고 생각하고 있을 때였다. 천무제가 갑자기 고개를 돌려 그녀를 바라보았다. 비연은 눈길을 피하지 않고 담담하게 그의 시선을 받아 냈다.

천무제는 잠시 그녀를 세심하게 살펴보다가 물었다.

"고 약녀, 정왕부에 들어간 지 두 달 정도 되었지?"

비연은 고개를 끄덕이며 대답했다.

"예."

천무제가 다시 물었다.

"두 달하고 또 며칠이더냐?"

"두 달하고 이레입니다."

비연의 대답에 천무제가 갑자기 큰 소리로 웃었다.

"아주 명확하구나! 짐에게 말해 보아라. 정왕부에 남고 싶으냐, 아니면 어약방으로 돌아가고 싶으냐?"

비연은 천무제가 한담이나 나누려고 불렀다고는 생각지 않았다. 천무제가 그녀에게 선택권을 줄 리도 만무했다. 이 늙은 황제는 그녀에게서 대체 무엇을 알아내고 싶은 걸까?

그러나 그녀가 어디 쉽게 속을 보여 줄 사람인가!

천무제가 그 유언비어를 믿는다면 그녀에게 직접 질문하면 그만이었다. 또한 그녀와 정왕 전하 사이에 대한 헛소문이 도는 게 싫었다면 석 달 후 바로 어약방으로 돌려보내면 그만 아닌가? 그럼 정왕 전하도 천무제의 명을 거역할 수는 없을 것이다.

천무제가 이렇게 큰 덫을 놓은 건 아무래도 일개 약녀인 그녀를 너무 높이 평가하고 있기 때문은 아닐까?

그녀는 천무제의 뜻을 알 수 없었다. 그저 솔직한 게 가장 안전한 길이라 생각했다. 어쨌든 그녀는 당당했으니까. 무엇이건 꺼릴 것이 없었다!

비연이 솔직하게 대답했다.

"정왕부에 남고 싶습니다."

그러자 천무제 눈에 놀란 빛이 스쳐 갔다.

"무엇 때문이냐?"

비연이 여전히 솔직하게 대답했다.

"정왕 전하를 위해 진력을 다할 수 있다면 저에게는 영광입니다."

천무제가 더욱 놀랐다.

그는 비연이 어디에 머물지의 문제에는 전혀 관심이 없었다. 그의 관심은 정왕이 그녀를 마음에 들였는지 아닌지의 문제였다. 몇 번이고 정왕을 떠보았지만 실패했고 하소만도 온전히 믿을 수 없었다. 그래서 비연에게서 알아낼 작정이었던 것이다.

천무제는 정왕이 비연을 다른 이들과 다르게 대한다고 생각하고 있었다. 그런데 지금 비연의 당당한 태도를 보니, 정왕과 비연 사이에 다른 사람들에게 말할 수 없는 비밀 같은 것은 없는 것처럼 느껴졌다. 비밀이 있다면 비연은 분명 켕기는 데가 있어 뭔가를 감추려 했을 것이다.

천무제는 놀란 것은 놀란 것이고, 여전히 신중하게 계속 물었다.

"정 대장군이 너에게 꽤 잘 대해 준다 들었다. 하하, 짐이 너에게 기회를 주마. 정씨 가문의 저택으로 가겠느냐, 아니면 정왕부에 남겠느냐?"

이 말을 듣는 순간 비연은 차가운 숨을 들이마시며 깜짝 놀랐다! 이 늙은 황제가 기욱에게 혼례를 명한 것은 좋다. 그러나 정역비에게까지 그래서는 안 된다!

비연이 망설이는 걸 보고 천무제가 다시 물어 왔다.

"짐이 오늘 너에게 입궁하라 한 것은 다름이 아니라 상을 내리기 위해서다. 약선 꾸러미 사건에서 네 공이 아주 컸다지. 장군의 부인이 되는 것은 정왕부에서 시녀 노릇을 하는 것보다 훨씬 영예로운 일이다. 잘 생각해 보도록 해라. 짐이 너에게 차한 잔 마실 시간을 줄 터이니."

천무제가 말을 마쳤다. 매처럼 날카로운 눈이 비연을 응시하고 있었다. 마치 그녀의 눈에서 뭔가 실마리라도 잡을 수 있기를 기다리는 듯이. 그러나 어찌 짐작이나 할 수 있었겠는가. 비연은 이 말을 듣고 기쁜 표정으로 바로 무릎을 꿇었다.

"황상께서 상을 내려 주심에 감사드리옵니다. 저는 정 대장군에게는 어울리지 않습니다! 저는 평생 정왕부에 있고 싶습니다. 정왕 전하의 시중을 들면서요! 저는 반드시 온 힘을 다해 정왕부에서 쓰이는 약들의 안전을 보장하겠습니다. 결코 어떤 문제도 생기지 않도록……."

비연은 흥분하여 말을 멈추지 못했다. 그녀의 말은 모두 약과 관련된 것들이었다. 물론 그녀에게도 생각은 있어 정왕 전하의 약욕과 관련된 일은 이야기하지 않았다. 그저 약을 안전하게 복용하는 문제에 대해서만 말했다.

천무제는 말할 것도 없고 곁에 있던 매 공공마저 놀라 눈을 휘둥그렇게 떴다. 누구도 비연이 이렇게 당당하게 나오리라고는 생각지 못했던 것이다! 당연히 그들은, 내성적이고 조용해 보이던 비연이 일단 흥분하자 말을 멈추지 못할 거라고도 생각지 못했다.

결국 천무제가 참지 못하고 비연의 말을 잘랐다.

"그만."

비연은 정말로 흥분했고, 심지어 남몰래 기뻐하고 있었다. 황상의 상이라고 하면 정왕 전하의 의지에 관계없이 그녀를 곁에 남겨 둘 수밖에 없을 것이다. 한 삼소저의 일은…… 그건 아직 먼 미래의 일이니까!

천무제는 머리가 깨지도록 생각해도 생각해 내지 못했던 결론에 도달했다. 자신의 아들은 비연에게 마음이 있는데, 비연은 아무 뜻이 없었다.

기뻐하는 비연의 얼굴을 바라보며 결국은 의심 많던 마음을 가라앉혔다. 그러나 이렇게 온갖 문제를 일으키고, 또 수많은 유언비어를 끌어들이는 여자를 정왕부에 남도록 윤허할 생각은 없었다. 그는 큰 소리로 웃으며 다른 상을 내릴 생각을 했다.

그때, 문밖에서 한바탕 시끄러운 소리가 들려왔다.

"내가 들어가겠다니까? 안에 등불이 밝지 않으냐. 황상께서는 아직 침수 드시지 않으셨다!"

"운 귀비마마, 황상께서 절대 방해하지 말라고 하셨습니다."

"안에 대체 누가 있는 거지?"

"귀비마마, 저를 힘들게 하지 말아 주십시오. 저는……."

운 귀비? 바로 회녕 공주의 모비이자 황상의 총비 아닌가? 오늘 회녕 공주가 시집을 갔으니 분명 궁 밖에 머물러야 할 텐데, 어째서 벌써 돌아온 걸까?

비연이 궁금해하고 있을 때 운 귀비가 제멋대로 안으로 들어왔다. 우아한 궁중 의상을 걸치고 있는 그녀는 아주 고상해 보였다. 비를 맞은 배꽃 같은 얼굴 역시 무척 아름다웠다.

그녀는 따뜻한 차가 놓인 쟁반을 들고 있었다. 억지로 밀고 들어왔는데도 찻잔 속의 찻물은 전혀 밖으로 흐르지 않았다.

천무제가 위선적인 미소마저 지워 버리고 얼굴을 찌푸리며 냉랭하게 말했다.

"나가라!"

운 귀비가 비연을 흘깃 바라보았으나 누구인지 알아채지는 못한 듯했다. 그녀는 천무제가 화를 내는 데도 차를 든 채 한 걸음 한 걸음 앞으로 걸어와 그 앞에 무릎을 꿇었다.

"황상, 신첩은 회녕을 대신해 차를 올리러 왔습니다. 회녕이 그러더군요. 황상은 폐하시지만 그 애 자신은 더 이상 공주가 아니라고요. 그러나 황상께서는 부친이고, 자신은 영원히 부친의 딸이라고요! 황상, 우리 딸이 오늘 시집을 갔습니다. 이 차는 그 애가 황상께 18년 동안 키워 주신 은혜에 감사하기 위해 올리는 것입니다! 신첩이 오늘 죄를 무릅쓰고 들어온 것은 이 차를 올리기 위함입니다!"

이 말에 비연조차 감동받을 뻔했으니 아버지인 천무제의 기분은 말할 필요도 없었다. 비연은 속으로 운 귀비에게 감탄했다. 과연 가장 사랑받는 총비가 될 만한 여자구나!

천무제가 노기를 가라앉혔다. 그의 눈가에 눈물과 같은 빛이 어리더니 탄식 소리를 냈다. 그는 무슨 말인가 하려다가, 비연이 앞에 있는 것이 걸리는 듯 아무 말도 하지 않았다. 그리고 따뜻한 차를 받아 한 모금 한 모금 천천히 마셔 찻잔을 비웠다.

운 귀비가 기뻐하며 말했다.

"감사합니다, 황상. 회녕이 또 말하기를……."

그러나 그녀의 말이 끝나기도 전에 천무제가 갑자기 가슴을 움켜잡더니 맹렬한 기세로 검은 피를 토해 내기 시작했다!

파혈, 비밀을 깨트리다

어서방 전체가 쥐 죽은 듯 고요해졌다. 누구도 상상하지 못했던 일이 벌어지고 있었다.

곧 운 귀비가 날카롭게 외쳤다.

"황상께서 중독되셨다! 황상께서 중독되셨어! 여봐라, 어서 사람을 불러와라! 태의를 불러와!"

그러나 바로 곁에 있던 매 공공은 움직이지 않았다. 천무제 역시 차가운 눈으로 운 귀비를 노려보며 움직이지 않았다. 그는 순간적으로 수년은 늙어 버린 것처럼 허약해 보였다.

운 귀비는 침착한 사람이었고, 온갖 일을 다 겪어 본 사람이었다. 그러나 이렇게 놀라 본 적은 없었다. 천무제의 날카로운 시선을 받은 그녀는 일단 굳었다가 곧 다시 무릎을 꿇고 허둥지둥 외쳤다.

"황상, 신첩은 억울합니다! 신첩이 저지른 짓이 아닙니다! 신첩이 아니에요! 분명 누군가가 신첩을 모함하는 것입니다. 분명해요! 황상, 굽어살피세요. 황상……."

운 귀비는 천무제가 자신을 의심할까 봐 필사적으로 부인했다. 그녀는 정말 이 차에 문제가 있다는 사실을 몰랐던 것일까?

사실 이 차는 회녕이 준비한 것이 아니라 그녀가 준비한 것이었다. 일부러 황상이 가장 좋아하는 당귀를 고른 뒤 그녀가 직접 차를 우렸다.

운 귀비가 오늘 이곳에 온 것은 그저 회녕을 위해 좋은 말을 몇 마디 하고 싶어서였다. 황상이 회녕을 불쌍히 여기고, 회녕에게 무엇이라도 좀 더 베풀도록 말이다.

기씨 가문은 마음속으로는 불만을 품고 있다 해도 예의에 맞게 회녕을 맞이했다. 지금 이 순간, 기씨 저택에서는 성대한 연회가 벌어지고 있었다. 문무백관이며 황족들, 귀족들을 모두 초청한 상태였다.

지금 황상이 회녕에게 혼수나 상을 내린다면 회녕은 어느 정도 원래의 존귀함을 회복할 수 있을 테고, 기씨 가문 역시 체면을 세울 수 있을 것이다. 그렇게 되면 앞으로 회녕이 기씨 가문에서 좀 더 괜찮은 나날을 보낼 것이다. 운 귀비는 이런 계산을 했을 뿐, 이런 일이 벌어질 거라고는 상상도 못 했다!

갑자기 천무제가 기침을 하기 시작했다. 멈추지 않을 것처럼, 계속, 계속. 그리고 마침내 검은 피를 토해 냈다!

"신첩이 아닙니다! 신첩이 아니에요!"

운 귀비가 허둥지둥하며 매 공공에게 큰 소리로 외쳤다.

"태의는? 어서 태의를 불러라! 너는 대체 멍하니 서서 무엇을 하고 있는 것이냐!"

매 공공이 다급하게 굴지 않는 이유는 '황상이 중독당한 것'이 아니라 그저 '병이 발작했다는 사실'을 알고 있기 때문이었다. 황상의 이 병은 정왕 전하조차 알지 못했다. 그러니 어찌 운 귀비와 비연이 눈치채게 할 수 있겠는가? 지금의 상황을 보니 중독당했다는 핑계로 진상을 덮을 수밖에 없었다!

매 공공은 천무제가 계속 움직이지 않는 것을 보고는 눈가에 음험한 빛을 번쩍이며 갑자기 소리쳤다.

"고비연이 독술을 할 줄 아니, 독을 푼 자는 분명 고비연입니다!"

운 귀비는 만만한 상대가 아니었다. 게다가 뒤에는 대황자도 있었다. 만약 아무 증거도 없이 운 귀비에게 죄를 뒤집어씌운다면 대황자가 황상의 병을 의심하게 될 수도 있었다.

하지만 비연은 달랐다. 그녀는 그저 시녀일 뿐이고, 지금 정왕 전하는 성을 나가 일을 처리하는 중이니 지켜 줄 사람도 없었다. 비연이 독을 썼다고 하면 황상이 피를 토한 이유도 설명할 수 있었다. 이렇게 하면 운 귀비가 황상의 병세를 의심하는 일도 막을 수 있었다!

황상이 아무 말도 하지 않는 것을 보고 매 공공이 더욱 단호하게 말했다.

"고비연! 감히 황상께 독을 쓰다니! 아주 간이 부은 모양이구나?"

비연은 그 찻잔 안에 독이 없다는 사실을 이미 확신하고는 천무제가 토한 검은 피를 뚫어지게 들여다보고 있었다. 마음속에서는 이미 정리가 끝난 다음이었다. 그러나 매 공공이 갑자기 이렇게 자신에게 죄를 뒤집어씌우니, 이상할 뿐 아니라 음모의 냄새마저 짙게 배어 있었다.

"황상⋯⋯."

그녀가 입을 열려 했을 때 운 귀비가 갑자기 소리쳤다.

"저, 저 아이가 고비연이라고? 저…… 저……. 맞아! 저 아이가 분명 독을 썼을 겁니다. 저 아이가 저를 함정에 빠트린 거예요! 황상, 저 천한 계집이 회녕을 괴롭힌 것으로도 모자라 이제 신첩까지 모해하려 합니다!"

운 귀비는 매 공공의 뜻에 맞춰 다급하게 물어뜯기 시작했다.

"황상, 저 계집이 독술을 할 줄 알아요! 그것도 아주 대단하답니다! 오 공공의 그 약 꾸러미도 저 계집이 검증해 냈다고 하지 않았습니까!"

매 공공이 천무제를 흘깃 보고, 그가 묵인하는 것을 확인한 후 소리쳤다.

"여봐라, 고비연이 독으로 황상을 시해하려 하였다! 어서 끌어내어 처형하라!"

이 고함에 시위들이 즉시 안으로 밀려 들어왔다.

원래 좋게 좋게 이야기하려던 비연은 이 상황을 보자 화가 치밀어 올라 매 공공을 향해 소리쳤다.

"개 같은 노비 자식! 황상을 시해하려는 자는 바로 너다! 본 약녀가 독을 썼다고? 그러니 본 약녀를 끌어내 처형하라고? 하하, 그럼 해독은 어찌할 것이냐? 해독약이 필요 없는 모양이지? 대체 무슨 마음에서 그리하는 것이냐?"

매 공공은 대답할 말이 없었다. 들어온 시위들도 순식간에 얼어붙었다. 비연은 이제야 진지하게 이야기하기 시작했다.

"매 공공, 운 귀비마마께서 가져오신 차는 당귀차니, 약차다. 파혈하는 효과가 있는. 차 한 잔 분량이면 황상께서 항시 복용하시는 환약의 약효를 파해하기에 족하다. 그러하니 황상께서 방금 피를 토하신 것은……."

비연이 여기까지 말했을 때 운 귀비가 말을 끊었다.

"고비연, 아주 궤변을 늘어놓는구나! 헛소리 마라! 당귀는 피를 만들어 주는 약재인데 어찌 파혈을 한다 하느냐?"

비연이 진지하게 말했다.

"운 귀비마마, 한 번만 말할 테니 잘 기억해 두십시오. 당귀의 머리는 지혈 작용이 있고, 당귀의 몸은 피를 보해 주며, 당귀의 꼬리는 파혈을 합니다! 부인이 월경을 재촉하기 위해 상용하는 약은 당귀의 꼬리를 씁니다. 귀비마마께서 가져오신 이 차는 당귀의 꼬리를 쓴 것이니 당연히 파혈 효과가 있었던 것이지요!"

이 말을 들은 운 귀비가 차가운 숨을 들이마시며 놀랐다.

"뭐, 뭐라고?"

그녀가 평소에 쓰는 약은 모두 어약방에서 배합한 것이었다. 그녀는 평소에 차를 마시지 않았다. 그러나 황상이 항상 당귀차를 마시는 걸 알고 있었기 때문에 일부러 당귀차를 준비한 것이었다.

운 귀비는 급하게 오느라 어약방에서 약을 가져오게 하지 않고, 자신이 월경을 재촉하기 위해 쓰는 약에서 당귀를 골라냈다. 그녀가 당귀가 그렇게 복잡한 약재인 줄 어떻게 알았겠는가! 그리고 이런 경우라면 그녀가 황상을 해하려 한 것이 되지 않는가?

운 귀비가 당황하여 한순간 말도 제대로 하지 못했다.

비연의 눈에 일말의 복잡한 심경이 스쳐 갔다. 그녀가 천무제를 바라보며 진지하게 말했다.

"황상, 죄를 뒤집어씌우는 매 공공의 말을 믿지 말아 주십시오. 속히 약사를 불러와 지혈을 위한 약을 배합하게 하여야 합니다. 그렇지 않으면 그 후의 일은 감히 상상조차 하기 어렵습니다!"

비연은 영리했다. 매 공공이 저에게 죄를 뒤집어씌우려는 의도를 이미 파악했던 것이다. 게다가 천무제가 토한 검은 피를 보니 더욱 강하게 확신할 수 있었다.

천무제의 병은 이미 심각한 상태인 듯했다. 목숨을 부지하기 위한 환약을 먹고 억지로 몸을 유지하고 있는 게 분명했다. 그런데 운 귀비의 차가 목숨을 부지시켜 주는 환약의 약효를 깨트렸고, 비밀을 새어 나가게 했다.

천무제는 지금까지 단 한 마디도 하지 않고 매 공공의 방법을 묵인하고 있었다. 중독되었다는 핑계로 진상을 덮고, 운 귀비를 감싸 주려는 것이다! 만약 비연이 죽는다면 이 일은 이대로 묻힐 것이다!

비연은 원래 천무제에 대한 인상이 꽤 괜찮았지만 지금 남은 것은 경멸뿐이었다!

물론 그녀는 재능을 믿고 거들먹거리는 부류는 아니었다. 그녀는 성격뿐 아니라 머리도 있었으니까. 천무제가 운 귀비를 감싸 주기로 마음먹은 걸 눈치챈 비연은 완곡하게 이야기하여 천무제에게 여지를 남겨 주었다. 천무제에게 여지가 있어야 그녀에게도 활로가 생기는 법이다!

그녀가 이야기한 '항시 복용하는 환약'이라는 말이 천무제에게, 비연이 진상을 꿰뚫어 보고 있음을 일깨워 주었다. 그리고 그녀가 '지혈을 위한 약을 배합'해야 한다고 하자 천무제는 더 이상 시간을 끌 수 없는 상황이라는 걸 깨달았다.

그러나 천무제가 여전히 아무 말도 하지 않자 비연도 서두르지 않고 진지하게 한마디 덧붙였다.

"황상께서 믿어 주신다면 제가 약을 배합해 드리겠습니다."

비연은 천무제가 복용하는 약이 남궁 대약사의 손에서 나왔을 게 분명하다고 확신했다. 그녀가 덧붙인 이 말은 사실 천무제를 위협하는 것에 지나지 않았다. 계속 살아남고 싶다면 절대로 그녀를 죽여서는 안 된다고!

천무제가 다시 기침했다. 그러면서도 계속 비연을 노려보는 그의 눈에는 살기가 어려 있었다. 그리고 그 살기는 줄어들지 않고 도리어 늘어나고 있었다.

비연의 암시를 그가 이해한 것이다!

패기, 황제를 질책하다

천무제의 살기를 느끼고도 비연은 두려워하지 않았다.

그녀가 감히 위협을 가할 수 있었던 건 모든 상황을 충분히 파악하고 있었기 때문이었다! 과연 천무제가 기침하면서 매 공공에게 말했다.

"가라, 가서 약을 가져와 고 약녀에게 보여 주어라……. 태의…… 소 태의를 불러오고!"

매 공공이 서둘러 명을 받들었다. 물론 나가면서 운 귀비에게 특별히 한마디 하는 것을 잊지 않았다.

"귀비 마마, 일단 물러나시지요."

운 귀비는 약에 대해서는 전혀 모르니 비연의 말을 이해할 수 없었다. 그녀가 아는 것은 그저 자신이 사고를 쳤다는 것이었다. 황상이 그녀를 탓하지 않으니 그녀도 빨리 도망치고만 싶었다. 그녀는 더 이상 아무 말도 하지 않고 절을 하고는, 낭패한 모습으로 도망쳤다.

시위들도 물러갔다. 어서방에는 이제 천무제와 비연, 두 사람만 남았다.

천무제가 고개를 숙인 채 계속 기침했다. 비연을 노려보기는커녕 제대로 쳐다보기도 힘든 모양이었다.

비연은 원래 아주 공손한 표정을 짓고 있었지만 상황이 이렇게 되니 그녀는 팔짱을 낀 채 눈을 가늘게 뜨고 얼굴에는 경멸을 띠고 있었다. 그녀는 이해할 수 없었다. 이 비열하고 잔인한 늙은 황제가, 어찌 정왕 전하와 같은 인물을 낳은 생부인 걸까? 보아하니 정왕 전하는 분명 그 혈통이 고귀하다는 모비를 닮은 모양이었다.

곧 매 공공이 환약을 가져왔고, 소 태의도 도착했다.

소 태의가 비연을 보고 깜짝 놀랐지만 이것저것 묻지는 못하고 재빨리 황제를 진맥했다. 맥을 잡은 그의 안색이 크게 변했다.

"황상, 이것은……."

매 공공이 설명하려 했을 때 비연이 먼저 진지한 목소리로 말했다.

"당귀 꼬리로 우린 차를 드셨습니다. 큰 잔으로 한 잔. 복용 중이시던 환약의 약효가 깨졌습니다. 당귀 꼬리의 약효가 여전히 체내에 남아 있어 지금은 환약을 드신다 해도 아무 도움이 되지 않습니다. 일단 침으로 기침을 멈출 수 있는지 보아야 할 듯합니다."

비연의 진지한 모습은 젊은 약녀가 아니라 경험이 아주 풍부한 나이 든 약사 같아 보였다.

천무제가 기침을 하면서 다시 한번 그녀를 살펴보았다. 마침내 자신이 비연을 너무 얕보았다는 사실을 깨달았다. 그리고 정왕이 왜 그리도 비연을 중요하게 여겼는지도 이해할 수 있었다.

비연은 확실히 능력이 있었다. 약선 꾸러미 사건에서 드러난 것보다 훨씬 더 고수임이 분명했다. 천무제는 저도 모르게 '방금 비연을 죽이지 않아서 다행'이라는 생각이 들었다.

업계 사람끼리는 대화가 통하는 법이다. 소 태의는 더 이상 묻지 않고 바로 천무제에게 침을 놓을 준비를 했다.

그러나 침으로 기침을 잠시 완화시켰을 뿐이었다. 그 모습을 보고 비연이 매 공공이 가져온 환약을 받아 냄새를 맡아 본 후 진지하게 물었다.

"이 약의 이름이 뭔가요?"

그러자 기침 때문에 숨도 제대로 못 쉬던 천무제가 바로 기침을 멈췄다. 매 공공이 대로하여 물었다.

"망할 계집, 너…… 이 약을 모른다는 말이냐?"

방금까지 사리에 맞게 이야기를 늘어놓던 비연이 이제 와서 약의 이름조차 모르다니? 혹시 그녀가 함부로 사람들을 겁준 것이 아닐까?

비연이 단호하게 말을 잘랐다.

"목숨을 연장시켜 주는 환약은 아주 많죠. 저는 신선이 아니에요. 본 적 없는데 어떻게 바로 무슨 약인지 판단해 낼 수 있겠어요?"

이 말을 들은 사람 모두가 더욱 놀랐다.

천무제가 참지 못하고 물었다.

"네 말의 뜻은…… 이 익신단 말고도 이 세상에…… 목숨을 연장시켜 주는 환약이 더 있다는 말이냐?"

"익신단?"

비연이 진지하게 말했다.

"들어 본 적 없는 약입니다. 하지만 비슷한 약효의 환약은 꽤 알고 있어요."

천무제가 크게 기뻐했다. 이 익신단을 찾기 위해 그는 현공 대륙을 이 잡듯이 뒤졌다! 그는 계속 목숨을 연장시켜 주는 환약은 이 한 종류뿐이라고 생각했었다.

그가 다급하게 물었다.

"또 어떤 약들이 있지? 네가 가진 것도 있느냐?"

익신단에 대해 이야기하자면, 약방만으로는 쓸모가 없고 약을 연마할 수 있어야 했다. 그러나 환약을 연마하는 데 최소한 3년은 필요했고 길면 5, 6년도 걸렸다.

천무제의 수중에 있는 익신단은 소장자에게서 고가로 사들인 것으로, 누가 연마했는지, 어떻게 연마했는지도 모르는 약이었다. 지금 그에게 남은 환약은 세 병뿐으로, 반년 정도 더 쓸 수 있었다. 그 안에 약을 더 찾아내지 못한다면 그는 하늘의 명을 받들어야 했다.

천무제가 놀라고 기뻐하는 것을 보면서도 비연은 아무 동요도 없이, 열심히 익신단의 냄새를 맡으며 깊은 생각에 빠졌다.

천무제가 조급하게 말했다.

"짐이 묻고 있지 않느냐!"

그러나 비연은 여전히 대답하지 않았다.

천무제가 더욱 조급하게 큰 소리로 명령했다.

"고비연, 짐…… 짐의 말에 대답하라!"

비연은 약을 검증할 때 방해받는 걸 제일 싫어했다. 그녀는 노한 눈길로, 천무제보다 더 큰 목소리로 질책했다.

"아니, 왜 그리 급하십니까! 지금 제일 중요한 것은 약을 배합하여 기침과 피를 멈추는 것입니다! 다른 일은 나중에 다시 이야기하세요!"

이 말이 떨어지자 어서방이 쥐 죽은 듯 고요해졌다. 천무제도 멍하니 굳어 버렸다.

매 공공과 소 태의가 눈을 휘둥그렇게 떴다. 그들의 심장도 쿵쿵 뛰고 있었다. 가장 사랑받는 태자와 정왕 전하조차 감히 황상에게는 큰소리를 내지 못하는데, 하물며 일개 약녀가 저렇게 흉흉한 기세로 질책하다니. 비연 이 여자는 사람은 작아도 패기가 넘쳤다! 목숨이 중요하지 않은 걸까?

비연은 약에만 정신을 팔고 있어 자신이 지금 무슨 짓을 저질렀는지도 알지 못했다. 방 안의 사람들이 모두 저를 보고 있다는 사실도 알지 못했다.

그녀는 미간을 가볍게 찡그린 채 성큼성큼 한옆으로 가서 환약을 물에 녹였다. 그리고 진지하게 검증을 시작했다.

이 환약의 약방이 복잡하긴 했지만 그녀는 아주 쉽게 알아낼 수 있었다. 어려운 것은 약을 연마해 낸 불의 세기와 시간을 파악하는 것이었다.

같은 약재라도 연마하는 방법이 다르면 약의 성질이 달라지기 마련이고, 약효도 당연히 달라진다. 또 같은 약방이라도 연마해 낸 불의 세기에 따라 약효가 달라졌다. 이런 식으로 환약에 있어 가장 중요한 것은 연마해 낸 불의 세기와 매 환약이 연마된 시간이었다.

비연은 약재를 하나 더해 천무제 체내에 남은 당귀 꼬리의 약효를 사라지게 하고, 익신단은 계속 약효를 발휘하게 할 생각이었다. 그녀는 반드시 익신단을 완벽하게 파악해야 했다. 그래야 어떤 약재를 더하는 것이 가장 적당하고 안전한지 알 수 있었다.

천무제는 약으로 몸을 지탱하고 있었고, 약효는 반년뿐이었다! 만약 어떤 차도도 보이지 않으면 그녀는 군주를 시해한 죄를 뒤집어쓰게 될 것이다!

비연은 심지어 방 안이 이상할 정도로 조용하다는 것조차 눈치채지 못하고 고개를 숙인 채 집중하고 있었다. 분명 왜소한 몸집의 여자였지만 그녀에게서는 도저히 방해할 수 없는 위엄이 풍겨 나왔다.

갑자기 천무제가 또 기침을 했다. 매 공공과 소 태의는 겨우 정신을 차리고 서로를 바라보았다. 심장이 쿵쾅거리고 있었다. 무섭고 무서웠다. 직접 두 눈으로 본 것이 아니라면 젊은 여자가 황제를 질책할 수 있으리라고는 도저히 믿을 수 없었을 것이다!

그러나 천무제는 기침이 멎은 후에도 아무 말도 하지 않았다. 비연의 불경함 때문에 화가 난 것 같지는 않았다. 그는 비연의 진지한 얼굴을 물끄러미 바라보고 있었다. 그 눈빛은 마치 비연의 재능을 알아보고 감상하는 것 같았다.

약왕정의 도움을 받을 수 없어 비연은 상당히 공을 들여야 했다. 마침내 그녀는 익신단에 대해 모든 것을 알아낼 수 있었다!

천무제는 이제 더 이상 비연을 감상하지 못하고, 피를 토해 내며 겨우 숨을 몰아쉬고 있었다. 비연은 다급하게 천무제의 병세를 소 태의에게 묻고, 천무제의 병세와 익신단의 효능을 종합하여 생각한 후 말했다.

"이번에도 당귀를 쓰지요. 당귀 머리를 우린 물로 익신단을 복용하시면 됩니다."

매 공공이 서둘러 그녀의 말대로 따랐다.

약을 복용한 천무제는 기침이 정말로 멈췄고, 피곤에 지쳐 잠이 들었다.

소 태의가 천무제에게 큰 문제가 없는 것을 확인해 주었다. 비연은 안도의 한숨을 내쉬며 물러가겠다고 고했다. 그러나 매 공공이 그녀를 막으며 냉랭하게 말했다.

"고 약녀, 황상의 명령 없이는 떠날 수 없다! 여기서 기다리도록!"

비연은 깜짝 놀랐다.

설마 그녀가 황제를 구했는데도…… 그녀를 죽여 입을 막으려는 건 아니겠지?

그녀의 패와 조건

매 공공은 비연이 떠나지 못하게 했을 뿐 아니라 그녀에게 쉴 곳도 마련해 주지 않았다. 하는 수 없이 비연은 소 태의와 함께 어서방에 앉아 기다릴 수밖에 없었다.

다행히도 천무제는 한 시진 정도 후에 기침을 하며 깨어났다. 소 태의가 서둘러 맥을 짚었다. 맥이 안정적인 것을 확인한 그는 매 공공에게 물을 떠 와 시중을 들라고 말했다.

비연이 살짝 입을 삐죽거리며 흘겨보았다.

문득 궁금해졌다. 천무제는 이대로 가면 사실 얼마 버티지 못할 것이다. 그런데 무엇 때문에 외유 중인 태자를 불러들이지 않는 걸까?

천무제는 태자를 전혀 중요하게 여기지 않는 것 같았다. 그렇다면 무엇 때문에 정왕 전하로 하여금 제위를 잇게 하지 않는 걸까? 정말 모순이다!

비연이 한참 생각에 빠져 있는데 천무제가 그녀를 쳐다보았다.

"하하, 아직 안 갔느냐?"

흥, 위선적이기는!

비연이 속으로는 불만스러워하면서도 겉으로 다가가 어리석은 척 말했다.

"황상께서 깨어나셨으니 저는 이만 가 보겠습니다."

이 말을 들은 소 태의가 하마터면 웃음소리를 낼 뻔했지만 다행히도 제때 멈췄다.

천무제가 더 이상 예의를 차리지 않고 냉랭하게 말했다.

"소 태의, 먼저 나가 보라. 오늘 일이 밖에 새어 나가지 않도록 하고."

소 태의는 군구신의 사람이었다! 비연을 바라보는 그의 눈에는 걱정이 담겨 있었으나 대놓고 드러낼 수는 없어 황명에 따랐다.

소 태의가 떠나자 매 공공이 문을 닫았다. 문 닫히는 소리에 비연의 심장이 쿵, 떨어져 내렸다. 긴장되지 않는다면 거짓말이었다. 그러나 무섭지는 않았다. 천무제가 그녀를 죽일 생각이었다면 문을 닫지도 않았을 것이다!

천무제가 침상에서 몸을 일으켰다. 그리고 매 공공의 부축을 받지 않고 스스로 한 걸음 한 걸음 비연에게 다가왔다. 그리고 그녀 주변을 한 바퀴 돌며 진지하게 살펴보았다.

비연은 황제의 시선에 불편한 마음이 들어 저도 모르게 주먹을 쥐고 한마디도 하지 않았다.

충분히 살펴본 천무제가 그녀 앞에서 발걸음을 멈추고 말했다.

"좋다. 네가 아는 속명단의 이름을 모두 적어 보거라."

비연의 눈에 복잡한 빛이 스쳐 갔다. 그녀는 재빨리 서탁 앞으로 가서 붓을 들고는 이름을 잔뜩 적었다.

천무제가 진지하게 읽어 보더니 그것을 매 공공에게 간수하도록 이르고 다시 말했다.

"익신단을 꽤 파악한 모양인데, 지금 연마해 낼 수 있겠느냐? 시간이 얼마나 필요하지?"

이 말을 듣는 순간 비연의 눈빛이 반짝였다. 이제 겨우 중요한 이야기를 할 수 있게 되었다. 천무제가 이리 묻는 것은 의심할 바 없이 수중의 약이 충분하지 않기 때문이다! 다시 말하자면 그녀의 조건이 더욱 중요해졌다는 뜻이다.

비연이 대답하려 했을 때 천무제가 다시 명령했다.

"약방문과 불씨에 대해서도 함께 적도록 해라!"

비연이 속으로 냉소했다. 약방문을 적어 주면 그걸 다른 사람에게 연마하게 하시겠다? 이 늙은 황제가 그녀를 너무 우습게 보고 있었다!

비연이 다시 붓을 들어 약방문을 아주 상세하게 적고, 불의 세기는 더욱 자세하게 적었다. 그러나 연마하는 시간은 10년으로 적었다.

과연, 천무제가 옆에서 약방문의 마지막 몇 글자를 보더니 창백한 얼굴을 일그러뜨렸다.

"10년? 이 약을 연마하는 데 길어 봤자 6년이라 들었는데, 어째서 10년이냐?"

비연이 진지하게 반문했다.

"황상께서 저에게 약을 연마하게 하시겠습니까? 저는 반년 안에 한 병을 만들어 낼 수 있습니다. 하지만 다른 사람이 약방에 따라 연마하면 10년도 장담할 수 없지요."

놀란 천무제가 다시 물었다.

"어째서지?"

비연이 대답했다.

"같은 약재라도 품질이 다르고 약효도 다르기 마련입니다. 제가 약을 연마한다면 반드시 품질이 가장 적합한 약재를 고를 것이고, 약효도 충분할 것이며, 약을 연마하는 시간도 최단으로 단축될 것입니다."

천무제가 또다시 물었다.

"어떤 것이 적합한 것이냐? 약재를 고를 때는 무엇에 근거해 고르느냐?"

천무제에게는 확실히 그녀를 죽일 마음이 있었다. 그렇기에 그녀를 죽이기 전에 정확하고 상세하게 알아 두려는 것이었다.

비연도 천무제의 살의를 완벽하게 눈치챘다. 그러나 그녀는 눈을 가늘게 뜨고 순진하게 웃으며 대답했다.

"황상. 같은 약방으로 약재를 고르고 달여 약으로 연마해 내더라도 누구의 손을 거치느냐에 따라 약효가 달라지기 마련입니다. 보통의 약도 그러할진대, 이렇게 특별한 약이라면 더욱 그러하지요. 황상께서 만약 저를 믿어 주신다면 저는 황상께 약을 연마해 드리겠습니다. 그리고 오늘 밤 일은……."

비연은 천무제의 눈을 똑바로 바라보며 말했다.

"저는 누구에게도 말하지 않을 것입니다!"

천무제가 눈을 가늘게 뜨고 그녀를 노려보았다.

그는 사실 비연이 무척 마음에 들었다. 그러나 마음에 든 것은 든 것이고, 그녀를 남겨 둘 마음은 없었다.

비연은 현재 정왕부 소속이었다. 일단 정왕부로 돌아가면 그녀의 입을 단속할 수 있을지 장담하기 어려웠다. 그가 목숨을 부지시켜 주는 약을 먹고 있다는 사실은 정왕이 결코 알아서는 안 되는 일이었다.

그러나 그에게는 약이 반년치밖에 없었다. 그가 사람들에게 약을 찾도록 명한 지 이미 두 달이 넘었다. 신농곡에도 의뢰했으나 아직 소식이 없었다. 반년 후에도 약을 찾지 못한다면 어떻게 될까?

천무제는 진퇴양난이었다. 계속 망설이다가 결국은 아무 말없이 침상으로 돌아가 앉았다.

비연은 그가 망설이는 것을 두려워하지 않았다. 그녀가 두려워하는 것은 그가 망설이지 않는 것이었다.

비연의 눈에 교활한 빛이 스쳐 갔다. 그녀는 한 걸음 한 걸음 다가가 천무제의 귀에 대고 속삭였다.

"황상, 제가 잘못 본 게 아니라면 익신단은 황상의 목숨을 겨우 1년 정도만 더 유지시켜 줄 수 있습니다. 제가 방금 적은 그 속명단들은 모두 별명이었습니다. 진짜 이름이 아니지요. 저를 제외하면 이 세상에 그 이름들이 대체 무슨 약인지 아는 사람은 없답니다!"

이 말을 들은 천무제가 재빨리 고개를 돌려 그녀를 바라보았다. 그는 명백하게 분노하고 있었다. 비연을 노려보는 그의 눈은 날카로웠고 경고의 뜻을 담고 있었다.

비연은 두렵지 않았다. 겉으로는 채 다 자라지 않은 소녀처럼 보이지만 실제로는 아주 영리한 그녀가 자신의 패를 그렇게 쉽게 다 내보였겠는가?

그녀가 계속 속삭였다.

"황상, 저를 죽이신다면 황상께서는 단시일 내로 익신단을 찾지 못하실 테고, 또한 목숨을 부지시켜 주는 다른 약도 쉽게 찾으실 수 없을 거예요! 게다가 찾으신다 해도 황상께 맞는 약이라고는 보장할 수 없지요. 그런 여러 위험을 무릅쓰느니, 위험을 하나만 무릅쓰시는 게 어떨까요? 도박을 하시려거든 저에게 걸어 보세요. 제 입이 무거운지 아닌지, 한번 도박해 보시지 않겠어요?"

천무제는 매우 놀랐다. 비연이 이 정도까지 대담할 줄은 몰랐던 것이다.

그는 차갑게 물었다.

"망할 계집, 원하는 것이 무엇이냐?"

비연이 황상을 위협할 정도라면, 조건을 이야기하지 못할 것은 또 무엇인가?

그녀는 미소 지었다. 그녀는 바로 천무제의 이 말을 기다리고 있었다!

원하는 것이 무엇이냐고? 원하는 것은 아주 많았다. 자신이 누구인지, 집은 어디에 있는지 알고 싶었다. 약왕정을 끝까지 수련하고도 싶었다. 그리고 백의 사부를 다시 보고 싶었다. 그녀는 셀 수 없이 많은 돈과 약재도 갖고 싶었다.

천무제가 그녀에게 줄 수 있을까?

천무제가 그녀에게 얼마나 줄 수 있을까?

비연은 한참 고민하다가 결국은 웃으며 말했다.

"정왕 전하를 석 달 모신 후에 제가 어디로 가건, 황상께서는 관여하지 말아 주십시오."

천무제는 담담했다.

"어디로 갈 생각이냐?"

사실 그녀도 어디로 갈지는 생각하지 않은 상태였다. 그녀는 방금 천무제에게 계속 정왕부에 있게 해 달라고 부탁할 생각이었다. 그러나 그녀는 갑자기 말을 바꿨다.

그때가 오면 그녀가 어디로 갈지, 어디에 있을지는…… 정왕 전하로 하여금 결정하게 할 생각이었다. 억지로 바라는 것은 좋지 않은 방법이다.

비연은 천무제의 질문에는 대답하지 않고 다만 이렇게 물었다.

"황상, 저에게 상도 내려 주시겠다 하셨지요? 제 조건이 너무 큰 것은 아니겠지요?"

천무제는 담담했지만 다른 선택지가 없었다.

"좋다! 짐이 약속하마. 그러나 비연, 기억해라. 한마디라도 새어 나간다면 너를 결코 그대로 놔두지 않을 것이다!"

원한, 너를 순장하겠다

약속한 것은 약속한 것이고, 천무제는 한 번 더 경고를 하고는 비연을 놓아주었다. 어서방에서의 일을 어떻게든 정왕에게 숨기라는 경고였다. 그는 앞으로 비연을 자주 입궁시킬 생각이었다.

살아서 어서방을 나갈 수 있으니 기뻐해야 마땅했지만 비연의 마음은 유난히도 무겁게 가라앉고 있었다. 천무제가 이렇게 병세를 숨기는 데는 분명 어떤 비밀이 있을 것이다. 정왕 전하에게 사실대로 말해야 할까, 아니면 숨겨야 할까?

한참 망설인 끝에 당분간은 이야기하지 않기로 했다. 정왕 전하가 비연 자신을 정말로 제 사람으로 여기는지 분명하게 알지 못했기 때문이다. 또 정왕 전하와 천무제가 어떤 사이인지도 모르고 있었다. 비연은 제 목숨을 가지고 그렇게 커다란 위험을 무릅쓰고 싶지 않았다.

그렇지만 천무제는 어찌 되었건 정왕 전하의 부친이다. 게다가 지금 이렇게 정왕 전하에게 의탁하고 있는 상황에서, 천무제가 정왕 전하에게 해를 끼칠 마음을 먹었을 것 같지도 않았다.

정왕의 안위에 위해를 가하지만 않는다면야, 됐다. 황족 간이나 조정에는 항상 복잡한 일이 있기 마련이다. 그녀는 그런 일에 참견하고 싶지도 않았고, 또 참견할 능력도 없었다.

비연이 궁문에 도착하기도 전에 하소만이 한옆에서 뛰어나왔다. 비연은 깜짝 놀랐다.

"어떻게 아직 여기 있었어?"

하소만은 줄곧 어서방 문밖에서 기다리고 있었다. 소 태의가 먼저 나오면서 무슨 일이 있었는지 말해 주지 않았다면 그는 분명 애를 태우고 있었을 것이다. 그러나 하소만은 일부러 아무것도 모르는 척, 다급하게 물었다.

"황상께서 너를 어찌 대하셨어?"

비연이 엄숙하게 대답했다.

"황상께서는 나의 약술을 특별히 칭찬하시고 덕담을 해 주셨지. 그리고 나에게 공신이라고 하셨어. 흥, 앞으로 나를 좀 덜 괴롭히는 게 좋을걸?"

하소만은 고민하기 시작했다. 비연이 그렇게 큰 비밀을 알게 되었는데도 황상이 놓아준 걸 보면, 결국 비연이 황상에게 매수당한 게 아닐까? 어떻게 매수당한 걸까?

하소만이 알아보려 했지만 비연은 이미 멀리 가 버린 상태였다. 궁 안에서는 뭔가를 묻기에 아무래도 좋지 않아 하소만도 일단은 그녀를 따라갔다.

두 사람이 가마를 타고 떠났다. 그들 일행이 궁문을 뒤로했을 때에는 동쪽 하늘이 밝아 오고 있었다.

비연이 시무룩한 표정으로 창밖을 바라보았다. 몹시 피곤했다. 그러나 등불을 내걸고 띠를 둘러놓은 저택을 지나갈 때에는 정신을 차렸다. 어젯밤 혼례를 치른 기씨 저택이었다. 운 귀비에게 그런 일이 있었으니, 기씨 가문이 기다리던 기쁜 소식은 듣지 못했을 거다.

어젯밤 비연은 운 귀비가 가져온 찻잔을 건드리지도 않았다. 운 귀비가 상황을 몰랐던 거야 그렇다 쳐도, 갑자기 매 공공과 함께 그녀에게 시해 누명을 뒤집어씌우려 했다! 정말이지, 그들에게 저런 결말이 오는 건 당연한 일이다!

생각하고 또 생각하다 보니 비연의 기분이 갑자기 좋아졌다. 자신이 즐겁지 않을 때 다른 이의 고통을 상상하면 아무리 큰일이라도 별것 아닌 것처럼 느끼게 된다. 적의 고통을 생각하면 즐겁지 않던 마음도 즐거운 마음으로 바뀌는 법이다.

고소한 마음에 비연이 웃으며 휘장을 내리고 곧 잠이 들었다.

이 순간, 기씨 대저택에서는 한참 시끄러운 소동이 벌어지고 있었다!

어젯밤 신방에 화촉을 밝혔지만 기욱이 엉망으로 취해 아예 방에 들어오지도 않았다. 그가 돌아오지 않은 것이야 그렇다 치자. 그런데 기씨 가문 사람들은 기욱을 신방에 들이지 않고 서재에서 재웠다.

회녕 공주는 하룻밤 내내 기다렸다. 모비가 이야기한 기쁜 소식이 오지 않아 아주 불쾌한 상태에서 기욱조차 오지 않으니, 공주로 자라난 그녀의 성격이 다시금 올라왔다. 그녀는 설 공공과 시녀를 시켜, 기욱을 시중드는 노비들에게 교육을 실시하기로 했다.

"대체 어떻게 시중을 드는 것이냐?"

아침 일찍부터 세 하인을 불러 모았다.

"일부러 그런 거지? 처음부터 본 공주에게 본때를 보여 주려 하나 보지? 말해 두겠는데, 본 공주가 서민으로 강등되었다 하나 여전히 군씨의 딸이다!"

여자 노비 둘에 기씨 가문 대집사마저 함께 따귀를 얻어맞았다.

"욱 오라버니 마음속에 본 공주가 있는지 없는지, 너희가 가장 잘 알 텐데! 본 공주가 이번 한 번은 용서해 줄 테다. 가서 욱 오라버니를 찾아 모셔와. 내가 함께 문안을 올리러 가기 위해 기다리고 있다고!"

회녕 공주가 여전히 공주였다면 오늘 아침, 기씨 두 노인이 문안을 와야만 했다. 기욱도 그녀와 함께 궁에 들어가 문안을 올려야 했다.

그러나 지금 그녀는 서민이었다. 서민의 규칙으로는 그녀가 시부모에게 차를 올리며 문안을 올려야 했다.

집사가 머뭇거리다가 총총히 그 자리를 떠났다.

회녕 공주는 기다렸다. 기다릴수록 마음속이 점점 더 어두워졌다. 사실 그녀의 마음에 거리끼는 부분이 없었다면 자신이 먼저 사람을 찾으러 나섰을 것이다. 이곳에서 하인들을 가르치거나 부릴 필요 없이.

그날 대리시를 떠난 이후 그녀는 기욱을 보지 못했다. 때문에 변명할 기회조차 얻지 못했다. 그래서 어제, 욱 오라버니가 그녀를 업고 가마에 태울 때 그의 귓가에 대고 아주 많은 이야기를 했다. 그러나 욱 오라버니는 단 한 마디도 대답하지 않았다. 그녀는 남몰래 울었다.

회녕 공주는 기다리고 또 기다렸다. 그러나 기욱은 오지 않았다. 집사조차 보이지 않았다. 그녀는 마침내 참지 못하고 설 공공을 시켜 상황을 알아보고 오게 하였다.

설 공공이 가져온 소식은 그야말로 맑은 하늘에 날벼락이었다. 기욱이 행장을 꾸려 동쪽 변경으로 떠날 준비를 마치고, 지금 부모에게 절을 하며 작별을 고하고 있다고 했다!

"안 돼! 나에게 이럴 수는 없어! 그래서는 안 된다고!"

회녕 공주가 큰 소리로 울며 전당으로 달려갔다.

그녀가 전당에 도착했을 때 기욱은 없었다. 기 대장군과 부인 서씨, 그리고 실성한 기복방뿐이었다. 회녕 공주는 예의고 뭐고 차리지 않고 분노한 목소리로 물었다.

"욱 오라버니는? 욱 오라버니는 어디 있죠?"

기 대장군과 부인 서씨 모두 그녀를 보는 안색이 편치 않았다. 기 대장군이 바로 몸을 일으켜, 그녀를 상대하지 않고 자리를 뜨려 했다. 그러자 회녕 공주가 그 앞을 가로막고 노한 목소리로 외쳤다.

"욱 오라버니는요? 설마 당신이 욱 오라버니를 떠나게 만들었나요?"

기 대장군이 대답하기도 전에 곁에 있던 기복방이 놀란 듯 갑자기 비명을 질렀다.

"내가 아냐! 내가 아니라고……. 억울해!"

공포에 질린 그녀가 서씨 부인 등 뒤로 숨어, 회녕 공주를 가리키며 소리쳤다.

"그녀야! 그녀가 진짜 흉수라고! 그녀가 고비연을 음해했어요! 그녀가 고비연을……!"

기 대장군과 부인 서씨는 아들이 집을 떠나 마음이 아픈 상황에서 공포에 질린 딸의 모습까지 보니 마치 심장이 칼에 베인 듯 아파 왔다. 그리고 그 분노는 당연히 회녕 공주에게로 향했다.

그렇다고 회녕 공주를 때리겠는가, 욕을 하겠는가? 그저 냉랭하게 대할 수밖에 없었다.

서씨는 원한에 가득 찬 눈으로 회녕 공주를 노려보며 기복방을 끌어당겼다. 그리고 빠르게 그 자리를 떠났다. 기 대장군도 악랄한 눈빛으로 회녕 공주를 쏘아보다가 그녀를 피해 성큼성큼 걸어 나갔다.

회녕 공주는 그 자리에 멍하니 선 채 꼼짝도 하지 못했다. 기복방의 울부짖음이 점차 멀어져 갔다. 그 울부짖음은 계속 같은 말을 반복하고 있었다.

"그녀가 고비연을 음해했어요! 그녀가 고비연을 음해했어요! 그녀가 고비연을 음해했어요……."

"아……."

회녕 공주는 견딜 수가 없어 귀를 막았다. 미쳐 버릴 것만 같았다.

"아……, 아……."

고비연, 고비연. 모두 고비연 때문이다! 그녀가 좋은 날을 보내지 못한다면 고비연 역시 좋은 날을 보낼 수 없어야 했다!

"고비연, 기다려라! 본 공주가 죽을 때 너를 순장시켜서라도 데려갈 테니까!"

아름답게 화장한 공주의 얼굴이 비할 데 없이 흉악하게 일그러졌다. 그녀는 설 공공에게 차갑게 말했다.

"어서 준비하도록. 모비와 오라버니를 뵈어야겠다! 어서!"

그날 회녕 공주가 기씨 가문을 떠났다. 그리고 기욱이 혼례 다음 날 전쟁터로 떠났다는 소식도 두루 퍼졌다.

비연은 정왕부로 돌아와 잠을 보충했다. 깨어 보니 오후였다.

기씨 가문 소식을 들은 비연은 전혀 이상하게 여기지 않았다. 그녀는 진작부터 기욱이 회녕 공주를 진심으로 좋아하는 게 아니라고 생각하고 있었다. 기욱 같은 사람에게 있는 것은 이익을 탐하는 마음뿐이기 때문이다. 사랑 같은 거야, 말할 필요도 없지.

비연의 관심은 온통 정왕 전하의 행방에 쏠려 있었다.

정역비가 직접 추격하지 않는 걸 보면 백리명천은 이미 도망쳤음이 분명했다. 그러니 정왕 전하도 백리명천을 추격하고 있다고 확언할 수 없었다.

정왕 전하는 이틀 밤이나 돌아오시지 않았다. 어디로 가신 걸까? 다른 중요한 일이라도 있는 것일까?

그녀가 다행스럽게도 돌아왔는데, 주인 입장에서 당연히 관심을 보여 주셔야 하는 거 아닐까? 분명 아주 바쁘신 거겠지?

비연이 기운 없어 하고 있을 때 문밖에서 하소만의 고함 소리가 들렸다.

"비연! 전하께서 돌아오셨어. 너를 보자고 하셔! 어서 귀운 정으로 가 봐!"

비연은 기쁜 나머지 바로 달려 나가다가 하마터면 하소만과 부딪칠 뻔했다!

못 본 것처럼 가장하고

정왕부 후원에는 온통 개나리뿐이었다. 막 꽃이 피는 시기라 모두 활짝 피어 있었다. 그야말로 천 걸음을 걸어도 개나리만 보였다. 정원에 가득한 꽃의 빛깔을 가둘 수가 없었다!

바로 이 개나리 바다 한가운데에서 귀운정이 조용하고 그윽한 분위기를 풍기고 있었다.

비연에게도 후원은 더 이상 금역이 아니었다. 그래도 일이 없으면 올 수 없는 곳이었다. 꽃이 이렇게 만개한 줄 모르고 있던 그녀는 후원 문을 연 순간 눈앞에 펼쳐진 아름다운 광경에 놀라며 기뻐했다. 그리고 저도 모르게 중얼거렸다.

"진양성에 이렇게 아름다운 봄이 올 줄이야!"

물론 봄이 아름답다 해도 남자만은 못하지만.

그녀가 곧 귀운정에 도착했다. 꽃에 둘러싸인 달빛에 그림자가 보였다. 풍채며 재능이 뛰어나고, 달처럼 차갑고 맑은 사람이었다.

비연이 저택에 들어온 지 두어 달 지났다. 정왕 전하와 신농곡에 다녀온 외에는 진정으로 얼굴을 마주 본 횟수가 얼마 되지 않았다. 그가 흰 옷을 입은 걸 본 적은 더욱 얼마 되지 않았다. 정왕 전하에게는 흰 옷이 검은 옷보다 더 잘 어울렸지만 전체적으로 더 냉담해 보이기도 했다.

비연이 계속 그를 응시하며 앞으로 걸어갔다. 주변에 꽃이 화려하게 피어 있고, 정왕 전하가 그 가운데에 있었다. 보면 볼수록 그의 모습이 외롭고 냉정하게 느껴졌다. 그러나 그녀는 그 외롭고 냉정한 모습에 이미 익숙한 느낌이었다.

마치…… 예전에 누군가에게서 본 듯한 모습이었다. 얼마 전에 본 것 같기도 했고, 또 아주아주 오래전에 본 것 같기도 했다.

그녀는 이런 모호한 기억이 싫었다. 이 익숙한 느낌이 자신의 기억인지, 몸의 원주인의 기억인지 구분할 수 없었으니까. 그리고 자신의 전생의 기억인지, 아니면 이번 생의 기억인지조차.

그녀는 정왕 전하를 바라보며 걸었다. 그리고 저도 모르게 발걸음을 멈췄다.

이때 군구신도 눈앞에 화려하게 피어난 개나리를 보고 있었다. 미간을 살짝 찌푸린 채, 익숙한 느낌에 푹 빠져 있었다. 그는 눈앞에 가득한 이 꽃들을 어린 시절에 늘 보았다고 확신하고 있었다. 다만 어디서 보았는지는 생각나지 않았다.

사월의 미풍이 가볍고 따뜻하게 불어와 꽃잎을 흩날렸다. 꽃향기가 얼굴을 스쳐 갔다. 군구신은 정신을 차리고 고개를 돌려 먼 곳을 보았다. 비연이 넋을 잃고 자신을 바라보고 있는 게 보였다.

놀라긴 했지만, 그는 이제 예전처럼 혐오감이 들거나 하지 않았다. 비연이 넋을 잃고 있으니 그도 기척을 내지 않고 천천히 고개를 돌렸다. 마치 아무것도 보지 못한 것처럼 가장하며.

고요함 속에서 그는 무슨 일인가를 떠올렸다. 혀끝으로 가볍게 입술을 적셨다. 그의 입매가 천천히 보기 좋은 곡선을 그렸다.

그러나 안타깝게도, 얼마 지나지 않아 하소만이 도착했다.

"고 약녀, 여기서 뭘 하고 있는 거야? 전하께서 오래 기다리셨는데! 아직도 가지 않고!"

정신을 차린 비연이 긴장한 표정으로 하소만에게 소리를 죽이라고 손짓했다. 정왕 전하에게 자신의 실태를 들키기라도 할까 두려웠다.

방금 무슨 일이 있었는지 당연히 모르는 하소만은 비연을 밀며 재촉했다.

"어서 가. 전하께서는 바쁘셔. 너를 기다리실 시간이 없단 말이다."

비연은 켕기는 데가 있어 하소만을 노려보고 뛰어갔다. 그러나 군구신 앞에 도착하자 유순해졌다. 두 눈이 초승달처럼 휘어진 그녀가 달콤하게 웃었다.

"전하를 뵙사옵니다. 저에게 어떤 분부라도 있으신지요?"

군구신은 이미 앉아 있었다. 그는 꾸러미 하나를 탁자 위에 내려놓았다.

"이 약광석들을 보고, 진품이 몇 개나 되는지 말해 다오."

이 말에 비연은 조금 실망했다. 그녀는 정왕 전하가 그녀를 만나면 먼저 납치되었던 일에 대해 한마디 할 거라 생각하고 있었다. 그러나 그는 바로 일부터 시켰다. 약광석과 관련한 일이 아니었다면 그녀를 안 부르지 않았을까?

비연이 실망하고 있을 때, 허리춤의 약왕정이 갑자기 흥분하여 움직이려 했다. 다행히도 비연이 제때에 잡아 움직이지 못하게 했다. 의심할 바 없었다. 파업 상태인 약왕정이 또 한 번 약광석에게 유혹당한 것이다.

비연은 제 보물에게 한마디 할 겨를도 없이, 약 꾸러미를 열고 열심히 살펴보기 시작했다. 약광석은 모두 세 종류였는데, 모두 그녀가 정왕의 한기를 몰아내기 위해 쓴 약방문에 있던 것들이었다. 절반은 가짜였지만, 그래도 진품이 놀랄 정도로 많았다.

기뻤다. 이 약광석들에 원래 있던 적염약광석을 더한다면 충분히 한기를 몰아낼 수 있을 것이다.

그녀가 두루 설명한 후 웃으며 말했다.

"전하, 이렇게 많은 진품을 신농곡 어디서 찾아오신 거예요? 이렇게 빨리 찾을 수 있을 거라고는 생각도 못 했는데요!"

군구신은 고개를 끄덕이며 진품을 하소만에게 건넸다.

"가져가서 잘 보관하도록."

하소만은 전하께서 비연에게 무슨 이야기를 하는지 듣고 싶었지만, 어쩔 수 없이 명을 따랐다.

하소만이 떠난 후, 군구신이 비연에게 앉으라고 손짓한 뒤 물었다.

"고 약녀, 나에게 더 보고할 것은 없나?"

비연은 괴로웠다. 그녀는 전하가 하소만을 보내고 자신만 남겨 둔 이유를 납치되었던 상황에 대해 관심을 표하기 위해서라고 생각했다! 그러나 그건 아무래도 그녀 혼자만의 달콤한 생각이었던 모양이다.

"없습니다. 이만 물러가겠습니다."

화가 난 그녀는 자리에 앉지 않고, 머리를 숙인 뒤 몸을 돌렸다.

군구신이 미간을 찌푸리며 바라보다가, 비연이 꽤 멀리까지 갔을 때 갑자기 냉랭하게 말했다.

"고 약녀, 본 왕이 너에게 가도 좋다고 했던가?"

비연이 갑자기 발걸음을 멈췄다. 놀랍기도 하고 무섭기도 했다. 그녀가 재빨리 몸을 숙였다.

"전하의 분부를 받들겠습니다."

군구신이 불쾌한 듯 그녀를 바라보며 아무 말도 하지 않았다.

비연은 언제나 정왕 전하를 바라보는 것이 좋았다. 그러나 그의 시선을 받는 것은 힘든 일이었다. 그녀는 감히 고개를 들어 그를 마주 보지 못하고 있었다. 온몸 구석구석 긴장하여 뻣뻣하게 굳어 있었다.

그녀가 참지 못하고, 겁에 질린 목소리로 물었다.

"전하, 무, 무슨 분부가 있으신지요?"

군구신은 방금 말을 되풀이했다.

"고 약녀, 나에게, 더 보고할 것이 없나?"

비연은 깨달았다. 정왕 전하는 전날 밤 어서방에서의 일을 묻고 있는 것이다!

그녀는 깜짝 놀랐다.

대체 정왕 전하께서는 어떤 이야기를 듣고 오신 걸까? 어젯밤 그 자리에 있던 사람은 몇 명 되지 않았고, 같이 궁에 들어갔던 하소만조차 아무 질문을 하지 않았는데!

비연은 망설였다. 어쨌든 자신의 생명과 관련된 일이었다. 스스로도 완벽하게 파악하지 못한 일에 대해서 함부로 입을 열기가 두려웠다.

정왕 전하의 권력이 아무리 크다 해도 결국은 친왕에 불과했다. 천무제는 천염국의 진정한 권력자였다. 이 일이 만약 새어 나간다면 천무제는 그녀를 죽일 것이고, 정왕 전하라도 그녀를 지켜 줄 수 없을 것이다.

그녀가 납치된 사건에 대해서도 정왕 전하는 관심 어린 말 한마디 건네주지 않았다. 그녀와 같은 일개 시녀를 위해 정왕 전하가 과연 천무제와 대립하려 할까?

한참 생각한 끝에 비연은 끝까지 침묵을 지키기로 했다. 희생양이 되지는 않을 것이다.

비연이 대답했다.

"보고드릴 것이 없습니다."

군구신이 그녀를 잠시 바라보다가 갑자기 냉소하며 말했다.

"하하, 본 왕이 당초 너를 잘못 보지는 않았구나. 확실히 입이 무겁군."

이 말을 들은 비연은 어찌 된 일인지 깨달을 수 있었다. 그녀가 깜짝 놀라 외쳤다.

"전하! 전하께서는…… 황상의 병을 알고 계셨습니까?

그……, 소 태의인가요?"

정왕 전하는 이미 상황을 아주 잘 알고 계신 게 분명했다. 그리고 그날 밤 그곳에 있던 사람 중 정왕 전하가 매수할 수 있는 사람은 소 태의뿐이다!

군구신이 몸을 일으키더니, 살짝 허리를 굽혀 비연에게 다가와 나지막한 목소리로 말했다.

"분명 알고 있겠지. 본 왕은 불충한 자를 수하에 두지 않는다. 본 왕이 너에게 기회를 한 번 주겠다. 말해라. 황상께서는 어찌하여 너를 죽이지 않으셨더냐? 너는 무엇 때문에 본 왕에게 숨기려고 했지?"

원래, 그 정도였구나

군구신은 불만스러워하는 정도가 아니라 심지어 분노하고 있었다.

그는 목숨을 걸고 비연을 구하러 갔었다. 비연이 스스로 탈출하기는 했지만.

부황은 속명단과 관련한 일을 그에게도 숨겼다. 그런데 그렇게 중요한 비밀을 알게 된 비연이 무사히 어서방에서 나왔다? 그 이유는 단 하나뿐, 부황이 비연을 매수한 것이다.

비연은 그런 엄청난 일을 감당할 수 없을 테고, 그를 보기만 하면 사실대로 털어놓으리라 생각했다.

성 밖에 처리할 일이 많아 벌써 떠났어야 했지만, 그는 일부러 그녀가 깰 때까지 기다리고 있었다.

그런데 이 모든 게 그의 일방적인 생각이었다. 비연은 뜻밖에도 한마디도 말하지 않았다!

평소 비연의 홀린 듯한 눈길이, 또 며칠 전 그녀가 직접 실토한 '좋아한다'라는 말이 농담에 불과했다는 말인가? 그녀에게는 남자를 좋아한다 말하는 것이 그저 여상한 일일 뿐, 마음으로부터 우러나와 상대를 대하는 것이 아니었단 말인가?

진양성에 오기 전 대황숙 곁에서 지낼 때는 시중들어 주는 사람이 한 명도 없었다. 진양성에 돌아온 후엔 부황이 온갖 방법으로 그의 곁에 있는 사람들을 매수하려 들었다. 목적은 단하나, 그를 감시하기 위한 것이었다.

비연도 부황에게 넘어간 것이다!

그녀가 당황하는 걸 보고 군구신은 더욱더 얼음같이 차가운 목소리로 물었다.

"본 왕이 너에게 기회를 한 번 더 주겠다. 말할 것이냐, 말하지 않을 것이냐?"

일이 이렇게 되었는데 비연이 어찌 말하지 않을 수 있을까?

그녀는 후회하고 있었다.

정왕 전하께서 이미 상황을 알고 계신다는 걸 알았더라면 그녀는 망설이지도, 숨기지도 않았을 것이다! 비밀을 품고 있는 것은 너무나 괴로운 일이었다!

그녀가 재빨리 몸을 굽히고 진지하게 대답했다.

"전하, 황상께서 허락하지 않으셨습니다. 감히 말할 수가 없습니다!"

군구신이 물은 것은 말하고 말하지 않고에 대한 것이 아니었다. 부황이 무엇 때문에 그녀를 죽이지 않았는가 하는 것이었다. 그가 차갑게 말했다.

"부황께서는 증인을 살려 두실 리 없다!"

비연은 조금 겁이 났다. 그러나 다른 마음을 먹고 있지 않아 거리끼는 것도 없었다.

그녀가 당연하다는 듯 대답했다.

"저에게는 약이 있으니까요!"

비연이 주변을 둘러본 후 재빨리 다가가 나지막하게 소곤거렸다.

"전하, 아무래도 아직 모르시는 것 같은데……. 황상께 있는 익신단은 기껏해야 반년치뿐입니다. 저는 익신단을 연마할 수 있고, 다른 속명단도 연마할 수 있어요. 그래서 저는…… 황상께 말씀드렸습니다. 비밀을 지키며 매달 약을 만들어 드리는 것으로요. 그래서 저를 용서하고 죽이지 않으셨고, 또…….."

비연이 조금 미안한 듯 군구신을 바라보며 계속 말했다.

"석 달 후에 저를 다른 곳으로 옮기지 않으시겠다고 하셨어요! 석 달 후에…… 그러니까 전하께서 만약…… 만약 제가 싫으신 게 아니라면, 계속 여기 남아 있도록 해 주시면…… 안 될까요?"

비연은 예전부터 애원하고 싶었다. 강요하고 싶지는 않았으나, 애원은 할 수 있었다! 신농곡에서 돌아온 후 지금까지 그녀에게는 그럴 기회가 없었다. 지금이야말로 말하기에 좋은 기회였다. 비연의 가장 큰 관심은 자신의 거취였다.

그러나 군구신은 다른 이야기에 주목하고 있었다. 그는 깜짝 놀랐다. 비연이 단약을 연마할 수 있는 능력이 있을 줄 몰랐던 것이다! 게다가 부황과 조건을 이야기할 담력이 있을 거라고도 생각지 못했다!

이 정도라면 조건을 협의하는 것이 아니라 위협에 가까웠다!

군주를 상대하는 것은 호랑이를 상대하는 것과 같다. 부황과 같은 성격이라면 더더욱!

비연의 부끄러워하는 얼굴을 보며 군구신은 저도 모르게 등골이 오싹해짐을 느꼈다. 어젯밤 부황이 생각을 달리하였다면 비연은 대체 어떤 결말을 맞았을까.

한참 침묵하던 그가 차갑게 물었다.

"그랬던 거라면 무엇 때문에 숨기려 했지?"

이유라면 비연에게 잔뜩 있었다. 예를 들자면…… 아직 정왕 전하를 완전히 신뢰할 수 없다거나……. 아니면, 그를 좋아하지만 목숨과 관련한 일이면 자기 자신이 1순위라거나……. 혹은 그녀도 자신을 위해 길을 열어 두어야 한다거나……. 그라는 나무 한 그루에 목을 매달아 죽을 수는 없다거나…….

그러나 정왕 전하의 이, 세상 모두가 놀랄 만큼 잘생긴 얼굴을 마주하고 나니…… 그리고 그 무정하고 잔인하게 차가운 얼굴을 마주하고 나니 비연은 아무 말도 할 수 없었다. 결국 그녀는 바보인 척하기로 하고, 군구신이 화를 낼 만한 답을 내놓았다.

그녀는 눈물 어린 커다란 눈을 뜨고, 아무 죄도 없다는 듯 말했다.

"전하, 황명은…… 거역하면 안 되는 거잖아요!"

군구신은 그녀에게서 눈을 떼지 않은 채 몸을 굽혔다. 아주 아주 가깝도록. 비연은 압박감에 질식할 지경이었다. 그녀는 마침내 겁을 먹고 뒷걸음질을 쳤다. 그러나 더더욱 사실을 말할 수는 없었다.

그러한 이기적인 이유며 그를 의심한 이유를 말한다면, 이 주인은 바로 그녀에게 떠나라고 명하지 않을까?

비연이 끝까지 침묵하자 군구신도 더 이상 묻지 않고 물러났다. 그리고 시선을 그녀에게서 돌리며 냉랭하게 말했다.

"좋다. 물러가거라!"

비연이 안도의 숨을 내쉬고 서둘러 걷기 시작했다. 그러나 정자를 나오자, 참지 못하고 뒤를 돌아보며 진심으로 후회했다. 이리될 줄 알았다면 그녀는 그렇게 많이 생각하지 않았을 것이다. 일이 이렇게 되었는데 3개월 후에도 정왕 전하께서 그녀를 남겨 두실까?

그녀는 본래 한 삼소저에게 부탁하는 한이 있더라도 정왕부에 남고 싶었으나, 지금은 희망이 없어 보였다.

비연은 계속 미련이 남아 몇 번이고 뒤를 돌아보았다. 그녀는 낙담하고 있었다. 그리고 코를 훌쩍이며 생각했다. 자신과 정왕 전하 사이의 이 행운과도 같았던 인연은 아마도 이 정도로도 넘치게 충분했던 거라고.

괴로웠다…….

비연이 점차 멀어져 갔다. 군구신의 시선은 여전히 그녀를 따라가고 있었다. 곁에 있던 망중조차 견딜 수 없어, 몸을 드러내 그를 달래기 시작했다.

"전하, 이 일은…… 고 약녀를 탓하지 마십시오. 필경…… 너무 큰일 아닙니까. 아직 젊은 여자니 황상이 무서웠을 겁니다. 인지상정입니다."

여기까지 얘기한 망중은 비연이 황상을 위협한 사실을 떠올렸다. 어색한 기분이 든 그는 갑자기 말을 바꿨다.

"전하, 어젯밤의 일은 필경 전하의 안위와 상관이 없고, 고 약녀도 상황을 파악하지 못했던 것 같습니다. 전하께 그 일을 감춘 것……도, 인지상정입니다. 전하, 믿으십시오. 정말 전하의 안위와 관련된 일이라면 고 약녀는 일을 그르치지 않을 것입니다. 예를 들어 약선 사건 같은 경우, 고 약녀는 최선을 다하지 않았습니까!"

망중으로서는 제 주인의 심사를 알 수 없었다. 그는 비연이 제 주인에게 '좋아한다'라고 말한 사실을 몰랐으니까. 그리고 '뭐든지 다 좋다'고 말한 사실도 모르니까.

그가 아무리 이야기해도 귀에 들리지 않는 것처럼 군구신은 그저 손을 내저어 그를 물러가게 했다. 망중은 어쩔 수 없이 다시 몸을 숨겼다.

군구신은 비연이 사라질 때까지 하염없이 바라보았다. 그의 입매가 자조하듯 살짝 올라가 있었다.

비연의 '좋아한다'라는 말은 대체 무슨 뜻이란 말인가?

그가 아무래도…… 잘못 이해한 것 같았다.

그는 냉소하기 시작했다.

"비연, 너의 좋아한다는…… 원래, 그 정도였구나."

군구신은 그날 밤으로 저택을 떠났다.

그가 떠난 것을 안 비연은 더욱 낙담하여 밤새 잠을 이루지 못했다.

다음 날, 비연이 익신단을 연마하기 위한 약재를 구매할 생각으로 후문으로 나왔을 때였다. 정역비가 팔짱을 낀 채 마차에 기대고 서 있는 것이 보였다. 그는 그녀를 향해 싱글거리며 웃고 있었다.

비연은 기분이 좋지 않았기에 몸을 돌렸다. 정역비가 재빨리 쫓아와 그녀의 팔을 잡았다. 그는 더 이상 혼사 이야기를 하지 않고 그저 웃으며 말했다.

"약녀, 가자. 밥 사 줄게."

비연이 바로 그를 떨쳐 냈다. 그리고 화를 내려다가 생각을 바꿨다.

"팔황자님을 청해 올 수 있다면 고려해 보죠."

전날 밤 비연은 정왕 전하에게 망할 얼음에 대한 일을 암시하는 것을 잊었다. 그러니 이제는 정역비를 이용해 전할 수밖에 없을 것 같았다.

정역비는 비연이 자신을 거절하려고 허튼소리를 하고 있다 생각했다.

"팔황자님이 며칠 전 궁에 돌아왔으니, 본 장군이 바로 그를 초청해 오지! 약녀, 기다리라고!"

정역비는 비연이 취소라도 할까 봐, 그녀의 대답을 기다리지도 않고 달려갔다.

비연은 이상하다는 듯 고개를 돌렸으나 곧 눈동자가 점점 더 밝아지고, 입매도 위로 올라가기 시작했다.

"기다릴게요! 본 약녀는 반드시 기다릴 거야!"

그는 대역일 뿐

비연이 정왕부에서 두근거리며 기다리고 있었다.

정역비는 사람을 보내 팔황자를 초청하려 했지만 곧 생각을 바꿔 자신이 직접 갔다.

그는 팔황자와 절친한 사이로, 서로 하지 못할 말이 없었다. 비연을 알게 된 후로 그는 기회가 될 때마다 팔황자에게 그녀 이야기를 했다.

정역비는 비연과 같은 일개 약녀가 어떻게 팔황자를 보게 되었는지, 또 어떻게 좋아하게 되었는지 의아했다. 때문에 그는 완벽하게 확신하고 있었다. 비연은 되는대로 거절의 핑계를 찾다가 팔황자를 언급한 것이 틀림없다. 훗, 핑계를 찾으려면 미리 이것저것 알아봤어야지. 팔황자와 그의 관계가 어떤지도 모르면서.

그, 정역비가 지금까지 원했던 병사 중 투항시키지 못한 사람은 없었다. 그는 처음으로 여자를 바라고 있었고, 평소와 같이 대응했다. 비연의 마음을 얻을 것이고, 진정으로 그를 바라게 만들 것이다.

정역비는 이 첫 번째 전쟁터에서 흥분과 충동을 느끼고 있었다.

그는 직접 궁으로 갔고, 팔황자가 황상과 바둑을 두러 갔다는 소식을 들었다. 기다릴 수밖에 없었다.

정왕과 태자, 두 적출 황자를 제외하고 천무제가 진정으로 총애하는 아들은 바로 대황자와 팔황자였다. 대황자는 모비인 운 귀비의 도움으로 총애를 받았으나 팔황자는 그렇지 않았다.

팔황자의 모비는 운 귀비처럼 비루한 가문 출신으로, 예전에 이미 세상을 떠났다. 심지어 그녀는 천무제의 총애를 받은 적도 없었다.

팔황자가 총애를 받게 된 것에 대해서는 궁 안에 두 가지 이야기가 있었다.

하나는 팔황자가 구황자인 정왕과 용모가 비슷하다는 것이었다. 그는 정왕보다 두 달 먼저 태어났다. 정왕이 군씨 가문을 떠났을 때, 황상과 황후는 아들을 그리워하는 마음이 사무쳐 정왕에게 베풀어야 하는 총애를 팔황자에게 베풀었다는 것이다.

다른 하나는 팔황자가 하루 종일 궁에서 총애를 다투거나 조정에서 권세를 다투는 황자들과 다르기 때문이라는 설이었다. 그는 강호를 사랑했고, 조정에서 멀리 떨어져 있었다. 고결한 지향에 맑고 고상한 성격을 황상이 좋아하고 있다는 이야기였다.

소문 중 어떤 것이 사실인지와 상관없이, 천무제는 확실히 팔황자를 아주 좋아했다.

정역비가 기다리다 졸고 있을 때 팔황자 군한인이 마침내 돌아왔다.

군한인은 궁중 의상이 아니라 간단한 검은 옷을 입고, 검은 머리를 높이 틀어 올리고 있었다. 그는 키가 크고 몸이 곧았다.

얼굴도 잘생겼고, 고상하면서도 차가운 기운을 풍기고 있어, 멀리서 바라볼 수는 있어도 가까이할 수는 없는 그런 느낌을 주었다. 양미간 역시 희미하게나마 군구신과 비슷한 느낌을 주었다.

평소에 잘 웃지 않는 그가 정역비를 보자 큰 소리로 웃었다.

"어떻게 온 거지? 본 황자는 안 그래도 오늘 밤 너를 찾아가려 했다."

정역비도 기뻐하며 두 손 모아 인사하고 말했다.

"팔전하, 말장이 오늘 술을 살까 합니다. 미인도 함께 올 예정인데, 체면 좀 세워 주시겠습니까?"

시녀가 물이 든 대야를 가져왔다. 군한인이 손을 씻으며 물었다.

"정 대장군이 오늘 어디서 그렇게 흥이 돋았지? 그 미인이 혹시 정왕부에 계신 그분인가?"

정역비가 멈칫하더니, 빠르게 달려와 진지하게 물었다.

"알고 계십니까?"

군한인은 결벽증이 심했다. 그는 어디를 가건, 심지어 천무제에게 갔다 와도 항상 손을 씻었다.

그는 고개를 숙인 채 손가락 하나하나 깨끗하게 씻고, 침착하게 손을 말리며 반문했다.

"정 대장군이 방을 내걸어 구애한 일을 천염국에서 모르는 사람이 있나? 수하들에게 웃음거리가 될까 두렵지도 않던가?"

정역비는 팔황자와 비연이 아는 사이라고 의심할 뻔하다가, 이 말을 듣고 겨우 안심했다. 같은 여자를 두고 팔황자와 다투더라도 그는 자신이 있었다. 그러나 그러고 싶지 않았다.

그가 큰 소리로 웃었다.

"남자가 좋아하고, 여자가 사랑하고, 그게 무슨 웃음거립니까? 아무튼 그 사람입니다. 팔전하, 제 체면 좀 세워 주시겠습니까?"

군한인의 눈에 복잡한 빛이 스쳐 갔다. 꼭 머뭇거리는 것 같았다.

정역비가 웃으며 말했다.

"비연이 황자님을 좋아한다지 뭡니까. 함께 가지 않으시면 저를 만나 주지 않을 거라고요. 가시죠. 한 번만 도와주십시오."

이 말에 군한인이 겨우 시선을 들고 궁금하다는 표정을 지었다. 정역비는 서둘러 상황을 설명하며, 팔황자의 어깨를 끌어안은 채 열심히 간청했다.

"정말 그녀를 좋아합니다. 한 번만 도와주십시오. 저는 진지합니다."

군한인이 재빨리 정역비의 손을 풀었다. 그리고 가볍게 제 어깨를 두드리며 아무 말도 하지 않았다.

정역비도 팔전하가 낯선 이와 식사하는 걸 좋아하지 않는다는 것을 알고 있었다. 특히 여인의 경우 더욱 그랬다. 그래도 그가 계속 조르자 결국 군한인도 승낙했다.

"좋아, 본 황자가 마침 오늘 저녁 한가하기도 하니. 하지만 이번뿐이야. 다음에는 이런 일 없을 것이다."

정역비가 크게 기뻐했다.

"감사합니다! 갑시다. 복만루에 자리를 마련해 두었으니까요!"

군한인이 큰 소리로 웃었다.

"뭐가 그리 급해? 아직 일이 좀 있으니 먼저 비연을 데리고 가 있어. 곧 따라갈 테니까."

정역비는 기뻐 죽을 지경이었다. 그는 흥분하여 그 자리를 떠났다.

정역비의 모습이 문가에서 사라지자 군한인의 웃음이 점차 사라져 갔다. 대신 냉랭한 경멸이 자리 잡았다.

그는 어깨를 가볍게 털어 냈다. 정역비가 자신에게 어깨동무한 것을 혐오하는 듯했다.

어깨를 다 털어 낸 후에는 두 손을 보고 혐오스러운 표정을 지었다. 그리고 방금 깨끗하게 씻었음에도 불구하고 다시 침착하게 손을 씻었다.

궁녀인 홍옥이 대야를 받쳐 든 채 속삭였다.

"주인님, 제가 보기에 고 약녀는 핑계를 댄 것이 아닌 것 같습니다. 정말 주인님을 사모하고 있는 것 같아요. 이건 기회입니다! 어젯밤 어서방에서 무슨 일이 있었는지 매 공공이 계속 입을 다물고 있습니다. 제가 아무리 물어도 알아낼 수 없었습니다."

여기까지 들은 군한인이 차갑게 말을 끊었다.

"됐다. 더 이상 묻지 마라. 부황께서 의심하기 시작하시면 본 황자의 수년간의 노력이 모두 물거품이 될 테니까!"

그는 왜 조정을 좋아하지 않고 강호를 사랑하는 것일까?

그는 어린 시절 황후의 총애를 받았고, 부황의 사랑을 받았다. 그것은 또 어찌 된 일일까?

그는 그저 대역일 뿐이었다! 태자가 태어난 후 그가 누리던 모든 것들이 사라지고 말았다!

궁의 수많은 이들이 그를 비웃었다. 군구신이 돌아온 후 궁에서는 또 얼마나 많은 이들이 군한인, 그를 비웃기 위해 기다리고 있었던가?

군한인은 분명하게 기억하고 있었다. 열네 살이 되던 해, 부황이 그에게 직접 말했다. 그가 자랐으니 구황자도 자랐을 거라고, 그리고 그의 얼굴은 점점 더 구황자와 달라져 간다고.

어린 시절 닮았다 해도 자란 다음에도 닮는다는 법은 없었다. 어린 시절 총애를 얻었다고 자란 다음에도 총애를 얻는다는 법은 없다. 이 이치를 군한인은 나이 열넷에 깨달았다. 이후 그는 계속 연극을 하고 있었다. 부황을 속이고, 모든 이들을 속이면서.

서너 달 동안 진양성을 떠나 있었지만 성안의 모든 일을, 궁안의 모든 일을 군한인은 손바닥 위를 보듯 훤히 보고 있었다. 정왕이 비연을 아끼고 있다는 소식도 당연히 주목하고 있었다.

전날 밤 비연은 어서방에서 두 시진을 보냈다. 소 태의도 그 자리에 있었다. 군한인은 이 일에도 관심을 갖고 있었다.

그는 안 그래도 비연을 꼭 한번 만나 보고 싶었다. 그런데 마침 정역비가 온 것이다……

궁을 나온 정역비는 바로 비연을 찾으러 갔다.

비연의 혼약이 이미 깨진 상태라, 하소만은 지금 정역비가 전혀 문제 되지 않는다고 생각했다. 정역비가 비연을 식사에 초대하겠다고 말하자 하소만이 직접 비연을 문 앞까지 데려왔다.

"정 대장군, 잘 부탁합니다."

하소만이 애매한 웃음을 흘리며 그에게 다가가, 목소리를 낮춰 진지하게 일깨워 주었다.

"정 대장군, 비연을 맞이해 데려가시기 전까지는 비연은 우리 정왕부 사람이니, 지켜야 할 규칙은 지키셔야 합니다. 지켜야 할 예의도 당연히 지키셔야 하고요. 술시 전에는 반드시 안전하게 데려다주시지요. 하하. 만약 무슨 문제라도 생겨 전하께서 탓하시면, 우리 중 누구도 감당하지 못할 겁니다."

"그야, 만 공공, 안심하시오!"

정역비는 두 손 모아 인사한 후 고개를 돌려 비연을 바라보며 즐겁게 웃었다. 그는 그녀가 거짓말을 하고 있다 생각해 이상한 점을 발견하지 못했다.

상황을 알지 못하는 하소만은 뭔가 문제가 있다고는 생각했지만 캐묻기에는 상황이 좋지 않았다.

이렇게, 마차가 천천히 복만루로 향했다.

군한인을 처음 만나다

정역비는 복만루에서 가장 좋은 방을 예약해 두었다. 비연이 들어가 보니 탁자 위에는 산해진미가 가득했다. 그리고 자리 양 옆으로 술 항아리도 가득 놓여 있었다.

비연이 미간을 찌푸리며 정역비에게 물었다.

"정말 살고 싶지 않은 모양이군요. 소 태의가 술을 끊으라고 하지 않던가요?"

정역비가 싱글거리며 대답했다.

"본 장군이 즐겁기만 하다면야, 목숨을 잃는다 해도 또 뭐가 문제겠어?"

비연이 따끔하게 한마디 하려 했을 때, 문이 열리며 시종이 들어와 보고했다.

"장군, 팔전하께서 오셨습니다."

비연은 바로 긴장했다.

정역비가 나가 맞이하려 했지만, 이미 군한인이 들어오고 있었다. 정역비가 기뻐하며 허물없이 말했다.

"팔전하, 들어오십시오! 서너 달이나 함께 술을 마시지 못했습니다. 도화주를 스무 항아리 준비했으니, 오늘은 취할 때까지 마시는 겁니다!"

군한인이 성큼성큼 들어와 비연을 흘깃 바라보았다. 그리고 그녀에게는 별 흥미가 가지 않는 듯 진지하게 술 항아리를 세기 시작했다.

비연은 그를 살펴보고 있었다. 검은 옷을 입고 있어, 본래도 늘씬하고 꼿꼿한 사람이 키가 더 커 보였다. 얼굴 생김도 잘생겼고, 차갑게 느껴지는 기질하며……. 마치 밝은 해나 달 같은 눈에, 구름 같은 눈썹……. 그가 장검을 차고 힘차게 걷는다면……. 침착하게 고수의 풍모를 드러낸다면……. 외형부터 기질까지, 망할 얼음과 상당히 비슷해 보였다.

비연은 본래 오래 볼 생각은 없었다. 그러나 군한인이 자신에게 주의를 기울이지 않는 것 같아 좀 더 세세하게 살펴보기 시작했다. 그녀는 몰래 손을 들어, 제 눈에 비친 군한인의 눈과 코를 가리고 입매만 남겨 보았다. 안타깝게도, 그렇게 오래 보아도 확실하다 싶지는 않았다.

그녀는 다시 그의 입매를 가리고 눈매만을 보았다. 그렇게 보니 팔황자는 정왕 전하의 눈매와 꽤 닮아 보였다! 그녀는 깜짝 놀랐다. 소문이 사실이리라고는 생각지 못했던 것이다.

아무튼 이렇게 멀리서 봐서는 확실히 알 수가 없었다. 이 팔황자와 망할 얼음의 윤곽이 상당히 비슷하다는 결론만을 내릴 수 있었다.

비연이 옆모습을 보려 했을 때, 정역비와 진지하게 대화를 나누던 군한인이 갑자기 고개를 돌렸다. 마치 그녀가 자신을 보고 있다는 걸 깨달은 듯했다.

비연은 당황하여 재빨리 손을 내려놓았다. 그러나 변명하지 않고, 몸을 굽히며 인사했다.

"약녀 고비연, 팔황자 전하를 뵙습니다."

그녀는 망할 얼음이 팔황자라고 의심하고 있었으나 완전히 확신하지는 못했다. 오늘 정역비에게 초청해 오라고 한 것은 상황을 살펴보기 위해서였다.

비록 두 사람의 외형이며 기질이 비슷했지만 그녀는 여전히 신중하게 행동해야 했다. 부득이한 경우가 아니라면 그녀는 결코 승산이 없는 싸움은 하지 않았다. 절대적인 확신이 있어야 했다. 망신을 당하는 것은 작은 일이지만 팔황자에게 죄를 짓게 된다면 귀찮아진다.

군한인은 사실 비연에게 계속 신경 쓰고 있었다. 그는 그녀가 아무 연유도 없이 자신을 핑계로 삼았다는 걸 믿기 어렵다 생각하고 있었다. 그런데 방금 자신을 살피는 걸 보고 그는 비연이 저에게 연모의 감정을 품은 걸 확신하게 되었다.

그는 정역비가 비연과 그저 잠시 놀 생각인지, 아니면 진지하게 사귈 생각인지에는 관심이 없었다. 비연에게서는 얻을 이익이 있었다. 그는 마음을 굳혔다.

그는 일부러 의미심장하게 비연을 바라보고, 그저 냉랭하게 말했다.

"몸을 일으켜라."

그리고 계속 신경 쓰지 않고 자리에 앉았다.

비연은 자연히 그의 의미심장한 눈길에 주목했다. 그녀는 깊이 생각해 보았지만, 그가 거짓으로 그러는 건지 아니면 진짜로 그녀를 알지 못하는 건지 판단할 수 없었다. 그래서 그녀도 계속 마음을 가라앉히고, 감사하다고 인사한 후 그 자리에 서 있었다.

정역비는 비연의 이런 온순한 태도에 익숙하지 않았다. 그가 소리 내어 냉소하더니, 비연을 위해 의자를 끌어 주며 말했다.

"약녀, 앉으라고! 여기 팔전하께는 그렇게 예의를 차리지 않아도 되니까!"

비연은 당연히 팔황자와 정역비 사이가 좋다는 걸 알고 있었다. 눈가에 교활한 빛이 스치는가 싶더니, 그녀가 일부러 고지식하게 말했다.

"정 장군, 그럴 수 없습니다. 그건 규율에 맞지 않아요."

정역비는 비연이 군한인을 탐색 중이라는 사실을 몰랐다. 그저 팔황자를 보고 주눅이 들었다 생각할 뿐이었다. 그래서 그녀에게 다가가 속삭였다.

"약녀, 네가 원해서 모셔 왔잖아. 본 장군이 너 때문에 모셔왔는데, 제대로 안 할 거야?"

비연은 고개를 숙인 채 아무 말도 하지 않았다. 정역비는 그녀가 패배를 인정했다 생각하고 무척 기뻐했다.

"됐어, 됐어. 본 장군이 예의를 차릴 필요 없다고 말하면 차릴 필요 없는 거야. 앉아. 거기서 배곯고 있지 말고."

그러나 비연은 여전히 자리에 앉지 않았다. 대신 고개를 들고 겁먹은 표정으로 군한인을 바라보았다. 그녀의 시선은 경외심을 품고 있는 것 같기도 했고, 또 원망하듯 애교 부리는 것 같기도 했다.

정역비는 이 대담한 약녀가 팔황자를 두려워한다는 걸 믿을 수 없었다. 그래서인지 그의 눈에는 비연의 시선이 원망을 품은 것처럼 보였다. 그들은 서로 본 적이 없는데, 어째서 저리 원망을 품고 있을까? 한 여자가 낯선 남자에게 원망을 품은 시선을 던지는 것은 바로 유혹하는 것 아닌가! 설마 비연이 정말로 팔황자를 사모하고 있단 말인가?

이 생각을 하자 정역비는 순식간에 굳어 버렸다가 천천히 정신을 차렸다.

군한인은 여자의 유혹을 많이 받아 보았고, 언제나 혐오감을 느꼈다. 그러나 지금은 꿍꿍이가 있었기 때문에 싫은 내색을 하지 않았다. 그는 말을 많이 하지 않고 그저 냉랭하게 한마디 했다.

"앉아라. 예의에 구애받을 것 없다."

"감사합니다, 팔전하."

비연이 그제야 자리에 앉으며 미소 지었다. 그녀는 속으로 고민하고 있었다. 이 차가워 보이는 팔전하가 뜻밖에도 그녀의 '유혹'에 별다른 반감을 보이지 않았다. 그가 정말로 망할 얼음이라면, 그녀가 일부러 떠보는 중이라는 걸 아는 걸까?

정역비는 비연의 행동거지 때문에 놀란 데다 군한인의 이러한 반응까지 보니 이제는 경악하고 있었다. 그가 아는 팔전하는 이런 상황에서 그의 체면을 세워 줄 사람이 아니었다. 혐오스러운 표정을 지으며 자리를 뜨거나 혹은 사람을 내쫓아야 옳았다. 그런데 그가…… 비연에게 신경을 쓴다고?

생각하면 생각할수록 이상했다. 그는 군한인에게 묻는 듯한 시선을 던졌다. 군한인이 그와 여자를 두고 싸울지 말지 묻는 듯한 시선이었다.

그러나 군한인은 그의 시선을 보지 못한 척 술만 따르고 있었다. 정역비도 속으로 깨달은 것이 있어 눈가에 분노가 번쩍였다. 비록 그 자리에서 화를 내지는 않았지만 그는 인상을 쓰며 술을 따라 말없이 마셨다.

비연이 이런 상황을 만든 것은 첫째, 정역비에게 오해하게 하기 위함이고 둘째, 군한인을 정탐해 보기 위해서였다.

정역비의 모습을 보고 그녀는 자신의 첫 목표를 달성했음을 깨달았다. 비연은 정역비는 신경 쓰지 않고 마치 작은 여우처럼 교활하게 눈알을 굴렸다.

곧 그녀는 군한인 옆으로 옮겨 앉아, 그의 손에 들린 술 주전자를 빼앗아 들었다.

"팔전하, 오늘 정 대장군 덕분에 전하를 뵙게 되었으니 저에게는 크나큰 행운입니다. 제가 술 석 잔 마시겠습니다."

군한인은 냉랭하게 그녀를 쳐다볼 뿐 대답하지 않았다. 그 모습은 망할 얼음이 그녀를 상대하지 않을 때와 정말 비슷했다!

비연도 그의 대답을 기다리지 않고 술 석 잔을 따라 마셨다. 그런 다음 다시 석 잔을 따르고 말했다.

"팔전하, 오늘 밤 이후로도 다시 뵐 수 있으면 좋겠습니다. 다시 술 석 잔 마시겠습니다."

군한인은 여전히 아무렇지도 않은 표정이었고, 비연은 단숨에 술 석 잔을 비웠다.

정역비는 더 이상 참을 수 없었다. 여섯 잔이나 마시다니! 비연은 이 도화주가 얼마나 독한지 모르는 모양이었다.

그러나 정역비가 한마디 하려 했을 때, 비연이 재빠르게 다시 술을 석 잔 따랐다.

정역비가 마침내 참지 못하고 물었다.

"약녀, 대체 뭘 하려는 거지?"

팔전하, 두고 보자

비연이 정역비를 흘깃 보고 다시 술을 들어 마셨다. 그리고 석 잔을 연이어 마시며 술을 한 방울도 남기지 않았다.

정역비뿐 아니라 군한인도 슬쩍 그녀를 곁눈질했다. 비연과 같은 젊은 여자는 말할 것도 없고, 주량이 보통인 남자라도 저렇게 마시면 취할 수밖에 없었다!

아무래도 비연이 팔황자를 유혹하고 싶은 마음에 다급해서, 힘을 너무 많이 쓰는 것 아닐까?

정역비가 비연을 부축하기 위해 일어났다. 그러나 비연이 그를 밀어내고 군한인에게 말했다.

"팔전하, 이 석 잔도 전하를 위해…… 바라면서……. 무, 무엇을 바라죠?"

그녀는 취한 것처럼 아련한 눈빛으로 잠시 생각하더니 큰 소리로 웃기 시작했다.

"우리가 예전에 만났기를 바라면서! 하하!"

예전에 만났기를 바란다고? 이건 대체 무슨 뜻일까?

정역비는 영문을 알 수 없었다. 군한인이라고 무슨 말인지 알아들을 리 만무했다. 두 사람은 비연이 정말 취했다고 생각했다.

그러나 비연은 일부러 그러는 중이었다. 그녀는 계속 무슨 흔적이라도 발견하기를 바라면서 군한인의 표정을 살폈다. 그

러나 안타깝게도 별다른 것을 발견하지 못했다. 비연은 연극을
계속할 수밖에 없었다.

그녀가 다시 술을 따르려 하자 정역비가 화를 내며 술 주전
자를 빼앗고, 강제로 그녀를 자기 곁에 끌어다 앉혔다. 그리고
직접 탕을 한 그릇 뜨더니 그녀에게 마시게 했다.

비연이 정역비를 밀어냈다. 그녀의 작은 얼굴에는 취기가 아
련하게 올라 있었다. 그녀가 외쳤다.

"술을 더 마실래요! 팔전하를 축하드릴 거란 말이에요! 정역
비, 당신은…… 당신은 그만 가 봐요!"

정역비가 가라앉은 얼굴로 말없이 그녀의 턱을 잡아 입을 벌
리게 했다. 비연은 아파서 얼굴을 찡그렸다. 힘주어 그를 밀어
도 밀리지 않자 발로 차기 시작했다.

"가, 저리 가라고!"

정역비는 비연의 발길질에 그대로 당했다. 결국은 비연이 발
길질을 그만두었다. 정역비가 안타깝기도 하고 화도 났다.

이게 대체 무슨 난리지? 계속 마시지 않는다면, 이 연극을
어떻게 계속한다지?

마음을 단단히 먹은 비연이 주사를 부리기로 했다. 그녀는
갑자기 정역비가 들고 있던 탕을 그에게 뿌리며 외쳤다.

"꺼지라고! 짜증도 안 나? 나는 당신을 좋아하지 않는다고!"

정역비가 당황하여 저도 모르게 군한인을 바라보았다. 군한
인이 미간을 찌푸린 채 그들 두 사람을 지켜보고 있었다. 수치
심에 정역비가 얼굴을 붉혔다.

어린 시절부터 그는 언제나 오만했다. 지금까지 그가 진심으로 여자를 좋아해 본 적이 있었던가? 그리고 이렇게 사람들이 보는 가운데 거절당해 본 적이, 혐오당해 본 적이, '꺼지라'는 말을 들어 본 적이 있었던가?

화가 난 정역비는 차라리 술을 마시기로 했다. 자신의 잔에 가득 따르고, 다시 비연의 잔에도 가득 따랐다.

"마시는 것이 좋다 이거지! 본 장군이 함께 마셔 주지!"

그는 말을 마친 후 한 잔 또 한 잔 계속 마시기 시작했다. 비연이 깜짝 놀라, 속으로 그의 위장병을 걱정했다. 그러나 그녀는 이미 달리는 말에 올라탄 셈이라 그저 함께 술을 마시는 수밖에 없었다.

비연은 한 잔 마실 때마다 군한인에게 말을 걸고, 한바탕 주사를 늘어놓았다.

정역비가 완전히 뻗기 전에 그녀가 먼저 취해 쓰러졌다. 물론 연극이었다. 그녀는 탁자 위에 엎어진 채 눈을 감고 귀를 쫑긋 세웠다.

그녀가 술을 마신 이유는 취한 척 가장하기 위함이었다. 비연은 자신이 취해 쓰러진 후 군한인이 정역비와 무슨 이야기를 하는지 듣고 싶었다. 정역비가 그렇게 크게 반응하고 함께 취한 것은 그녀의 계산 밖이었다.

그러나 정역비가 술에 취한 것이 그렇게 나쁜 것만도 아니었다. 그녀는 이제 군한인이 그들을 어떻게 대하는지, 그들을 어떻게 돌려보내는지 볼 수 있게 되었다.

비연이 귀를 기울이고 있었으나 군한인의 목소리는 들려오지 않았다. 대신 정역비가 계속 술을 따르는 소리만 들려왔다.

비연은 곧 뭔가 어긋났다는 것을 깨달았다. 군한인과 정역비의 관계를 생각하면, 군한인은 저렇게 정역비가 취하게 내버려 두어서는 안 되는 거 아닌가?

군한인의 마음속에 꿍꿍이가 있음이 분명했다. 설마, 그가 바로 망할 얼음인 걸까?

비연은 여전히 결론을 내리지 못하고, 꾹 참으며 기다리고 있었다.

한참 후에야 그녀는 마침내 정역비가 쓰러지는 소리를 들을 수 있었다. 확실히 바닥에 쓰러진 모양이었다.

마침내 방 안 전체가 고요해졌다. 하인들은 모두 밖에 있었고 방 안에는 그들 세 사람뿐이었다. 정역비와 그녀는 취해 쓰러진 상태다. 이제 군한인은 무엇을 할까?

비연은 눈을 살짝 뜨고 보고 싶었지만 참기로 했다.

군한인을 만나는 것은 처음이었다. 그녀는 몰래 정탐을 좀 해 보고 싶었을 뿐 바로 확실한 결론을 내릴 필요는 없었다.

망할 얼음의 심사는 백리명천, 그 여우보다도 깊었다. 그가 정말로 군한인이라면 어찌 가볍게 그녀에게 정체를 드러내겠는가.

비연이 참으며 기다렸다. 그리고 이 순간, 군한인은 자작하고 있었다. 그의 얼굴에는 냉담한 경멸이 어려 있었다.

그는 비연이 꽤 괜찮은 여자일 거라 생각하고 있었다. 그러나 지금 보니 비연, 저 계집은 약술이 높다는 것 외에는 특별한 점이라고는 하나도 없지 않은가.

정역비, 저 야만스러운 놈은 하루 종일 군영 안에만 있느라 여자는 구경도 제대로 못 할 테니 저 여자에게 끌린 것도 뭐 그럴 만했다. 그렇다면 부황과 정왕은……?

군한인은 부황과 정왕이 비연의 약술을 마음에 들어 한다는 것은 확신하고 있었다. 다만 그가 이해할 수 없는 것은, 부황이 비밀리에 비연을 어서방에 들인 이유가 대체 무엇인가 하는 것이었다.

매 공공은 또 무엇 때문에 절대로 입을 열지 않는 걸까? 부황의 병세와 관련 있는 것이 아닐까?

지난달, 부황의 병세가 위급하다는 소문을 들었다. 하지만 지금 부황은 거의 회복된 것처럼 보였다. 부황의 몸은 대체 어떤 상황일까? 비연은 분명 알고 있겠지?

군한인은 한 잔, 한 잔, 술을 천천히 마셨다. 그의 시선이 인사불성이 된 정역비를 스쳐 비연의 작은 얼굴 위로 떨어졌다. 그는 술잔을 멈추고 망설이기 시작했다. 오늘 밤 비연을 데려가 심문할까, 아니면 더 기다려 볼까?

그는 한참 망설이다가 결국은 군구신 때문에라도 잠시 접기로 했다.

그는 부황을 속일 자신은 있었다. 그러나 군구신의 눈꺼풀 아래에서 모험을 하고 싶지는 않았다. 이 계집은 어쨌든 정왕부 소속이다. 그가 만약 강하게 나간다면 일을 그르칠 수도 있었다. 바둑도 한 수를 잘못 두어 패하는 경우가 얼마나 많은가!

마침내 군한인은 술잔을 내려놓았다. 비연은 그 소리를 듣고 경계를 높였다. 곧이어 군한인이 몸을 일으키는 기척을 느낄 수 있었다. 분명 그녀가 있는 방향으로 다가오고 있었다.

그렇게 한참 동안 조용히 있더니, 대체 무슨 생각이지?

군한인이 그녀 앞에서 발걸음을 멈췄다. 비연은 긴장하며, 저도 모르게 조금은 두려운 마음이 들었다. 그러나 그녀는 여전히 꼼짝도 하지 않았다.

군한인이 가까운 거리에서 비연을 한번 살펴본 후 몸을 돌려 나가려다가, 다시 고개를 돌려 비연을 향해 나지막한 목소리로 중얼거렸다.

"고비연, 후후, 이번 한 번만은 용서해 주마. 본 황자의 손에서 빠져나갈 꿈은 꾸지 않는 게 좋을 것이다."

그는 말을 마친 후 직접 문을 열고 하인들에게 차갑게 명령했다.

"저들을 데려다주어라!"

비연이 몰래 눈을 뜨고 군한인이 문가에서 사라지는 것을 지켜보았다. 그녀는 매우 놀랐다!

그녀는 군한인의 마음속에 정왕, 혹은 천무제에 대해 대단한 원한이나 계산이 있으리라 생각한 적 없었다. 그도 그럴 것이, 팔황자가 그녀에게 적의를 품을 이유가 전혀 없지 않은가.

그가 망할 얼음이 아니라면!

됐다! 그녀의 의심은 틀리지 않았다!

비연은 그가 악의적인 마음을 품고 있다고 계속 의심하고 있었다. 그녀에게 접근한 것도 다 이유가 있어서라고 말이다. 지금 보니 그녀의 추측은 전부 옳았다!

그녀 같은 일개 약녀에게서 얻어 낼 게 뭐가 있을까?

저 녀석은 숨기고 있는 게 아주 많다. 보기에는 진양성에서 멀리 떨어져 있는 것 같지만 실제로는 모든 것을 손바닥 위 들여다보듯 알고 있지 않은가. 심지어 정왕 전하보다 아는 게 더 많은 것 같기도 했다. 그런 사람이 어떻게 권력과 세력을 다투지 않겠는가?

그의 목표가 설마…… 정왕 전하인 것은 아닐까?

하인이 들어오는 것을 보고 비연이 살며시 눈을 떴다. 그리고 속으로 차갑게 코웃음 쳤다.

'감히 우리 전하를 넘보고 있겠다? 팔전하, 두고 보자!'

비연이 속으로 결심했다. 석 달의 기한이 끝나기 전에 저 녀석의 본래 모습을 밝혀내고야 말겠다!

정왕 전하는 그녀를 상대하지 않으려 할 것 같았다. 정역비도 아주 귀찮게 군다. 그러니 지금 그녀가 이용할 수 있는 사람은 단 한 사람뿐이었다. 바로…… 군한인의 부친인 천무 황제 말이다!

여러 사람의 모임

　비연이 술 내음을 풍기며 정왕부로 실려 왔다.

　하소만이 군한인의 시종을 돌려보내고 비연에게 한바탕 잔소리를 늘어놓으려 했을 때였다. 시체처럼 늘어져 있던 비연이 갑자기 일어나 앉아 무표정한 얼굴로 하소만을 바라보았다.

　한밤중에 등불도 어두운 참이었다. 하소만은 깜짝 놀랐다.

　"너, 너…… 취한 거 아니야?"

　비연은 피식 웃더니, 하소만이 잔소리라도 할까 두려운 듯 재빨리 몸을 일으켜 자리를 떠났다.

　취했다고? 불가능한 일이었다.

　백의 사부는 약술이 고명할 뿐 아니라 술을 빚는 솜씨도 대단했다. 그녀는 어린 시절부터 사부의 술을 몰래 맛보았다. 주량으로는 남자에게도 결코 지지 않았다. 그만한 자신 없이 그녀가 어떻게 밖에서 혼자 그렇게 호기롭게 마셨겠는가?

　비연은 명월거로 돌아와 자리에 누웠다. 꿈인 듯 꿈이 아닌 듯 머릿속에 망할 얼음의 그 차가운 은색 가면이 자꾸만 떠올랐다. 그리고 팔황자 군한인의 그 냉랭한 얼굴도.

　두 얼굴이 점점 겹쳐졌지만, 어떻게 해도 하나로 합쳐지지는 않았다. 마지막에는 망할 얼음의 은색 가면이 갑자기 산산조각이 났다! 비연은 어떻게든 그의 얼굴을 제대로 보려 했지만 결국 그의 얼굴마저 산산조각이 났다.

비연은 깜짝 놀라 튕기듯 자리에서 일어나 앉았다. 그리고 그제야 자신이 꿈을 꾸었음을 깨달았다.

"망할 얼음……."

왜인지 모르게 그녀의 마음속은 텅 빈 것만 같았다.

"다루기 쉽지 않다는 건 알고 있었잖아!"

그녀는 마음속 실망감을 무시하고, 잠이 오지 않으니 차라리 의식을 수련하기로 했다.

약왕정 안에 저장해 둔 약이 점점 더 늘어나고 있었다. 그러나 약왕정의 신화는 여전히 3품에 머물고 있었다. 그녀는 최근 너무 바빠 마음을 조용히 가라앉힐 여유도, 수련할 시간도 없었다.

3품의 신화라면 한 달 안에 익신단을 연마하기에 충분했다. 그러나 더 짧은 시간 안에 더 높은 등급의 단약을 연마하기는 힘들었다. 어차피 천무제를 위협한 이상, 그에게 익신단만 연마해 주면 해결되는 상황이 아니었다.

그날 밤 자신 있게 장담하지는 않았지만 그녀는 마음속에 계획이 있었다. 천무제는 생명을 단약에 의지하고 있다. 상황이 악화되면 약효가 더 센 약을 필요로 할 테고, 복용량도 늘어날 수밖에 없었다. 그러니 그녀는 반드시 충분한 양의 약을 공급해야 했다. 그래야 자신의 목숨을 보전할 수 있을 테니까.

그 뒤 며칠 내내, 비연은 의식을 수련하거나 약재를 수집해 익신단을 연마했다. 군한인에 대해서는 신경 쓰지 않았다. 그가 빠른 시일 내에 자신을 찾아올 거라고 확신하고 있었기 때문이다.

그러나 며칠을 기다려도 군한인 쪽에서는 기척이 없었다. 대신 정역비가 매일 그녀를 찾아왔다.

비연은 만나 주지 않았다. 하소만은 두 사람을 맺어 주고 싶었지만 어찌할 방법이 없었다.

그러던 어느 날 아침 일찍, 하소만이 다시 비연을 찾아왔다.

"쯧쯧. 고 약녀, 누가 너를 찾아왔는지 맞혀 보겠어?"

비연이 의심 서린 얼굴로 반문했다.

"이번엔 정역비가 온 게 아닌가 보네?"

하소만이 그녀 앞으로 불쑥 다가오더니, 이해할 수 없다는 얼굴로 말했다.

"팔전하!"

비연은 깜짝 놀랐다. 군한인이 손을 쓸 거라고는 생각했지만 직접 정왕부로 올 거라고는 상상도 하지 못했기 때문이다. 그녀가 서둘러 물었다.

"어디에 계셔? 왜 찾아오셨대?"

하소만은 진상을 모르니 소리 내어 웃기만 했다.

"당연히 정 대장군을 위해 너를 설득하러 왔지. 정 대장군은 밖에 있는 마차에서 기다리는 중이고. 널 초대해서 성 밖으로 답청踏靑을 하러 간다나."

비연은 어찌 된 일인지 알 수 있었다. 마음속이 경멸로 가득 찼다. 정역비에 대한 경멸보다 팔황자에 대한 경멸이 더 컸다!

그녀가 복만루에서 그렇게 분명하게 행동했는데…… 정역비는 바보인가? 어떻게 다시 팔황자를 끌고 그녀를 찾아올 수 있담! 여자에게 이렇게 구애해서는 안 되는 거 아닌가? 조금이라도 기개를 갖출 수는 없는 걸까?

그리고 군한인은 체면을 좀 생각할 수는 없는 걸까? 정역비가 그녀를 좋아한다는 걸 알면서, 어떻게 정역비를 이용할 수 있지? 이게 무슨 형제 같은 친구란 말인가.

그녀가 보기에, 군한인이 정역비와 사이좋게 지내는 것은 그저 정씨 가문의 병권이 마음에 들어서 하는 짓에 불과했다!

"병권?"

비연의 눈에 교활한 빛이 스쳐 갔다. 그녀는 마음속으로 군한인에게 칼을 품고 있었다.

그녀는 바로 옷을 갈아입고 나갔다!

문밖으로 나갔을 때 하소만이 그녀를 잡아끌더니 진지하게 말했다.

"비연, 정 대장군은 팔황자 전하에게 너를 설득해 달라고 부탁할 능력도 있고, 실제로 행동에도 옮겼어. 그러니 제발 이 기회를 소중하게 여겨 보라고! 나중에 네가 정왕부를 나가게 되면, 정 대장군은 충분히 의지가 되는 사람이라고."

비연은 속으로 하소만이 그녀가 정왕부를 떠나기를 얼마나 바라는 건지 모르겠다고 생각했다. 아니, 바람이 너무 강해 바보가 된 건 아닐까?

그녀는 천무제의 비밀을 알고 있었다. 이제 그녀는 누군가에게 의지가 되어 줄 수도 있고, 재수 없는 일을 당하게 만들 수도 있었다!

비연은 더 이상 신경 쓰기도 귀찮아 성큼성큼 밖으로 걸어 나갔다. 과연 대문 앞에는 정역비의 그 거대하고 강한 느낌의 마차가 서 있었다. 정역비는 마차 밖에 앉아 있었는데, 그 모습은 제멋대로에, 눈길은 꼭 무뢰한의 그것이었다.

정역비가 그녀를 보자마자 환하게 웃었다. 그는 오늘 아주 간단하게, 소매가 좁고 짧은 옷을 입고 있었다. 덕분에 평소 대군을 다스리는 장수의 풍격은 보이지 않고, 그보다는 세상 모든 것을 하찮게 대하는 무뢰한 병사처럼 보였다.

비연은 일부러 혐오스러운 눈길을 보내며 물었다.

"팔전하는요?"

정역비는 뜻밖에도 화를 내지 않고, 마차에서 뛰어내려 그녀에게 다가왔다. 그리고 몸을 굽혀 그녀와 얼굴을 거의 맞대더니 나지막한 목소리로 속삭였다.

"본 장군은 평생 두 명의 남자에게만 양보해 왔다. 한 사람은 황상이고, 한 사람은 정왕 전하시지. 그 외에는, 본 장군이 갖고 싶은 것은 반드시 갖고야 말았지!"

비연도 속삭였다.

"내가 장군 부인의 자리를 탐내는 사람이었다면 이미 기씨 가문과 이야기를 끝냈지, 지금까지 기다리고 있었을까요? 내가 시집가고 싶은 사람은…… 황족이에요."

정역비가 웃었다.

"연극은 그만둬. 너는 그런 사람이 아니야."

비연은 정말 참을 수가 없어 다시 말했다.

"당신이 보기에 팔황자 전하도 나를 아주 좋아하는 거 같지 않던가요?"

정역비가 그 사실을 눈치채지 못했다면, 무엇 때문에 그렇게 흐트러질 때까지 취했겠는가?

그는 다음 날 궁에 가서 팔황자와 말다툼을 벌이고, 팔황자와 내기를 했다. 바로 누가 비연을 얻게 되는가라는 내기였다.

정역비는 아무렇지도 않은 표정이었다.

"팔황자조차 너를 좋아하는 걸 보면, 본 장군의 안목이 훌륭하다는 이야기지!"

비연은 그에게 정말로 이 말을 하고 싶었다.

'안목이 그렇게 좋아서 군한인 같은 자를 의형제처럼 대한단 말인가?'

그러나 결국 입 밖에 내지 않고 참았다.

그녀는 정역비를 피해 마차 가까이 다가가 몸을 굽혔다.

"팔전하를 뵙습니다."

군한인이 냉랭하게 말했다.

"예의는 됐다. 마차에 오르거라."

비연이 마차에 오르니 군한인이 단정한 자세로 앉아 눈을 감고 있는 게 보였다. 비할 데 없이 고귀하고 냉담한 모습이었다.

곧 정역비도 마차에 타자 비연의 눈가에 교활한 빛이 스쳐 갔다. 그녀가 제안했다.

"답청은 별 재미도 없잖아요. 사월인데, 꽃도 이미 많이 진걸요. 차라리 교외의 과수원으로 가서 과일을 따면 어때요? 복숭아, 살구, 자두. 딱 제철인데. 맛있을 거예요."

군한인은 대답하지 않았고, 정역비는 바로 승낙했다.

오후가 되자 세 사람은 진양성 남쪽 교외의 '화월산장'에 도착했다. 이 산장은 아주 넓어 꽃을 감상할 수도, 과일을 딸 수도 있었으며, 차를 마시거나 술을 청할 수도 있었다. 게다가 묵어갈 수 있는 방도 있었다. 휴식을 취하기에는 최적의 장소인지라, 진양성의 권세귀족의 자식들이 자주 찾는 곳이었다.

소문에 따르면, 이 산장의 주인은 진양성에서 권세가 큰 인물이라고 했다. 다만 권세가 큰 어느 인물인지 아는 이는 없었다.

정역비가 제안했다.

"서쪽에 유채꽃 밭이 있는데, 지금 한창 화려하게 피었다는군. 가 보는 게 어때?"

그러나 비연이 고집스럽게 과수원에 가겠다고 하자 정역비도 그녀의 의견에 따를 수밖에 없었다. 군한인은 별 의견이 없는 듯 내내 한마디도 하지 않았다.

비연은 일부러 군한인 곁에서 맴돌았고, 정역비는 계속 쫓아왔다. 세 사람은 점차 다원을 지나 멀리까지 가게 되었다.

그리고 아무도 주의하지 않는 사이에 은색 가면을 쓴 남자가 다원에서 발을 멈췄다. 가면 남자는 이미 그들을 오랫동안 지켜본 듯했다······.

전하가 아주 불쾌하시다

비연이 화월산장의 과수원을 선택한 데 특별한 이유가 있었던 건 아니었다. 이 계절에는 궁 안의 비빈이며 공주들, 귀족 가문의 여인들이 즐기기도 할 겸, 신선한 과일 맛도 볼 겸 이곳으로 온다는 것을 알아서였다.

그들이 비연과 정역비가 함께 있는 걸 보면 자연스럽게 이런저런 이야기를 할 것이다. 그리고 팔황자 군한인과도 함께이니, 자연스럽게 궁 안에까지 전달될 것이다. 이야기에는 점점 더 살이 붙을 테고 결국은 천무제도 알게 될 것이다.

평소라면 천무제도 가벼이 넘어갈 소문이었다. 군한인과 정역비가 어린 시절부터 사이가 좋았다는 걸 모르는 사람이 없으니까. 그러나 지금처럼 중요한 시기에는 천무제의 의심이 많아질 테고, 특히 그녀를 주목하고 있을 것이다.

그녀가 군한인과 그렇고 그런 사이라는 소문이라도 나면 천무제도 생각에 생각을 거듭할 것이다. 그렇다면 천무제가 군한인을 철저히 조사하려 들지 않을까?

비연이 과수원으로 들어갔다. 그곳에는 사람이 많지 않아 한적한 분위기였다. 모두 삼삼오오 짝을 지어, 바구니를 들고 과일을 따거나 산책하며 한담을 나누었다.

정역비가 한번 훑어본 후 물었다.

"약녀, 뭐가 먹고 싶지? 뭐든 말해 봐."

비연은 그의 말에 대답하지 않고 군한인 앞으로 다가갔다. 그리고 마치 군한인에게 푹 빠지기라도 한 것처럼 고개를 들고 미소 지으며 말했다.

"팔전하, 특별히 좋아하시는 과일이라도 있나요?"

군한인은 후의 결과를 생각해 꾹 참고 냉랭하게 말했다.

"딱히 좋아하는 것은 없다."

정역비가 바로 비연을 잡아끌었다.

"팔전하는 좋아하는 것이 없으시다니, 내가 함께 과일을 따면 되지."

비연은 정말로 정역비가 집적거리는 것이 싫어 밀어내고는, 방금 아무것도 들은 것이 없는 듯 다시 군한인 곁으로 다가가 물었다.

"그럼 비파원은 어떠세요? 비파는 폐에도 좋고, 기침과 갈증도 멈추게 해 주죠. 봄에 나는 비파가 가장 좋답니다. 며칠 전 정왕 전하께서도 만 공공에게 시켜 황상께 한 바구니 보내신 걸요. 듣기로는, 황상께서 드시고 기침이 많이 나으셨다고 해요."

계속 차가운 얼굴을 하고 있던 군한인이 이 이야기를 듣자마자 그 냉담함을 무너뜨렸다. 그가 진지하게 말했다.

"날이 따뜻해졌으니 부황의 지병도 당연히 좋아지셔야지."

사실 그는 부황의 병세에 대해 자세히 알지 못했다. 부황에게 어떤 지병이 있는지도 몰랐다. 부황이 얼마 전 큰 병을 앓았고, 피를 토하기도 했다는 사실만 들었을 뿐이다.

그는 비연의 말을 듣고 적당히 넘겨짚으며, 저도 모르는 사이에 그녀의 함정에 빠져들고 있었다.

비연은 천무제의 병세에 대해서는 이야기하지 않고 비파와 그 잎의 효능에 대해 이야기했다. 군한인도 그녀의 말에 계속 맞장구치는 수밖에 없었다.

이렇게 두 사람은 계속 이야기를 나누며 비파원으로 향했다. 비연은 내내 고개를 들고 군한인을 바라보았다. 그 모습을 보면 누구라도 그녀가 군한인에게 열정적이라고 착각할 수밖에 없었다.

곁을 지나는 이들 중 몇몇이 그들에게 눈길을 주었다가, 그들이 누구인지 알아채고는 귀엣말을 주고받았다.

정역비는 대화에 끼어들 틈이 없었다. 당당하던 영웅의 얼굴이 점차 일그러지기 시작했다.

그러나 지금 정역비보다 더 딱한 안색을 하고 있는 사람이 있었다. 바로 그들을 쫓던 가면 남자, 정왕 군구신이었다.

은색 가면이 얼굴을 반 이상 가리고 있었지만, 얼음처럼 차가운 두 눈동자만으로도 이 순간 그의 안색이 어떠할지 충분히 짐작할 수 있었다. 우연히 비연을 발견한 그 순간부터 그의 시선은 계속 그녀에게서 떠나지 못하고 있었다.

망중이 도착한 지 오래였다. 보고해야 할 급한 일이 있었지만 주인의 눈길을 보니, 보고해야 하는 일이 별거 아니라는 생각이 들었다.

망중은 도무지 이해할 수 없었다. 비연, 저 여자는 어째서 팔황자와 함께 있는 것인지. 내내 저렇게 웃는 얼굴로 팔황자를 대하면서 대체 무슨 연극을 하고 있는 것인지.

비파나무가 높지 않아 비연은 곧 나뭇잎 사이로 사라졌다. 군구신은 여전히 한 걸음 한 걸음 안으로 걸어 들어가고 있었다. 망중은 할 수 없이 그를 일깨웠다.

"전하, 밀정 두 사람이 도착했습니다. 그들이 그해 빙해가 독에 오염된 사건의 진상을 탐문해 왔다고 합니다. 가서서 밀정들을 만나 보심이 어떠실지요? 여기는 제가 지켜보고 있겠습니다."

군구신은 대답도 하지 않고 여전히 비연을 차갑게 노려보며 한 걸음 한 걸음 앞으로 향했다.

망중은 다급해졌다. 전하는 아직 가면을 쓰고 계시다. 부주의하게 정역비나 팔황자와 마주친다면 아주 귀찮아진다. 백리명천을 체포하지 못한 정역비는 비연이 이야기한 흑의 자객을 계속 암중에서 찾고 있었다.

망중이 잠시 망설이다가 다시 일깨웠다.

"전하, 빙해의 일이 급합니다. 황상께서 소식을 기다리고 계십니다."

군구신은 여전히 그를 상대하지 않고 발걸음을 재촉했다. 차가운 눈동자에 분노의 불길이 일렁이고 있었다.

망중도 감히 더 이상 입을 열지 못했다. 귀를 기울여 보았지만, 안타깝게도 거리가 멀어 비연이 무슨 말을 하는지 알아들을 수 없었다. 그는 그저 정왕 전하 곁을 따르며 남몰래 비연이 계집애가 제발 얌전히 있기만을 바랐다. 제발 또 무슨 남다른 일을 저지르지 않기를.

하지만 비연이 무슨 남다른 일을 저지를 수 있겠는가? 군한 인과 같은 위선자를 상대하며 천천히 함정 속으로 끌어들이다 보니 마음이 다급할 뿐이었다.

비파 숲에는 사람이 없었다. 그녀가 남들에게 보여 주고 싶던 연극은 다 끝낸 셈이었다. 그녀는 고개를 들고 비파나무 아래를 맴돌며 잎을 따 모았다. 정역비는 계속 그녀 곁을 어슬렁거리다 가 그녀를 도와 잎을 따 주었다.

군한인은 비파 숲까지 오는 내내 쓸 만한 말이라고는 한마디 도 듣지 못해 매우 답답한 상태였다. 그는 잠시 망설이다가 스 스로 다가와 물었다.

"고 약녀, 과일을 따지 않고 잎만 따는 이유는 무엇이지?"

비연이 답했다.

"가져가서 잘 손질해 끓인 다음 그 물을 마실 수도 있고요, 꿀에 재어 두면 비파고를 만들 수도 있지요. 약효가 과일보다 훨씬 좋답니다."

군한인이 다가와 다시 물었다.

"약을 만드는 것이야 어약방에 맡기면 되는 것을, 무엇 때문 에 스스로 하려 하는 거지?"

비연은 본래 말을 많이 할 생각이 없었다. 그러나 그가 이렇 게 물어 오니 그녀의 눈가에 교활한 미소가 스쳐 갔다.

그녀가 열심히 설명하기 시작했다.

"비파 잎은 약용으로 쓰려면 반드시 작년부터 나 있던 늙은 잎을 써야 해요. 수령은 3년에서 5년 사이가 제일 좋고요. 아, 어약방에서 구매하는 잎은 품질이 일정하지 않아요. 약재를 판매하는 상인들은 돈 때문에 품질은 신경 쓰지 않고 그냥 한 바구니씩 들여보내거든요. 보통 약공은 새잎과 늙은 잎을 구분하지 못해요. 꿀에 재워 비파고라도 만들면 더욱 구분하기 어렵고요. 그러니 약효가 좋을 리 없잖아요?"

비연은 말을 하면서도 재빠르게 손안의 잎을 팔황자에게 건넸다.

"팔전하, 이 잎들을 황상께 좀 가져다 드리는 것이 어떠세요? 제가 골라 놓은 이 잎들은 모두 최상품이에요."

군한인은 비파 잎에 이런 세계가 있다는 것을 처음 알았다. 그는 매우 기뻐하며 속으로 생각했다. 정왕은 기껏해야 비파를 선물했는데, 자신이 비파 잎을 선물하며 이 이야기를 한다면……부황은 분명 그가 정왕보다 더 부황에게 신경 쓰고 있다 생각하며 기뻐할 것이다.

"좋다. 그럼 예의를 차리지 않으마."

군한인이 비파 잎을 받으며 비연에게 미소를 지었다. 비연은 온몸에 닭살이 돋았지만 역시 잔잔한 미소를 돌려주었다.

'팔전하, 기다려 보도록 해. 황상께서는 분명 당신을 괄목상대하실 테니까.'

비연은 계속 늙은 잎을 찾았다. 정왕 전하와 하소만에게도 좀 가져다줄 생각이었다.

높은 가지에는 늙은 잎이 꽤 많아 그녀는 기뻐하며 발끝을 세웠다. 정역비가 재빨리 가지를 아래로 잡아끌자 이파리들이 그녀 얼굴 가까이 내려왔다. 그는 눈을 반짝이며 웃고 있었다.

비연은 여전히 그에게 싫다는 눈빛을 보내며 잎을 따지 않았다. 정역비는 그 잎을 스스로 따는 수밖에 없었다.

비연이 한옆으로 걸어갔다. 군한인이 갑자기 그녀 등 뒤 가까이로 다가오더니 손을 뻗어 그녀 앞에 있는 잎을 땄다. 그러면서 나지막하게 물었다.

"고 약녀, 네 약술이 아주 뛰어나다 들었다. 부황께서 무슨 약을 쓰시는지 본 적 있나?"

비연은 속으로 냉소했다. 군한인 이 녀석, 지금 나를 유혹하는 걸까? 달콤한 말 몇 마디면 내가 정신을 잃고 모든 것을 털어놓으리라 생각하는 모양이지?

"그건……."

비연이 일부러 말을 끊고 자리를 피했다. 그러나 군한인이 다시 한 걸음 다가왔다. 거의 그녀의 등에 달라붙다시피 하면서.

몸에 다시 소름이 돋았다. 비연이 군한인을 피하려는 순간, 누군가가 갑자기 옆에서 나는 듯 달려오더니, 그녀를 제 품 안에 끌어안은 채 몸을 돌렸다.

사람을 놀리면 재미있나?

그의 출현은 너무나 급작스러웠다!

정역비와 군한인도 제대로 보지 못했을 정도였다. 두 사람이 정신을 차리고 보니 정체불명의 사람과 비연은 사라진 다음이었다.

"그 가면 쓴 자객!"

정역비가 추격하기 시작했고, 군한인도 시위들을 불러 곧 함께 추격하기 시작했다.

한쪽에 몸을 숨기고 있던 망중은 그저 울고만 싶었다!

그는 전하가 팔황자와 정역비에게 따라잡힐 것은 걱정하지 않았다. 문제는, 전하가 갑자기 스스로 몸을 드러냈다는 것이었다!

팔황자는 조금씩 접근하고 있었을 뿐인데, 전하는…… 전하는 어찌 이리 충동적이시란 말인가? 정역비가 곁에 있는데, 팔황자가 대체 무슨 일을 벌일 수 있다고?

자객이 나타났으니, 정역비와 팔황자가 부득이하게 화월산장을 뒤지지 않을까? 그리고 대리시의 사람들을 불러온다든지…….

이 화월산장의 진짜 주인은 바로 전하가 아닌가. 이건 황상도 모르는 사실이었다. 정역비 등이 조사를 시작하면 망중 자신은 이 사실을 숨기기 위해 또 얼마큼 공을 들여야 할까?

얼마 지나지 않아 군한인과 정역비의 수행 시위들이 모두 달려왔다. 망중은 얼굴에 검은 가면을 쓴 후 다급히 떠났다. 가능한 한 빨리 산장주에게 귀띔을 해 주어야 했다. 이 산장에는 찾아낼 수 없는 곳이 꽤 있었다.

이때, 군구신은 여전히 비연을 데리고 과수원을 이리저리 오가고 있었다.

그는 때때로 나무줄기의 힘을 빌렸지만 멈출 뜻은 없어 보였다. 그는 계속 앞을 주시하고 있었다. 그 차가운 눈빛은 비연을 한번 제대로 보지도 않았다. 마치 사람 자체가 만년 묵은 얼음이 된 것처럼 무서운 한기를 발하고 있었다.

비연은 눈을 휘둥그렇게 뜨고 있었다. 그녀는 납치되는 순간부터 지금까지 계속 은빛 가면을 바라보며 굳어 있었다.

군구신이 비파 숲을 지나 다시 복사나무 숲을 지나고, 마침내 커다란 용수나무 아래 멈춰 섰다. 그는 여전히 그녀를 쳐다보지도 않고 노한 듯한 목소리로 물었다.

"아직도 다 못 본 건가?"

비연이 겨우 정신을 차렸다. 그래도 여전히 이상했다. 그녀는 입을 벌렸지만 한참 동안 아무 말도 나오지 않았다. 너무나 의외였다!

이 녀석은…… 이 녀석은 그럼…….

아냐! 아니라고!

이렇게 되면 군한인은 그가 아니라는 소리가 된다.

그럴 리가! 비연이 당황하다가 겨우 정신을 차리고 놀란 목소리로 물었다.

"너…… 팔전하가 아니었어?"

군구신은 그제야 비연이 무엇 때문에 군한인과 함께 있었는지 깨달을 수 있었다. 비연은 군한인이 그라고 의심해서 정탐하고 있었던 것이다!

동굴에 있을 때도 그녀가 한번 시험한 적이 있었다. 그러나 그는 비연이 군한인을 정탐해 보려 할 거라고는 생각지 않았다!

군한인은 결코 상대하기 쉬운 사람이 아니다. 정탐하다가 오히려 안 좋은 일을 당할 게 무섭지도 않았던 걸까?

군구신은 마침내 고개를 숙여 날카로운 눈으로 비연을 노려보았다. 그러나 여전히 아무 말도 하지 않았고, 그녀를 놓아주지도 않았다.

비연은 혼란에 빠져 그의 눈에 비친 노기는 신경도 쓰지 않았다. 아니, 자기가 지금 그에게 끌어안겨 있다는 사실조차 의식하지 못하고 있었다.

"하지만…… 그럴 리가…….."

비연은 정말로 이상했다. 군한인이 망할 얼음이 아니라면 그날 밤 복만루에서 했던 말은 무슨 의미일까? 그동안 아무 접점도 없던 군한인이 무엇 때문에 그녀에게 적의를 품고 있는 걸까? 군한인이 무엇인가 계획을 세우고 있다면 그건 대체 무슨 계획일까?

그녀의 정탐이 어쩌다 우연히 들어맞은 걸까? 군한인이 망할 얼음이 아니라 해도, 상대하기 쉬운 사람은 아니었던 것이다!

비연이 미간을 찌푸린 채 생각에 잠겼다.

군구신은 원래 그녀와 이야기를 나눌 생각이 없었지만 그녀의 표정을 보니 참을 수 없어 차가운 목소리로 말했다.

"고비연, 바보로군."

그러면서 그녀의 허리를 끌어안은 손에 갑자기 힘을 더했다.

비연은 바보라 불린 것보다 허리를 끌어안는 힘에 아파서 정신을 차렸다. 그리고 그의 손을 잡고 떼어 내려고 버둥거리기 시작했다.

"놔줘! 나보고 바보라고 하다니, 사람을 놀리는 게 재미있나 보지? 넌 대체 누구지? 뭘 하고 싶은 거야?"

이때 등 뒤에서 바스락거리는 소리가 들려왔다. 의심할 바 없이 군한인과 정역비가 추적해 온 것이었다. 군구신은 두말없이 그녀를 꽉 끌어안은 채 멀지 않은 유채꽃 밭으로 도망쳤다.

이미 확실하게 정신을 차린 비연이 두 눈을 가늘게 떴다. 반짝이는 그 눈동자에는 묘한 힘이 깃들어 있었다.

이 녀석이 팔황자가 아니라 해도, 어쨌든 좋은 녀석은 아니잖아! 예전에 약을 훔치려 했던 것은 오해였다지만, 지금은 상황이 정리되었는데 무엇 때문에 신분을 드러내지 않는 걸까?

한발 물러나 생각해서 그가 예전에 진심으로 도왔다 하더라도 이번에는? 까닭 없이 그녀를 납치한 것은…… 설마 자기가 팔황자가 아니라는 것을 드러내기 위해서인가?

오늘 정역비와 군한인이라는 두 고수가 함께 있으니, 어떻게든 이 녀석의 가면을 벗겨야만 했다!

비연은 고개를 들어 그를 계속 보다가, 불시에 손을 뻗어 그의 가면을 잡았다. 그러나 그와 동시에 군구신이 그녀의 손목을 잡고 차가운 목소리로 말했다.

"가만히 좀 있지!"

비연이 가볍게 코웃음 친 후 소리쳤다.

"정역비! 여기예요! 여기! 이 자객이 바로 내가 말한 그 사람이고! 그가……."

망할 얼음은 왼손으로 그녀를 안고 있으니 오른손만을 쓸 수 있었다. 그녀는 지켜볼 생각이었다. 그가 그녀의 입을 막을까, 아니면 그녀의 손을 막을까?

정역비와 군한인이 추적해 오는 소리가 들렸다. 군한인의 속도가 정역비보다 훨씬 빨랐다.

"대담한 자객이군! 본 황자가 명하니, 어서 인질을 놓아주어라! 산장 전체가 포위되었다. 사람을 놓아주면 본 황자가 네 목숨만은 살려 주겠다!"

군한인이 소리치며 추격해 왔다. 정역비는 한마디도 하지 않았다. 그는 비록 뒤떨어져 오고 있었지만, 이미 휴대하고 있던 활을 꺼내 든 참이었다. 그는 군한인의 몸을 기준으로 군구신의 목덜미를 조준했다.

휙!

화살이 군한인의 어깨를 스치고 군구신을 향해 빠르게 날아갔다.

그러나 군구신은 바람을 가르는 소리를 듣자마자 바로 몸을 돌려 비연과 함께 유채꽃 밭으로 들어갔다. 이 유채꽃 밭의 꽃은 높고도 무성해, 그들은 곧 꽃 사이로 사라져 보이지 않게 되었다.

정역비와 군한인 모두 발걸음을 멈췄다. 안에 매복이 있을지도 몰라 감히 들어갈 수 없었던 것이다.

그러나 얼마 지나지 않아 그들은 다시 비연의 비명 소리를 들었다. 위치를 파악한 그들은 바로 꽃밭 안으로 들어갔다.

비연은 연이어 세 번이나 비명을 지르며 일부러 미간을 찡긋거렸다. 그녀의 눈은 명백하게 군구신에게 도전하고 있었다.

그녀는 망할 얼음이 계속 이렇게 그녀가 소리 지르도록 내버려 두지 않을 거라 생각했다. 그녀는 그가 그녀의 손을 놓아주는 그 순간을 기다리고 있었다.

"재미있는 모양이지?"

군구신이 냉랭하게 묻더니 갑자기 비연을 밀었다. 그와 동시에 날카로운 화살이 그들 사이로 바람 소리를 내며 날아왔다.

비연이 몸을 돌려 도망치기 시작하자, 곧 군구신이 따라와 그녀의 손을 잡고 도망치기 시작했다. 비연이 바로 바닥에 누워 뻗대며 가지 않으려 했다.

군구신이 사납게 그녀를 잡아끌었다. 마치 그녀를 제 품 안에 묻어 버리기라도 할 것처럼 끌어당겨 안더니 다시 도망치기 시작했다.

비연이 다시 한번 그의 가면에 손을 뻗었고, 군구신이 다시 한번 막았다. 비연이 계속 소리쳤다.

"정역비, 우리 여기 있……!"

유채꽃 밭은 몸을 숨기기에 좋은 장소였다. 그러나 비연이 이렇게 소리친다면 곧 발각될 것이다. 심지어 도망친다 해도 정역비 등에게서 벗어날 방법이 없었다.

화가 난 군구신이 비연의 등 뒤로 가 한 손으로 그녀의 입을 막았다. 그리고 다른 손으로는 그녀의 허리를 감싸 안았다. 비연은 발버둥을 쳤지만 군구신이 곧 영술을 쓰기 시작했다. 그는 지극히 빠른 속도로 원래의 위치에서 벗어나 더 깊은 곳으로 숨어들었다.

언젠가는 알게 될 테니까

정역비와 군한인은 누군가의 기척을 느낄 수 있었다. 그러나 그들이 추적해 갔을 때는 어떤 흔적도 남아 있지 않았다.

정역비가 다급하게 물었다.

"사람은?"

군한인도 이상해하며 대답했다.

"이렇게 빠를 수가!"

정역비가 주변을 바라보다 진지하게 물었다.

"속임수가 아닐까요? 아직 근처에 있다든지?"

군한인도 자신 없이 대답했다.

"기다려 보지. 고 약녀가 또 소리를 낼 수도 있으니까."

그러나 정역비는 기다릴 수 없었다.

"팔전하, 사람들을 이끌고 주변을 포위해 주십시오. 저는 사방을 찾아보겠습니다."

군한인은 잠시 망설이다가 고개를 끄덕였다.

정역비가 떠나자 군한인은 즉시 자신의 어깨를 두드렸다. 이번에는 더러운 것을 혐오해서가 아니었다. 정역비가 방금 쏜 화살을 기억하기 위해서였다. 그는 정역비가 자신을 기준점으로 썼음을 알아챘던 것이다.

"점점 더 방자해지는군. 본 황자가 조금 봐주었더니, 머리 꼭대기까지 타고 오르려 들어? 두고 보자!"

군한인이 가볍게 코웃음 친 후 유채꽃 밭을 떠났다.

이때, 군구신과 비연은 정역비에게서 꽤 멀리까지 와 있었다.

군구신은 주변이 안전하다는 것을 확인한 후에도 바로 비연을 놓아주지 않았다. 그는 여전히 그녀를 등 뒤에서 끌어안은 채 한 손으로 그녀의 입을 막고 있었다.

그가 나지막한 목소리로 재빨리 경고했다.

"군한인에게서 떨어져. 그는 쉬운 상대가 아니야."

비연은 깜짝 놀랐다. 그가 팔황자의 내막을 알고 있으리라고는 생각지 못했던 것이다. 그는 지금 좋은 마음으로 그녀에게 일깨워 주는 것일까?

그녀는 묻고 싶었지만 안타깝게도 입이 틀어막혀 아무 말도 할 수 없었다. 발버둥 치고도 싶었지만 망할 얼음은 한 손으로도 그녀를 단단하게 얽어매고 있었다.

힘을 써도 소용없으니 비연은 괜한 낭비는 하지 않기로 했다. 즉시 손을 소매 속으로 넣어 더듬기 시작했다.

말을 계속하려던 군구신이 바로 그녀의 동작을 알아차렸다. 망설임 없이 그녀의 허리를 놓고 그녀의 손을 잡았다.

비연의 손에 독이 들려 있었지만, 안타깝게도 군구신은 같은 수에 두 번 당하는 사람이 아니었다! 그는 이미 숨을 멈추고 있었다. 그는 그녀와 처음 만났을 때 그녀의 독에 쓰러진 적이 있었다.

비연은 허리가 자유로워지자 기회를 놓치지 않고 몸을 돌려,

그녀의 입을 틀어막고 있던 군구신의 손에서 벗어나 비명을 질렀다.

군구신은 다급하게 다시 그녀의 입을 막았다. 비연은 그 순간 다시 그의 가면을 벗기려 했다. 마침내 군구신은 화가 난 나머지 그녀의 두 손을 사납게 붙잡고, 동시에 자신의 입술로 그녀의 입술을 막았다.

비연은 순간적으로 몸을 굳힌 채 눈을 크게 떴다. 군구신 역시 눈을 뜨고 있었다. 그 깊고 차가운 눈에는 분노의 불길이 가득 일렁이고 있었다.

그는 전혀 움직이지 않았다. 그러나 비연은 재빨리 정신을 차리고 발버둥 치기 시작했다. 군구신은 즉시 손으로 그녀의 뒤통수를 잡고 움직이지 못하게 했다.

두 사람은 그렇게 다시 멈췄다.

비연은 분명 긴장하고 있었다. 호흡도 점차 급해지고 있었고, 가슴이 뛰는 것이 보일 정도였다. 군구신의 호흡 역시 점차 거칠어졌다. 그러나 그는 긴장하기보다는 화가 난 것 같았다.

갑자기 비연이 왼손을 다시 뻗어 군구신의 가면을 잡았다. 그러나 그녀가 가면을 벗기려는 순간, 군구신이 갑자기 그녀의 손을 잡아끌었다. 그와 동시에 그녀의 꼭 다물린 입을 비틀어 열고 맹렬하게 침입해 왔다!

비연은 경악했다. 머릿속이 텅 비어 버린 것만 같았다. 순간적으로 넋을 잃은 그녀는 군구신이 더욱 깊이 들어와 마음껏 탐하도록 내버려 두고 있었다.

군구신은 마치 자신의 행위에 깜짝 놀란 듯 얼마 지나지 않아 갑자기 멈췄다. 그리고 그녀의 입술에서 제 입술을 떼고 그녀를 바라보았다.

비연은 아직 정신이 돌아오지 않은 상태였다. 그녀는 얼빠진 얼굴로 멍하니 그를 바라보고 있었다. 비명을 지르는 것조차 잊은 듯했다.

두 사람은 서로를 마주 보았고, 시간도 이 순간 멈춰 버린 것 같았다. 서로의 급박한 호흡 소리를 제외하면 주변 모든 것이 조용해진 것 같았다. 온 세상이 고요했다.

비연은 계속 멍한 표정이었지만 군구신은 곧 정신을 차렸다. 그는 그녀를 물끄러미 바라보았다. 이 순간, 그의 눈빛은 다시 깊이 가라앉고 있었다.

그는 그녀를 바라보고 또 바라보았다. 마치 모든 것을 내버리고 싶은 눈빛으로. 그러더니 갑자기 고개를 숙여 다시 한번 그녀의 입술을 덮쳤다.

이번에는 방금처럼 분노해서가 아니었다. 그러나 여전히 강압적이고 포악했다. 그에게는 지금 소유욕이라는 감정이 더해져 있었다. 마치 성을 점령하고 땅을 약탈하듯 그녀의 모든 것을 갖고 싶었다.

입맞춤은 점점 깊어졌고 점점 강렬해졌다. 그 격렬함 때문에 비연은 마침내 정신을 차렸다. 그녀는 그저 놀란 정도가 아니라 이제 무서워하고 있었다.

비연이 있는 힘을 다해 발버둥 쳤다. 그러나 그녀의 두 손은 그에게 잡혔고, 벗어날 수가 없었다. 마지막에는 결국 군구신의 몸에 억눌린 채 바닥에 쓰러지게 되었다.

그녀는 계속 발버둥 치려 했지만 군구신이 갑자기 멈추더니 그녀의 입술에 대고 나지막하게 속삭였다.

"움직이지 마라. 그렇지 않으면…… 그 결과를 스스로 감당해야 할 테니까!"

비연은 그의 나지막한 목소리에 깜짝 놀라 숨소리조차 크게 내지 못했다. 그녀가 아무리 대담하다 해도, 또 아무리 담담한 성격이라 해도 결국은 여자였다! 그리고 이것은…… 그녀의 첫 입맞춤이었다!

그녀가 누군가 때문에 진정으로 놀란 것은 아마 이번이 처음일 것이다. 그녀의 머릿속은 지금도 텅 비어 있었다.

비연이 움직이지 않는다는 것을 확인한 군구신이 그녀의 입술을 놓아주었다. 그는 그녀를 바라보다가 차갑게 말했다.

"악의는 없다. 그러니 내가 누구인지 다시는 찾지 마라. 언젠가는 너도 알게 될 테니까."

그는 몸을 일으키려다가 다시 멈추더니 그녀의 귓가에 대고 속삭였다.

"나…… 나는 너를…… 조금 좋아한다."

말을 마친 그는 즉시 몸을 일으켜, 그녀를 바라보며 꽃 덤불 속으로 뒷걸음질 치더니 순식간에 사라지고 말았다.

비연은 유채꽃 밭에 누운 채 멍하니 하늘을 바라보고 있었다. 조심스럽게 내쉬던 숨이 점차 심호흡으로 변했다. 한 번,

또 한 번, 그녀는 깊이 숨을 내쉬었다.

그녀의 귓가에는 여전히 그 망할 얼음의 목소리가 떠돌고 있는 것 같았다. 악의가…… 없다고 했지. 그리고…… 조금 그녀를 좋아한다고.

그녀는 천천히 손을 뻗어 제 입술을 어루만졌다. 아직도 그가 남긴 숨결이며 체온이 남아 있는 것 같았다. 가볍게 어루만지고 또 어루만지고…… 그녀는 점차 방금 무슨 일이 벌어졌는지 깨닫게 되었다.

갑자기 비연이 비명을 질렀다.

"악……!"

나쁜 놈! 망할 얼음! 어떻게 이럴 수가 있지? 그리고 대체 누구냐고!

비연의 고함 소리는 바로 정역비의 주의를 끌었다. 그녀가 그 갑작스러운 입맞춤에서 제대로 정신을 차리기도 전에 정역비가 그녀를 찾아왔다.

"약녀, 왜 그래?"

비연이 바닥에 쓰러져 있는 것을 보고 깜짝 놀란 그가 서둘러 다가와 그녀를 잡아 일으켰다.

비연이 일어나 앉았다. 그러나 심장은 계속 쿵쾅거리고 있었다.

"약녀, 아무 문제 없는 거지? 그 녀석이 너에게 무슨 짓을 한 거야? 그 자식은 어디로 갔지?"

정역비는 질문을 하면서 계속 그녀를 살펴보았다. 비연의 입술이 붉게 부어 있었지만 그는 알아채지 못했다. 그런 그도 그녀가 놀랐다는 것만은 제대로 알아보았다.

"약녀, 괜찮아, 내가 있잖아. 내가 지켜 줄 테니까."

정역비의 이 말은 스스로를 위로하기 위한 것인지, 아니면 비연을 위로하기 위한 것인지 모를 일이었다.

그가 그녀의 손을 잡아끌었지만 곧 비연이 피했다. 그러고는 스스로 몸을 일으켜 세웠다. 눈에 복잡한 빛이 스쳐 가는가 싶더니 그녀가 더듬거리며 말했다.

"정, 정역비, 나, 나는 아무 일 없었고. 그 녀석은 오른쪽으로 도망갔어요."

정역비가 안도의 한숨을 내쉬었다.

"꽃밭 전체와 산장 전체를 모두 포위한 상태야. 그는 도망칠 수 없어. 가자, 내가 데려다줄 테니."

비연이 왼쪽을 슬쩍 보고는 속으로 생각했다. 그 녀석의 속도가 그렇게 빠르니, 분명 도망칠 수 있었겠지?

그녀는 재빨리 머리를 흔들며 제 안의 걱정을 지우려 했다. 그 녀석은 나쁜 놈이야! 악의가 없다고 말했지만, 그걸 어떻게 믿겠어?

방금의 일을 떠올리며 비연은 무의식적으로 입술을 깨물었다. 부끄럽기도 하고 화도 났다.

그러나…… 정역비에게 망할 얼음이 도망친 방향을 제대로 가르쳐 주지 않았다.

자기가 판 굴은 자기가 메워야지

해가 서산으로 지고 있었다. 숲속에는 한기가 돌기 시작했다.

유채꽃 밭을 나와 걷던 비연은 곧 산장 전체에 사람이 없다는 것을 발견했다. 곳곳에서 수색 작업을 벌이는 시위와 관병들뿐이었다.

군한인이 재빨리 다가와 비연에게 아무 일 없다는 것을 확인했다. 그는 조금 놀란 기색이었다.

"고 약녀는 괜찮은가? 그 자객은 잡았고?"

비연은 아무 대답 없이 그의 얼굴만 바라보았다. 바라보고 바라보노라니, 마음속으로 저도 모르게 다행이라는 생각이 들었다.

그러나 곧 그런 생각을 한 자신에게 깜짝 놀랐다. 다행이라니, 뭐가 다행이란 거지!

군한인은 비연이 놀라 정신이 없어 그렇다 생각하고 정역비에게 물었다.

"어찌 된 일이지? 사람은?"

"중독되었다니 멀리는 못 갔을 겁니다. 오늘 밤은 모든 출입구를 지키고, 내일 병사들을 증원하면 분명 잡을 수 있을 겁니다."

정역비는 자신감이 넘쳤다. 하지만 자객이 중독되었다는 이야기는 당연히 비연이 지어낸 거짓말이었다. 그게 아니라면 그

312

녀로서는 자신이 어떻게 무사하게 자객의 손에서 벗어났는지 설명할 수 없었으니까.

그녀가 사실대로 말하면, 자객이 그녀를 좋아한다고 누가 믿겠는가. 그녀를 납치해 괴롭히고 다시 놓아주었다고는 누가 믿고? 그녀 자신이라도 믿지 않을 것 같았다!

"고 약녀, 그런 능력까지 있었나?"

이미 비연에 대해 조사한 바 있는 군한인은 당연히 비연이 독술을 안다는 걸 알고 있었다. 그러나 아직 젊은 비연의 독술이 그 정도로 훌륭하리라고는 생각지 못했다. 최정상급의 고수를 상대해 물러나게 할 수 있을 정도라니, 뜻밖이었다.

군한인은 비연을 경계하기 시작했다. 그리고 그날 밤, 그녀를 강제로 끌고 가지 않아 다행이라고 생각했다.

비연이 군한인을 향해 미소 지으며 겸허하게 대답했다.

"보잘것없는 재주입니다. 그저 제 몸이나 지키는 정도지요."

그러자 군한인이 계속 물었다.

"무슨 독을 썼지? 어떻게 독을 썼고? 또……."

"일단 돌아갑시다. 돌아가서 다시 이야기하시지요."

정역비가 참지 못하고 말을 끊었다. 그러고는 비연의 팔을 잡아 제 옆으로 끌어당겼다. 비연이 노려보자 바로 손을 놓았지만.

군한인이 다시 비연 곁으로 와서, 자못 관심이 간다는 듯 물었다.

"정말 아무 일도 없는 것이냐? 몸에 늘 독을 지니고 다니나?"

이것은 관심도 배려도 아니었다. 그녀를 조사하는 것에 불과했다.

비연이 추운 듯 옷깃을 여몄다. 그리고 피로에 지친 얼굴로 입을 열려 했다. 이때 정역비가 화를 내며, 그다지 아름답지 못한 어조로 말했다.

"팔전하, 비연이 추워하는 것이 안 보이십니까? 돌아가서 다시 물으시면 안 되겠습니까? 좀 진정이 될 때까지 기다려 주십시오!"

군한인은 당당한 황자의 몸으로, 벌써 두 번이나 정역비에게 이런 식으로 당했다. 그는 주먹을 꽉 쥐었다. 하마터면 화를 낼 뻔했지만 간신히 꾹 참았다.

정역비가 외투를 벗어 비연에게 입혀 주었다. 그러나 비연이 바로 벗어 그에게 돌려주었다.

그 모습을 보고 군한인도 제 외투를 벗어, 그녀가 원하건 원하지 않건 그녀에게 입혀 주려 했다. 비연은 온몸에 소름이 돋고 구역질이 났다.

그녀는 원래 군한인을 망할 얼음이라 오해해 미워하고 있었다. 그러나 지금 그가 망할 얼음이 아니라는 것을 알게 되었는데도 미움이 줄어들기는커녕 이제는 역겨운 마음까지 들었다.

망할 얼음은……. 그를 생각하면 답답하기도 하고 또 어딘가 아련하기도 했다. 그에게 정말 악의가 없는 것인지, 아니면 무언가를 깊이 숨긴 채 그녀를 놀리고 있는 것인지도 확실하지 않으니까.

그러나 군한인에 대해서는 확신하고 있었다. 이 녀석은 정역비에게 형제의 정이니 뭐니 하며 속이고 있을 뿐 아니라 위선자다. 마음속에 꿍꿍이를 숨기고 있다!

비연이 잠시 망설이다가 군한인의 외투를 돌려주지 않았다. 이 연극을 계속하기로 마음먹은 것이다. 자신이 파낸 굴은 자신이 메워야 하는 법, 자기가 저지른 일의 결과가 설사 나쁘다 해도 스스로 감당해야 한다.

그녀도 제가 군한인에게 펼치고 있는 연기가 경멸스러웠다. 하지만 군한인을 상대하려면 연극 말고 또 무슨 방법이 있단 말인가!

그녀는 이 연극을 위해 꽤 고생했다. 계속하는 수밖에 없었다.

군한인은 그녀가 그의 손바닥에서 도망칠 수 없다 생각할 것이다. 그리고 그녀는 그가 그녀의 손바닥에서 도망칠 수 없게 만들 것이다!

비연이 옷을 돌려주지 않자 안 그래도 자신만만하던 군한인의 마음에 자신감이 더해졌다. 정역비는 화가 났지만 발걸음을 늦추지 않고 총총히 그들을 건물 쪽으로 데려갔다.

건물 안으로 들어가니 화월산장의 산장주가 재빨리 맞으러 나왔다.

산장주는 서른 남짓한 부인으로, 보통 키에 화려하고 귀족적인 분위기를 풍겼다. 그녀의 얼굴은 마치 인형처럼 아름다웠는데, 포동포동한 얼굴형에 이목구비가 반듯했다. 나이가 꽤 있는데도 피부는 여전히 희고 고왔다.

그녀의 미소는 사업하는 사람 특유의 세상 물정 다 안다는 느낌이 아니라, 친근하고도 따스한 느낌을 주었다.

그녀는 비연의 모습을 보자마자 재빨리 담요를 준비했다. 그리고 비연이 걸치고 있던 군한인의 외투를 벗기고 담요를 덮어 준 다음 말했다.

"이리 와요, 많이 놀랐죠? 어서 앉아 따뜻한 차를 마셔요. 날이 따뜻해져도 꽃밭은 아직 한기가 돈답니다."

비연은 갑자기 편한 느낌을 받았다. 어린 시절부터 지금까지, 그녀는 이렇게 온화한 연상의 여자를 본 적이 없었다. 첫 만남이었지만 비연은 산장주를 바라보며 마음속이 따뜻해지는 것을 느꼈다.

그녀는 산장주에게 미소 지은 다음 앉아서 차를 마시기 시작했다. 그 모습을 보고 안심한 정역비는 바로 나갔고, 군한인도 오래 머무르지 않았다. 두 사람은 산장주에게 사람들을 빌려, 각자 구역을 나누어 수색 작업을 벌이러 갔다.

그들이 떠나자 산장주가 문을 닫았다.

그녀는 군구신의 사람이었다. 비연의 예쁜 얼굴이며 작달막한 몸을 살피던 그녀는 보면 볼수록 비연이 마음에 들었다.

예전에 망중이 그녀에게, 전하께서 약녀를 마음에 들어 하신다 했을 때 그녀는 말도 안 된다고 생각했다. 그러나 후에 비연의 능력이며 성격을 알고 계속 직접 보고 싶다고 생각했다.

한 삼소저의 그 꽃 같은 미모며 아리따운 자태, 사교계의 꽃답게 사람 대하는 데 능수능란한 성격에 비하면, 눈앞에 있는 비연은 보기에 왜소하지만 결코 연약하지 않고, 무엇보다 아주 영리했다. 그래서 그녀는 비연이 한 삼소저보다 훨씬 마음에 들었다.

그녀가 유일하게 걱정하는 것은, 정왕 전하께서 비연을 가까이하시는 것이 비연에게 어떤 재앙이라도 가져오지 않을까 하는 것이었다. 천무제는 정왕의 혼사를 안배해 두었다. 게다가 비연은 천무제의 병세까지 알고 있으니, 그녀는 상당히 위험한 상황이라 하지 않을 수 없었다.

산장주가 자리에 앉아 웃으며 물었다.

"고 약녀, 듣기로는 정왕부에서 일하고 있다면서요?"

비연은 이 산장주에게서 좋은 인상을 받기는 했지만 마음속으로는 여전히 경계하고 있었다. 서로의 속내까지 아는 사이는 아니니까.

그녀는 살짝 고개만 끄덕였다. 그녀가 정왕부에 들어간 첫날 하소만이, 외부인과는 정왕부의 일을 이야기하지 말라고 경고했었다.

산장주는 영리한 사람이라 한눈에 그런 비연의 심사를 알아보고는 속으로 웃었다. 그리고 그저 이렇게만 말했다.

"고 약녀, 배가 고프겠군요. 하인에게 국수라도 한 그릇 말아 오게 할 테니 일단 쉬도록 해요."

산장주가 나간 후 방 안에는 비연 한 사람만이 남았다. 그녀는 갑자기 한숨을 쉬었다. 그리고 다시 차를 한 잔 마셨다. 이제야 겨우 편한 느낌이 들었다. 망할 얼음을 만난 후로 지금까지,

그녀는 제대로 숨조차 쉬지 못하고 정신도 가다듬지 못했던 것이다!

방금의 모든 일이 그저 꿈만 같았다. 너무 갑작스럽고……또 사실이 아닌 것 같았다.

그녀는 앉아서 입술을 깨물기 시작했다. 그리고 얼마 지나지 않아, 저도 모르는 사이에 손을 들어 입술을 어루만졌다. 본래 마음을 안정시킬 생각이었는데, 또 어느새 정신을 팔고 있었다.

그녀는 지금 이 순간 군구신이 옆방에서 기관을 열고, 망중과 함께 지하 밀실로 들어가고 있다는 사실을 알지 못했다.

망중이 나지막하게 말했다.

"전하, 비연이 옆방에 있습니다. 산장주가 돌볼 것이니 안심하십시오."

군구신이 그에 대한 대답은 하지 않고 밀정과 관련한 일을 물었다.

"이 두 사람의 내력을 제대로 조사했겠지?"

그는 바로 두 밀정을 만나기 위해 밀실로 가고 있었다.

이 몇 년 동안, 부황은 그에게 빙해의 비밀을 알아보게 하였다. 그러나 3년이 지나도록 아무 진전이 없었다.

이 두 밀정은 군구신의 부하가 아니라, 거액을 내걸고 찾은 자들이었다.

영생, 빙해의 수수께끼

두 밀정의 내력에 대해 들으며 군구신은 밀실로 들어갔다.

사실 빙해의 수수께끼는 현공대륙 전체의 금기처럼 보이지만, 실제로는 모든 가문이 암중에서 그 비밀을 풀기 위해 노력하고 있었다.

빙해에서 이변이 일어나 독으로 오염되기 전, 현공대륙은 무를 숭상하던 세계였다. 사람들 대부분이 무술을 수련했다. 그리고 '진기'는 무술을 수련하는 사람에게 있어 실력의 상징일 뿐 아니라 생명을 보장하는 가장 큰 징표였다.

기를 수련하면 몸이 강해지고 체질이 변한다. 기를 수련하는 자는 각종 상처로 인한 고통과 질병을 억제할 수 있다. 그보다 더욱 중요한 것은, 기를 수련하면 수명이 보통 사람보다 훨씬 늘어난다는 것이다. 심지어 진기가 최정상에 도달하면 몸이 쇠하지 않고, 얼굴도 영원히 변하지 않는 불로장생의 경지에 이를 수 있다는 말도 있었다.

아주 오랜 세월 동안 성공한 사람이 없었지만 기를 수련하는 자들은 그것을 굳세게 믿었다. 적지 않은 가문들이 세속의 분쟁에는 참여하지 않고 수련에 몰두한 것도 영생을 위해서였다.

그러나 10년 전에 빙해에 이변이 일어났고 독에 오염되었다. 그날 이후 현공대륙에서 기를 수련하던 사람들의 체내에서 진기가 소실되었다.

그날이 오기 전에는 그 누구도 빙해와 진기 수련을 연관시키지 못했다. 사람들은 그날 이후에야 대륙 남단, 얼음이 쌓여 있는 그 신비 속의 빙해가 진기 수련과 아주 밀접한 관계가 있었음을 알게 되었다.

그러나 그 두 가지가 대체 어떤 인과관계에 있다는 말인가? 그날 빙해에서 무슨 일이 있었는지, 무엇 때문에 빙해의 얼음 전체가 극독에 오염되었는지, 10년이나 지난 지금까지 아는 사람이 아무도 없었다.

그날 이후 빙해에 관한 소문만 점점 더 많아졌다. 그중에는 각 가문에서 일부러 퍼뜨린 소문도 상당히 있었다. 모두가 진상을 알고 싶어 했지만 또 모두가 다른 이들이 진상을 아는 것은 원하지 않았다.

그 누구도 바보가 아닌 것이다. 이 비밀을 장악하는 자가 진기를 다시 수련할 기회를 얻을 것이며, 영생의 방법을 장악할 거라는 사실을 모두가 알고 있었다!

영생.

군구신이 밀실로 들어가며 '영생'이라는 단어를 중얼거렸다. 입가에 경멸을 품은 미소가 떠올랐다.

6년 전 그는 열네 살이었다. 혼수상태에서 깨어났을 때는 모든 기억을 잃었을 뿐 아니라 온몸에 중상을 입고 있었다.

상처를 치료하고 무술을 연마하며, 대황숙 곁에서 3년을 은거했다.

3년 전 그가 열일곱 살이 되어서야 대황숙 곁을 떠나 진양성으로 돌아올 수 있었다.

대황숙은 그에게 빙해가 독에 오염된 비밀을 알아내라는 임무를 주었다. 그는 그 임무를 이번 생의 가장 중요한 일로 생각하며, 절대로 저버리지 않겠다고 대황숙에게 약속했다

10년 전 그 사건 이전에는, 군씨 가문이 현공대륙에 은거하던 가문들의 우두머리였다. 대륙의 모든 가문들에게서 존경을 받고 있었다. 지금 현공대륙의 북부를 점거하고 있지만, 세속의 한 부분을 할거한 것에 불과했다.

대황숙과 부황은 말했다. 빙해를 장악하면 군씨 가문이 가장 영광스러운 자리로 되돌아갈 수 있다고.

그러나 그들은 모두 늙었고, 진상이 밝혀지는 날까지 기다릴 수 없었다. 그러므로 그 임무가 군구신의 어깨 위로 떨어졌다. 그는 자신의 과거를 잊을 수는 있어도 군씨 가문의 미래를 잃을 수는 없었다.

그는 계속 복종해 왔다. 그러나 그가 진양성으로 돌아오기 한 달 전, 체내에 잠복해 있던 한독이 발작했다. 그는 도저히 감당하기 어려운 한기를 버텨 내야 했다.

그의 머릿속에 수많은 이들의 그림자가 스쳐 갔다. 그리고 수많은 물건들이. 그는 그들을, 그것들을 제대로 보고 싶었지만 그 무엇도 제대로 볼 수 없었다.

그는 대황숙과 부황에게 이 일을 이야기하지 않았다. 그는 평생 빙해의 수수께끼를 찾을 것이다. 그러나 과거의 기억을

잃을 생각도 없었다.

그때 그는 대황숙과 부황에게 질의조차 하지 않았다. 그리고 얼마 전 그는 부황이 속명단을 찾는다는 사실을 자신에게 숨기고 있음을 알게 되었다. 그는 부황이 자신을 완벽하게 신뢰하고 있지 않다는 사실을 깨달았다.

소위 가문의 중임이라 하는 것 역시, 영생을 얻기 위한 부황과 대황숙의 이기심에서 나온 것에 불과할지도 모른다.

약속한 일은 반드시 끝까지 할 생각이었다. 그리고 잃어버린 기억도 반드시 되찾을 것이다. 그는 자신 체내의 한독이 대황숙, 부황과 무관하기만을 바라고 있었다. 만약 그렇지 않다면…….

군구신이 생각을 멈췄다. 매번 그는 여기에서 생각을 멈추었다.

그가 직접 밀실의 석문을 열었다. 안에서는 남녀 한 쌍이 나지막한 목소리로 이야기를 나누고 있었다.

남자는 키가 크고 우람했고, 여자도 키가 크고 늘씬했다. 남녀 모두 가면을 쓰고 있었는데, 남매 사이라고 했다. 성은 돈을 뜻하는 전씨에, 재물을 탐했기 때문에 사람들에게 전형과 전매로 불리고 있었다.

군구신이 들어오는 것을 보고 그들이 몸을 일으켜 예를 행했다.

군구신도 망중처럼 가면을 쓰고 있었다.

남자 밀정이 물었다.

"저희가 어찌 불러야 할는지요?"

정보를 사고파는 자들은 신분을 드러내지 않는 편이 훨씬 더 자연스러웠다. 그러나 군구신은 가짜 신분조차 이야기하지 않고 그저 망중에게 눈짓했다.

망중이 준비한 금표를 탁자 위에 내려놓았다.

"두 분, 쓸데없는 말은 그만두고 돈을 보고 정보를 이야기하시지. 이건 시작에 불과해. 우리 주인께서 정보를 마음에 들어 하시면 배로 주지."

"훌륭해!"

여자 밀정이 즉시 돈을 챙겼다. 동시에 남자 밀정이 진지하게 말했다.

"우리는 10년 전 빙해의 이변을 직접 본 사람을 하나 찾았습니다."

군구신은 깜짝 놀랐다. 증인이 있으리라고는 생각지 못했기 때문이다. 그가 냉랭하게 물었다.

"그 사람은?"

밀정이 소리 내어 웃었다.

"우리 남매 두 사람만 알면 족하지요."

이 말은 증인이 이미 두 사람에 의해 살해당했다는 뜻이었다. 아는 이가 적을수록 정보의 가치가 올라간다. 몹시도 잔인한 일이지만, 대부분의 밀정은 동시에 도살자이기도 했다.

군구신은 대답하지 않았고, 망중이 금표를 탁자 위에 더 올려놓았다.

여자 밀정이 다시 돈을 챙겼고 남자 밀정이 계속 말했다.

"보통 백성이었습니다. 10년 전 그날, 공교롭게도 빙해 해안가를 지나고 있었다는군요. 그는 빙해 상공에 봉황의 환영이 나타난 것을 보았고, 그다음에는 용오름 현상이 있었답니다. 그후에 빙해의 해면이 갑자기 검어지며 극독이 생겨났지요."

군구신이 침묵하자 망중이 참지 못하고 캐물었다.

"그리고?"

봉황의 환영? 용오름 현상?

빙해가 독으로 오염된 것과 마찬가지로 그저 이상 현상일 뿐이다. 해석할 수 없는 현상이라면 실마리라고 할 수 없다!

여자 밀정은 아무 말 없이 손 안의 금표를 가볍게 두드렸다. 남자 밀정이 큰 소리로 웃었다.

"아직도 부족합니까? 우리 남매가 5, 6년 동안이나 찾아다닌 끝에 겨우 찾은 실마리인데. 만족을 배우셔야겠습니다!"

군구신이 그를 한번 살펴보고 다시 여자 밀정을 살펴보았다. 그리고 입을 열었다.

"나 대신 그 봉황의 환영을 쫓아라. 어떠하냐?"

용오름 현상이라면 현공대륙, 특히 서북 지역에서 몇 번 있었던 일이었다. 그러나 봉황의 환영은 군구신도 처음 듣는 이야기였다. 그것이라면 실마리가 될 수도 있었다.

이 일로 먹고사는 밀정이 수년에 걸쳐 이런 실마리를 찾아냈다. 군구신의 수하들은 더 이상 가치 있는 정보를 찾아내지 못할 가능성이 높았다. 남매는 꽤 쓸 만한 존재들이었다.

남자 밀정이 물었다.

"기간은 얼마?"

군구신이 날카롭게 대답했다.

"반년."

남자 밀정이 망설이며 여자 밀정을 바라보았다. 여자 밀정은 여전히 손 안의 금표를 두드리고 있었다. 남자 밀정이 다시 망설이다가 말했다.

"일단 20만 금. 반년 내로 정보를 얻어 내면 그때 다시 20만 금. 정보를 얻지 못해도 처음의 20만 금은 돌려줄 수 없습니다."

이 말에 망중의 표정이 굳었다. 뭐 이런 거래가 다 있담. 절대 밑지지 않겠다는 이야기가 아닌가!

망중이 한마디 하려 했을 때 군구신이 입을 열었다.

"40만을 주지. 반년 내로 소식을 가져오면 40만을 더해 주겠다. 만약 정보가 없으면 40만을 그대로 반납하는 걸로 하지. 어떠한가?"

거액을 만져 본 적 있는 밀정 남매였지만 군구신의 씀씀이에는 깜짝 놀랐다. 계속 침묵하던 여자 밀정이 소리쳤다.

"좋아요! 거래 성립! 계약서를 쓰죠!"

계약서를 쓰는 일은 망중이 맡았다. 군구신은 망중에게 오늘의 일을 천무제에게 비밀로 하라고 했다.

군구신이 지하 밀실을 떠나 지상으로 되돌아왔다. 정역비 등이 여전히 수색 중이었다. 그는 그곳을 바로 떠나려다가 참지 못하고 발을 멈췄다.

벽 저편에서 비연의 목소리가 들려오고 있었다!

사람을 돌려보내라

군구신 옆방에는 비연뿐 아니라 그를 찾아다니던 정역비와 군한인도 있었다. 그들은 장원을 직접 수색했지만 자객을 찾지 못하자 일단 돌아올 수밖에 없었다.

정역비는 장원 전체를 단단히 포위하고 있으니, 흑의 자객이 나가지 못하고 안에 숨어 있을 거라고 믿고 있었다. 그러나 이렇게 큰 장원에서 수색해서 찾기는 어려우니, 역시 지략을 쓰는 게 가장 좋은 방법이라 생각했다. 그러려면 자객을 가장 잘 아는 비연을 찾아 방법을 모색해야 했다.

하지만 자객에게 독을 썼다는 거짓말까지 한 비연이 그들에게 달리 알려 줄 방법이 있겠는가! 그녀는 계속 거짓말을 하는 수밖에 없었다.

군구신이 벽에 기댄 채 열심히 들었다. 처음엔 비연이 무슨 허튼소리를 하는지 이해할 수 없었지만 정역비와 군한인의 목소리를 듣자 어찌 된 사연인지 이해할 수 있었다.

그가 고개를 숙였다. 곧 그의 입가에 잔잔한 미소가 떠올랐다. 어쩔 수 없다는 듯, 동시에 자조하는 듯.

군구신은 본래 고결하다 못해 범접하기 어려운 기운을 풍기는 사람이었다. 그런데 이렇게 조용히 미소 지으니 평소보다 더 소원한 느낌을 주었다. 마치 혼자만의 세계에 갇힌 것처럼,

혹은 온 세상을 거절하고 있는 것처럼.

삐걱.

문이 열리며 산장주가 들어왔다. 군구신이 눈을 들어 그녀를 흘깃 보았지만 여전히 고개는 숙이고 있었다. 입가의 미소는 사라진 지 오래였다.

산장주가 다가와 말했다.

"전하, 안배가 끝났습니다. 가시지요."

정역비는 포위하여 토벌하는 데 고수였다. 그런 그가 장원 전체를 단단히 포위하고 있었지만, 그러나 이 장원은 군구신의 것이었다. 그가 간다는데 누가 막을 수 있겠는가?

벽 건너편에서는 말소리가 여전히 들리고 있었다. 군구신이 조금 아쉬운 표정으로 몸을 일으키고는 산장주를 따라 밖으로 나갔다.

산장주도 이런 일에는 경험이 많았다. 그녀는 감격하고 있었다. 전하는 누구에게나 소원하게 대하지만 비연에게는 아쉬움을 표했다. 망중의 말이 맞았던 것이다. 비연은 분명 전하의 마음속에 들어가 있었다.

그러나 전하에게 뜻이 있다 해도 비연에게는 마음이 없어 보였다. 온 천하 사람들 모두 깜짝 놀랄 일이었다.

산장주가 한참을 망설이다가 마침내 일깨워 주었다.

"전하, 석 달 기한이 곧 끝납니다. 비연을 곁에 남겨 두셔서는 안 됩니다. 황상께서 꺼리실 것입니다! 우리에게도, 비연에게도 모두 위험한 일입니다."

군구신은 고개를 숙인 채 묵묵히 앞으로 걸어갔다.

산장주는 그의 심사를 알 수 없었다. 그러나 군구신이 충동적으로 비연을 정왕부에 남겨 둘까 두려워 다시 좋은 말로 달랬다.

"전하께서 그러실 뜻이 있으시다면, 후일을 기약하시면 됩니다."

이 말을 들은 군구신이 발걸음을 빨리했다. 조금 귀찮은 듯, 기분이 거북한 듯.

산장주가 쫓아가며 다시 권하려 했다. 그러나 군구신이 먼저 냉랭하게 말했다.

"배웅할 필요 없다. 그 사람을 잘 돌보다가, 오늘 밤 내로 돌려보내라!"

산장주가 발걸음을 멈추고 굳어 버렸다. 사람을 잘 돌보라는 명이야 그녀가 따를 수 있는 명이었다. 하지만 오늘 밤 내로 돌려보내라고? 그건 너무 어려운 일이 아닌가?

정 대장군과 팔황자는 자객을 잡지 않고는 떠나지 않을 기세였다. 그러니 비연은 어떻게 해도 그들과 함께 내일까지 기다렸다가 성으로 돌아갈 수밖에 없지 않을까? 다시 말하자면, 지금 비연에게 먼저 돌아가겠다는 뜻이 없으면…… 일개 산장주인 그녀가 어찌 돌려보낸다는 말인가?

산장주는 제 주인이 멀어져 가는 모습을 지켜보았다. 평생 처음으로 울 수도, 웃을 수도 없는 심정이 되었다. 그녀는 할 수 없이 망중을 찾아 방법을 찾기로 했다.

두 밀정을 돌려보낸 망중도 그 말을 듣고 당황했다. 그는 얼굴조차 드러낼 수 없는데 어떻게 비연을 돌려보낸단 말인가?

정역비와 군한인은 밤을 새워 수색 작업을 벌일 기세였다. 비연은 산장주에게 방을 달라고 해서 쉬기로 했다.

망중과 산장주는 벌을 받을 준비를 했다. 그런데 갑자기 하소만이 나타났다! 마치 구세주를 만난 것만 같았다.

망중이 설명하려 하자 하소만이 됐다는 듯 손을 휘휘 내저었다.

"됐어, 됐다고, 다 알았으니까! 비연은?"

사실 하소만은 망중과 산장주보다 더 다급한 상태였다. 지난번에 비연이 밤을 새우고 정왕부에 돌아온 일로 그는 벌을 받은 적이 있었다.

그래서 막 잠이 들려던 비연은 하소만에게 강제로 끌려가 마차에 올랐다.

다른 보는 눈을 의식하여, 산장주는 일부러 예의를 지키며 말했다.

"만 공공, 이렇게 하면 제가 참 어려워지지요! 잠시만 기다려 주세요. 제가 가서 정 장군과 팔황자 전하를 찾아올 터이니. 그분들께도 인사할 기회를 드려야지요!"

하소만이 가볍게 몇 번 기침한 후 대답했다.

"저택에 급한 일이 있어 시간이 없다."

시끄러운 소리에 깨어난 비연은 비몽사몽한 상태로 인상을 쓰고 있다가 이 말을 듣고 깜짝 놀라 정신을 차렸다.

마차가 움직이기 시작하자 그녀가 재빨리 물었다.

"하소만, 저택에 무슨 일이라도 있어? 전하께서 돌아오셨어?"

하소만은 대답할 수 없으니 그저 침묵을 지켰다. 그도 정말 답답했다. 그는 비연이 정역비와 소풍 간 것이 아주 잘된 일이라 생각했다. 누가 전하께서 이 일에 끼어드실 줄 알았나, 뭐?

비연이 머리를 내밀고 다시 물었다.

"무슨 급한 일이야? 말해 봐!"

하소만은 그녀를 흘겨보기만 할 뿐 대답하지 않았다. 비연도 더 이상 묻지 못하고 정왕부에 도착할 때까지 계속 초조해했다.

그러나 정왕부에 도착해 보니 사방이 적막한 것이, 아무 일도 없어 보였다. 그녀는 영문을 몰라 얼떨떨했다.

하소만이 하는 일 중에 영문을 알 수 없는 일이 어디 한둘인가? 비연도 이미 익숙했다. 그녀는 더 이상 캐묻지 않고 목욕후 잠이 들었다.

사흘 후, 정역비와 군한인이 수확 없이 성으로 돌아왔다. 정역비는 성으로 돌아오자마자 비연을 찾았지만 문밖에서 거절당했다. 군한인은 총총히 궁으로 돌아가 정리를 끝낸 다음 천무제를 만나러 갔다.

당시 화월산장에서 적지 않은 사람들이 놀랐다. 게다가 또 납치당한 사람이 비연이다 보니, 그날 성으로 돌아온 사람들이 바로 이야기를 돌리기 시작했다. 사흘이 지나니 진양성에 두루 퍼졌고, 당연히 궁 안에도 들어와 있었다.

천무제도 알고 있었지만 아무것도 모르는 척했다. 팔황자가 비연과 함께 놀러 간 일은 물론 불쾌했다.

그는 바둑돌을 들며 군한인에게 가까이 오라고 손짓했다.

"마침 잘 왔다. 부황과 한 판 두자꾸나."

"예, 부황!"

군한인도 바보가 아니었다. 바둑을 두며 일부러 화월산장에서의 일을 이야기했다. 물론 그는 비연이 자신을 사모한다는 말은 한마디도 하지 않았다.

그가 탄식했다.

"소자는 본래 갈 생각이 없었습니다. 정 대장군이 한 번, 또 한 번 초청하니……. 소자의 무예가 출중하지 못한 까닭에 그 자객을 당해 내지 못했습니다."

천무제는 바둑판에 집중하고 있었다. 이 일을 마음에 두지 않는 것 같아 보이기도 했다. 황제는 한참 동안 고민하다가, 바둑알을 내려놓고 나서야 말했다.

"그 자객이 네 앞에서 사람을 납치할 수 있는 정도의 실력이니, 절대로 쉽게 보아서는 안 될 것이다."

군한인이 고개를 끄덕였다.

"소자도 그리 생각합니다. 그런데 그가 무엇 때문에 고 약녀를 납치했는지 모르겠습니다."

천무제의 눈에 복잡한 빛이 스쳐 가더니 정탐하듯 물었다.

"하하, 고 약녀는 정말로 사고뭉치야. 벌써 몇 번째냐. 모두 그녀가 관계되어 있지 않으냐?"

군한인이 서둘러 답했다.

"소신은 막 돌아와, 들은 것이 없지는 않지만 잘 알지는 못합니다. 그저 정역비 그 녀석과…… 하하, 정역비가 마음에 든다더 군요. 그렇다면 그녀에게도 뭔가 특출 난 부분이 있는 거겠지요."

천무제는 군한인의 이 대답에 꽤 만족한 듯 더 이상 화제에 올리지 않았다.

바둑을 끝낸 후에 군한인은 하인들에게 비파 잎을 가져오게 하였다.

"부황, 소자가 밖으로 떠돌다 보니 부황의 병세가 어떠한지 도 잘 알지 못합니다. 부황 슬하에서 효를 다할 수 없으니 부끄 러울 따름입니다. 며칠 전 고 약녀에게서, 부황께서 최근 며칠 동안 편찮으셨다는 말씀을 듣고 일부러 사람들을 시켜 이 비파 잎을 찾아오게 하였습니다……."

군한인이 비연이 했던 비파 잎 이야기를 늘어놓았다. 천무제 의 안색이 분명하게 변하고 있었다!

질문, 일단은 내버려 두자

천무제가 고개를 숙였다. 그의 안색이 변했는데도 군한인은 알아채지 못했다. 여전히 비파 잎 고르는 법에 대해서 자세하게 설명하고 있었다.

평소라면 천무제도 팔황자의 이런 마음 씀씀이를 기꺼워했을 것이다. 그러나 지금은 의심이 많아져 있었다. 군한인이 비연에게 너무 많은 것을 물은 건 아닐지, 또 비연이 제 입을 간수하지 못한 건 아닐지…… 그래서 비밀이 새어 나간 것은 아닐지…… 의심스러웠다.

천무제가 고개를 들었다. 불쾌한 기색을 숨긴 채. 아니, 일부러 비파 잎을 살펴보며 군한인에게 기쁜 척 말했다.

"네 형제들 중에서 정왕을 제외하고, 네가 가장 마음을 써 주는구나."

상황을 제대로 파악하지 못한 군한인이 속으로 기뻐하며 겸손하게 말했다.

"소자가 어찌 정왕과 함께 거론될 수 있겠습니까. 정왕이야말로 부황과 태자와 함께 조정의 근심을 함께 나누니, 그것이야말로 마음을 쓰는 것이지요. 소자는 강호를 사랑하니, 스스로 불효함을 알고 있습니다."

평소에는 이 말에 아무 생각도 하지 않았을 천무제였다. 수년 동안 그 자신이 항상 팔황자와 정왕을 비교했고, 팔황자는 언제나 겸손했기 때문이다.

그러나 지금, 그는 의심하고 있었다. 지금 들은 말이 뭔가 이상하다는 생각이 들었다. 팔황자가 말한, 정왕이 조정에 '마음을 쓴다'는 것이 대체 무슨 의미일까? 설마 도발하는 것은 아니겠지!

천무제가 내색하지 않고, 비파 잎을 곁에 있는 궁녀에게 맡기고 화제를 바꿨다.

"한인, 어릴 때부터 정역비와 사이가 좋았으니 짐보다 더 정역비를 잘 알겠지. 말해 보아라. 그 녀석이 정말로 고 약녀를 아내로 맞이하고 싶어 하더냐? 아니면 그저 첩으로 데려오고 싶어 하는 것뿐이더냐?"

며칠 동안의 소문에 따르면, 군한인이 정역비와 여인을 두고 다툰다고 했다. 천무제는 가볍게 생각하고 믿지는 않았지만, 그렇다고 완전히 안 믿을 수 있는 것도 아니었다. 그가 이리 묻는 것은 결국 떠보려는 것이었다.

군한인은 부황이 비연을 정역비에게 내릴까 상당히 걱정하던 차였다. 그가 재빨리 대답했다.

"고 약녀는 결국 밑에서 시중드는 사람 아닙니까. 과거에 기욱과 혼약을 맺었던 적도 있으니, 노부인이 좋아할 리 없습니다. 소자가 보기에, 정역비도 일시적인 흥미로 노는 것 같더군요."

이 말에 천무제는 더욱 불쾌해졌다. 그는 고개를 끄덕이고는 몇 가지 중요하지 않은 질문을 하다가 군한인을 내보냈다.

군한인이 나가자 천무제가 바로 인상을 쓰며 매 공공에게 말했다.

"보아라! 보란 말이다! 여덟째조차 짐의 시름을 덜어 주지 않는구나!"

매 공공이 재빨리 앞으로 나와 달래듯 말했다.

"황상, 노기를 가라앉히십시오. 팔전하는 언제나 영민하시지 않습니까. 이번에 강호에서 돌아온 것은 황상의 병세에 관심을 가져서가 아닐 것입니다. 만 공공이 그러더군요. 팔전하는 정 대장군의 요청에 함께 다녀온 것뿐이라고요. 고 약녀가 정 대장군의 체면을 세워 주지 않으니, 팔전하에게 함께해 달라고 했답니다."

천무제가 열심히 듣자 매 공공이 이어 말했다.

"황상, 고 약녀의 야심이 너무 큽니다! 기씨 가문이 양보하면서 아내로 맞이하겠다고 했는데도 거절했다더군요. 제가 보기에 고 약녀는, 정왕 전하를 유혹하는 데 실패하자 이번에는 정 대장군을 이용해 팔전하를 넘보는 것이 아닌가 싶습니다. 팔전하는 그런 상황을 모르시는 듯하고요."

천무제가 듣다가 짜증이 난 나머지 탁자를 내리쳤다.

"흥, 바람이 없는데 파도가 친다더냐! 손바닥 하나로 박수를 칠 수 있냐는 말이다! 그 애도 다 컸다. 여자 마음을 모른다 해도, 정역비가 무슨 마음인지는 알 게다!"

이 말을 듣고 매 공공은 천무제가 진정으로 화가 난 지점을 알 수 있었다.

팔황자와 비연 둘이서만 놀러 갔다면 그런 유언비어가 떠도
는 것이 자연스러웠을 것이다. 그러나 정역비가 그 자리에 있었
는데도 그런 유언비어가 떠돈다는 것은……. 팔황자가 비연을
피하지 않았다는 뜻이고, 정역비의 체면을 생각해 주지 않았다
는 뜻이다!

이 일은 세심하게 생각해 보면 정말 간단한 일이 아니었다.

매 공공이 서둘러 말했다.

"황상께서는 영명하십니다! 영명하시고말고요! 그렇다면……
고 약녀를 불러올까요? 황상께서 하문하실 수 있도록 말입니다."

천무제도 비연을 묶어 놓고 제대로 심문하고 싶은 마음이 굴
뚝같았다. 그러나 그는 결국 참을 수밖에 없었다.

"그 사고뭉치, 당분간은 내버려 두었다가 며칠 후에 부르겠다!
그 망할 계집이, 자기가 대단하다 생각하지 않게 해 줘야겠지!"

천무제는 두려워하고 있었다. 자신이 너무 겁을 먹은 건 아
닌지 생각하면서도, 그 대담하기 짝이 없는 비연이라는 계집이
더 큰 것을 바랄까 봐.

그는 진지하게 매 공공에게 말했다.

"사방으로 사람을 보내 약을 찾아라. 신농곡만 바라보고 있
지 말고."

천무제는 제 생명을 비연의 손에 맡겨 두고 있다는 것이 달
갑지 않았다. 그는 계속 약을 찾고 있었다.

단약은 다른 약재와 달라, 약사 중에서도 전문적으로 단약을
연마하는 연단사가 있을 정도였다. 신농곡에서 찾을 수 없다는

것이 다른 곳에도 없다는 것을 의미하지는 않았다.

이렇게 천무제는 계속 비연을 찾지 않고, 오히려 군한인의 동향에 관심을 기울이고 있었다.

비연은 화월산장에서 돌아온 후 입궁하지는 않았지만 계속 궁 안의 동정에 관심을 기울이고 있었다. 그녀는 인내심 있게 천무제가 부르기를 기다렸다. 물론 그녀는 군한인이 다시 찾아올 것도 예상하고 있었다.

어느 날 오후, 그녀는 의식을 수련한 후 어약방으로 약재를 구하러 갈 생각이었다. 문을 나서려는데, 신농곡의 미녀 경매관인 당정에게서 서신이 도착했다.

비연은 깜짝 놀라 서신을 열어 보았다. 당정은 자신이 어떻게 한 삼소저에게 빚을 갚으라 했는지 상세하게 적어 놓았다.

한 달 동안 그녀는 두 번 재촉했다. 한 삼소저는 두 번 모두, 자신이 아직 집에 돌아가지 않아 갚기 어렵다고 변명했다.

비연은 그만 큰 소리로 웃어 버리고 말았다. 한 삼소저가 당정의 서신을 받았을 때의 표정을 상상할 수 있었기 때문이다.

그녀가 중얼거렸다.

"이 언니, 믿을 만한데!"

비연은 서신을 잘 갈무리한 후 재빨리 방으로 돌아가 답장을 썼다. 그녀는 당정에게 고맙다고 한 후, 노집사에게도 감사의 말을 전해 달라고 부탁했다.

며칠 전 그녀는 신농곡에서 공고를 내어, 백리명천이 약을 훔친 일을 질책했다는 이야기를 들었다. 신농곡은 앞으로 백리명천이 신농곡에 발을 들이는 것을 금지할 것이며, 동시에 백리명천에게 배상과 사과를 요구했다.

비연은 백리명천에게 모해받고 납치까지 당했다. 노집사에게 감사할 충분한 이유가 있었다.

물론 감사는 부차적인 것이었다. 진정한 목적은 노집사와 계속 관계를 유지하는 것이었다. 석 달이 지난 후 그녀의 운명이 어찌 될지는 그녀도 알 수 없었다. 그 일이 아니더라도, 노집사와 관계를 유지하면 최소한 나중에 육단상륙과 관련한 사정도 물어볼 기회가 있을 것이다.

지난번 노집사 면전에서 육단상륙의 내력에 대해 물을 기회가 있었다. 그러나 정왕 전하의 체면을 생각하여 너무 캐물을 수 없었다.

빙해의 남쪽에서 난 육단상륙이 어떻게 신농곡에 있을까? 약재를 가져온 사람이 누구일까? 신농곡 사람일까? 혹은 그 약재가 어떤 기연으로 신농곡에 온 걸까? 노집사가 약재의 내력을 알고 있을까?

지금까지, 그녀가 알게 된 빙해의 수수께끼에 대한 실마리는 겨우 이것뿐이었다.

그녀는 대체 누구일까? 그녀가 반복해서 꾸는 꿈속의 그 여자아이는, 그 익숙한 이름들은 대체 누구일까? 자신과는 무슨 관계일까?

빙해영경은 대체 어디고, 백의 사부는 또 누구일까?

이 비밀, 빙해의 수수께끼를 풀어야만 알 수 있을 터였다!

이 일을 생각하자 비연의 머리가 다시 깨질 듯 아파 왔다. 그녀는 생각을 멈추고 재빨리 서신을 완성했다. 그리고 파발꾼을 시켜 당정에게 답장을 보냈다.

서신을 보내자마자 하소만이 찾아왔다. 이 며칠 동안 그는 거의 매일 비연에게 들러 질문을 늘어놓았다. 자객에게 납치된 후 어찌어찌 되었는지?

비연은 그날 있었던 일에 대해 함구할 생각이었다. 질문을 받는 것이 아주 귀찮기만 했던 그녀는 하소만을 보자마자 바로 도망치려 했다.

하소만이 재빨리 소리쳤다.

"멈춰!"

비연이 계속 뛰자 하소만이 큰 소리로 외쳤다.

"일 있어서 온 거야! 팔전하께서 생일연에 너를 초대하셨어!"

비연이 갑자기 발걸음을 멈추고 헉, 숨을 들이마셨다. 너무나 의외였다. 팔전하 생일연에 그녀와 같은 일개 약녀가 초청받는다고? 천무제가 군한인을 힘들게 만들지 않은 건가? 아니면 군한인 그 자식…… 죽음이 두렵지도 않은 걸까!

그러나 이어진 하소만의 말에 비연은 더욱 경악했다.

하소만이 이상야릇한 어조로 말했다.

"이 생일연은 후궁의 주인인 운 귀비가 연다더군. 고 약녀…… 살길을 스스로 도모해 보도록 해!"

기왕 이리된 것, 담담하게

비연은 처음엔 그저 놀랐을 뿐이지만, 생일연을 운 귀비가 주관한다는 이야기를 듣자 경악했다.

군한인이 정왕 전하보다 몇 달 먼저 태어났으니 같은 스무 살이다. 바로 약관의 나이였다!

군씨 황족은 말할 것도 없고 현공대륙의 가문들은 적서를 엄격하게 구분했다.

적출이라면 약관례가 아주 융숭하기 마련이었다. 종묘에서 관을 쓰는 예를 행하고, 의식을 부친이 직접 주관해 주는 것이 상례였다. 관을 씌워 주는 이도 신분이 높고 지위가 평범치 않은 귀빈이어야 했다. 그리고 예가 끝나면 대규모 연회를 열어 안팎으로 손님들을 초청했다.

서출의 약관례는 그와 아주 달랐다. 비록 종묘에서 약관의 예를 행한다 해도 간단한 의식이었고, 귀한 손님들을 초청하지도 않았다. 끝난 후에 연회도 없었다. 보통은 그날 저녁 모친이 작은 연회를 열어 축하해 주는 정도였다.

팔황자는 서자인데, 생모가 비루한 집안 출신에다 일찍 세상을 떠났다. 황후는 이미 서거했고, 운 귀비가 후궁을 맡은 지 여러 해였다. 미성년인 공주들과 황자들은 모두 그녀가 맡아 가르쳤다. 자연스럽게 운 귀비가 생일연을 주관해 줄 수밖에 없었다.

비연이 초청장을 열심히 들여다보았다. 팔황자의 낙관이 찍힌 초청장이었다. 정말 의심스러웠다.

생일연을 운 귀비가 주관하는 이상, 팔황자가 누구를 초청하는지 운 귀비가 모를 수 없었다. 게다가 운 귀비는 그녀를 뼈에 사무치게 증오한다. 그런데 그녀가 귀빈으로 입궁하는 것을 허락했다고? 너무 이상하지 않은가!

이 초청장은 군한인이 쓴 게 아니라, 운 귀비가 군한인의 이름을 빌려 쓴 것이 아닐까?

비연이 한참 고민하다가 결론을 내렸다. 이 연회는 십중팔구 홍문연[2]이다. 가서는 안 된다!

그러나 그녀가 가지 않는다면 군한인이 어떻게 생각할까? 연극이 거의 끝나 가는데, 이 중요한 상황에서 멈출 수는 없었다.

또한 운 귀비가 주최한 연회인데 그녀가 가지 않는다면, 운 귀비가 그녀에게 어떤 죄목을 씌울지도 알 수 없다!

궁에서 날아온 초청장은 말로만 초청장일 뿐 실제로는 명령과 별 차이가 없었다. 연회를 주최한 자보다 신분이 높지 않은 이상 거절할 방법이 없었다.

비연이 생각에 빠져 있는데 하소만이 다시 이상야릇한 어조로 말했다.

---

2 기원전 206년 항우가 유방을 모해하기 위해 홍문에서 열었던 연회로, 손님을 모해할 목적으로 여는 연회를 의미한다.

"흥, 계집, 제법이군! 이 성에 너와 같이 신분이 낮은 이들이 얼마나 많은데, 대체 무슨 복으로 궁에서 열리는 연회의 초청을 받는담. 기억해 둬, 이건 정 대장군 덕분이야. 정 대장군이 준 복이라고! 팔전하는 대단한 분이시고, 네가 접근할 수 있는 상대가 아니란 말이야. 참깨를 주우려다가 수박을 잃는 일이 없도록 조심하라고."

과연, 하소만도 그 소문을 들은 것이 분명했다.

비연이 말없이 그를 한참 바라보다가 말했다.

"질투는 사람을 우둔하게 만들지!"

부끄러움이 화로 변해, 하소만이 외쳤다.

"너! 어디 다시 한번 말해 보시지!"

비연은 하소만과 더 다투지 않고 진지하게 물었다.

"전하께서는 알고 계셔? 전하께서도 가실 예정이야?"

이런 연회라면 당연히 정왕 전하도 초청받았을 것이다. 그녀는 그저 정왕 전하 뒤에 숨을 수 있기를 기대하는 수밖에 없었다. 정왕 전하와 함께 간다면 누가 그녀를 모해할 수 있겠는가?

비연이 머뭇거리다가 다시 물었다.

"이 며칠 동안, 전하께서 저택에 안 계신 건 아니겠지?"

지난번 백리명천에게 납치당한 후, 정왕 전하가 자신에게 관심을 기울여 주기를 간절히 소망했었다. 그러나 이번에 화월 산장에서 납치당했다 돌아온 후로는 더 이상 그런 마음을 품지 못했다.

그녀는 정왕 전하가 저택에 계신지 아닌지조차 알지 못했다.

그날 귀운정에서 그의 분노를 산 후에는, 감히 전하를 찾을 엄두도 내지 못하고 있었다.

그러나 사실 하소만도, 망중이 어디 있는지조차 모르는 상태였다. 당연히 정왕 전하의 행적도 알 수 없었다.

그는 가볍게 몇 번 기침을 한 후 진지하게 대답했다.

"고 약년, 내가 몇 번이나 말했는데? 전하께서 어디 계신지는 우리 같은 이들이 알 수 있는 바가 아니고……."

하소만의 이 말이 끝나기도 전에 비연이 걸어 나갔다. 그래, 하소만은 확실히 몇 번이나 말했다. 그녀는 이제 저런 말에 질려 있었다.

켕기는 구석이 없지 않았지만 이 일은 자신의 안위와 관련 있는 문제였다. 그 후로 며칠 동안 비연은 군구신의 침궁 앞에서 파수를 섰다. 그가 저택에 있는지, 연회에 갈 생각인지 알고 싶었던 것이다.

그러나 그녀는 실망할 수밖에 없었다. 생일연 저녁까지도 군구신은 나타나지 않았던 것이다. 비연은 상심했다. 자신과 정왕 전하라는 행운의 별 사이의 인연이 곧 끝날 거라는 생각을 점점 더 많이 하게 되었다.

그러나 상심은 상심이고, 가능한 한 빨리 정신을 차려야 했다.

오늘 밤이 홍문연이라 해도 비연은 무섭지 않았다. 운 귀비가 어떤 마음을 품고 있건 그녀는 어떻게든 막아 낼 것이다! 신을 만나면 신을 죽이고, 부처를 만나면 부처를 죽여서라도!

비연은 열심히 준비했다. 그녀의 준비란 옷을 입고 화장을 하는 것이 아니었다. 그녀는 약과 독, 그리고 몸을 지키기 위한 비수를 준비했다.

그녀는 반 시진 먼저 문을 나섰다. 잔소리가 많은 하소만을 피하고, 또 분명 그녀를 맞이하러 올 정역비를 피하기 위해서였다.

황혼이 지나고, 달이 나뭇가지 위에 걸렸다. 황궁의 태극전에는 등불이 찬란했다. 사람들이 오가니 평소보다 시끌벅적했다.

오늘 생일연에 초청받은 사람은 많지 않았지만 그래도 규모가 작지 않았다. 천무제가 팔황자를 몹시 아끼는 걸 운 귀비도 알고 있었기 때문이다. 그녀가 마음속으로 군한인을 어찌 생각하건, 겉보기로는 대접이 결코 소홀하지 않았다.

비연은 시간에 맞춰 도착했다. 태감 하나가 그녀를 대전 안으로 안내했다. 손님들은 이미 자리에 앉아 있었고, 연회가 곧 시작될 참이었다.

상석 왼쪽에는 운 귀비가, 오른쪽에는 군한인이 앉아 있었다. 운 귀비 아래쪽으로는 각 황자와 공주들이 있었고, 대황자와 서민으로 폄적된 회녕 공주도 있었다. 그리고 군한인 아래쪽으로는 정역비를 비롯하여 귀족이나 세가의 자제들이 앉아 있었다.

대황자와 회녕 공주를 본 비연은 자신을 부른 이가 운 귀비임을 더욱 확신했다.

"정왕부 고 약녀 도착!"

태감이 통보하자 담소를 나누던 이들이 모두 동작을 멈추고 그녀를 돌아보았다. 대부분의 사람들이 경악하는 표정이었다. 비연이 여기 오리라고 생각했던 사람은 거의 없는 듯했다!

회녕 공주의 시선은 악독하다는 표현으로는 형용하기 부족했다. 그녀의 눈빛이 칼날이었다면, 사람을 죽일 수 있었을 정도였다.

비연은 사람들의 시선을 모두 마음에 담아 두었다. 난처하긴 했지만 긴장하지도 무서워하지도 않았다. 기왕 온 바에야 담담할 작정이었다!

그녀는 일부러 초청장을 꺼내 태감에게 건넸다. 그리고 미소 지으며 당당하게 안으로 들어갔다.

대전 안이 적막에 감싸여 있었다. 모두 그녀를 바라보고 있었다. 비연은 허리를 쭉 펴고 우아한 걸음걸이로 상석 앞까지 가서, 비굴하지도 거만하지도 않게 몸을 굽혔다.

"약녀 고비연, 귀비마마를 뵙사옵니다."

운 귀비의 눈에는 원한이 서려 있었다. 그러나 여전히 우아한 얼굴에는 곧 웃음기가 피어올랐다. 그녀는 비연을 처음 본 것처럼 웃으며 말했다.

"아, 네가 바로 고 약녀로구나! 고개를 들라. 본 궁에게 얼굴을 보여 주련."

비연은 안 그래도 유쾌하지 않던 차에 이 말을 들으니 기분이 더욱 나빠졌다. 그녀가 온 것은 군한인의 생일연이었지 운 귀비를 배알하기 위해서가 아니었다. 대체 얼굴을 보여 준다는 것은 무슨 의미란 말인가.

비연이 고개를 들고 웃으며 말했다.

"귀비마마께서는 역시 귀인이셔서, 여러 가지 일을 잊으시는 모양입니다. 일전에 어서방에서 귀비마마를 뵌 적이 있는데, 잊으셨나 보지요?"

마셔라, 취하기 전에는 돌아갈 수 없다

비연이 이렇게 나올 줄은 몰랐을 게 분명했다. 운 귀비의 얼굴은 경악 그 자체였다.

군한인을 포함하여 그 자리에 있던 이들이 모두 놀랐다. 오로지 정역비만이 입가에 아무렇지도 않다는 듯한 미소를 짓고 있었다. 그는 아주 즐거워 보였다.

비연도 무해한 표정으로 살며시 입가를 올렸다. 그녀는 사실 운 귀비가 무슨 음모를 꾸미는지 알지 못했다. 다만 자신을 괴롭히려 한다면 결코 호락호락 당하고 있지만은 않을 생각이었다. 하나를 받으면 하나를 돌려줄 작정이었다.

운 귀비는 경악한 것은 경악한 것이고, 이내 정신을 가다듬었다. 비연에게 일어나라는 말도 없이 느긋하게 차를 마시며 일부러 생각에 잠긴 척했다.

비연이 다시 말했다.

"귀비마마, 잘 생각해 보십시오. 그날 밤에 마마께서는 황상께 당귀차를 올리셨지요."

이 순간, 운 귀비의 표정은 경악 정도가 아니라 공포 그 자체로 변했다.

황상의 병세와 관련해 자세한 진상을 모르는 그녀는, 그날 밤 황상이 피를 토한 일에 대해 비연이 이야기할까 두려웠다.

그렇게 되면 그녀의 체면은 땅에 떨어지고, 사람들의 웃음거리가 될 것이다.

운 귀비가 다급하게 말했다.

"본 궁도 생각이 났다. 고 약녀, 일어나거라."

"감사드립니다, 귀비마마!"

비연이 즐거운 표정으로 몸을 일으켰다. 그리고 다시 군한인에게 절하며 축하 인사를 올리고 예물을 건넸다.

군한인은 사람들 앞인지라, 고상하고 차가운 표정으로 고개만 끄덕이며 말했다.

"일어나 자리에 앉거라."

그라고 운 귀비가 왜 비연을 초청할 마음을 먹었는지, 그 이유를 생각해 보지 않았겠는가. 운 귀비는 먼저 비연에게 초청장을 보낸 후에 그에게 통보했다. 비연과 그의 의형제인 정역비를 맺어 주기 위해 그런 거라며.

지금 이렇게 많은 이들 앞에서, 그리고 정역비 앞에서 군한인은 비연을 어떻게 대해야 할지 갈피를 잡을 수 없었다!

만약 그가 비연과 정역비 사이를 중재하려 들면 비연은 마음이 상할 테고, 정역비 역시 의심을 품을 것이다. 그러나 그가 그들을 맺어 주려 하지 않는다면, 이 자리에 있는 사람들이 그를 어떻게 볼까? 이 일이 부황 귀에 들어가면 부황은 또 어떻게 생각할까?

진퇴양난이었다. 정말이지 죽을 맛이었다!

군한인이 고개를 돌려 운 귀비를 바라보았다. 그의 눈매에

원한이 스쳐 가고 있었다.

비연은 군한인의 입장을 생각해 몸을 돌려 뒤로 걸어갔다. 이때 정역비가 외쳤다.

"약녀, 이리 오라고! 본 장군이 여기에 자리를 마련해 놨어!"

비연은 속으로 짜증을 냈다. 저 녀석, 조용히 구경이나 하면 오죽 좋겠는가 말이다. 대체 뭐라고 떠드는 거지?

그녀는 본래 그를 상대할 생각이 없었지만, 마음을 바꿔 바로 재미를 좀 보기로 했다.

"일개 약녀인 제가 팔황자 전하의 초청을 받았으니 삼생의 행운입니다. 어찌 감히 방자하게 굴 수 있겠습니까. 대장군과 함께 앉는다는 것은 말도 되지 않습니다."

비연은 다시 일부러 군한인에게 절하며 말했다.

"팔전하, 정 대장군이 저를 힘들게 하는데도 막아 주지 않으시는군요."

비연의 말이 끝나자 모두 쥐 죽은 듯 조용해졌다. 심지어 운귀비조차 의심스러운 표정을 지었다.

팔황자가 여자를 두고 정역비와 다투고 있다는 이야기가 떠돌긴 했지만 정말로 믿는 사람은 거의 없었다. 오늘 비연이 온 것을 보고도 모두, 팔황자가 정역비를 돕기 위해 비연을 초대했다고 생각했다. 그러나 지금 비연이 이렇게 말하는 것을 보자 모두 자신들의 생각과는 다르게 일이 돌아가고 있다고 느끼게 되었다!

그리고 이 순간, 군한인의 등에서는 그야말로 식은땀이 흐르고 있었다. 대체 어떻게 답해야 할지 알 수 없었다.

비연이 슬그머니 웃으며 대답을 기다리고 있었다. 운 귀비가 그녀를 괴롭히려 든다면 그녀는 그 기회를 틈타 군한인이 쓰고 있는 위선의 가면을 벗길 생각이었다. 자아, 보자! 모두의 앞에서, 그리고 정역비 앞에서 군한인이 어떻게 행동할지!

정역비는 이 안에서 벌어지고 있는 상황을 전혀 이해하지 못하고 있었다. 그는 비연을 초청한 것이 군한인이라 생각했고, 운 귀비에 대해서는 아예 생각지도 못했다. 그랬기에 그 역시 군한인을 바라보며 대답을 기다렸다. 그리고 속으로 원망스러운 마음도 품었다.

팔전하, 기왕에 사람을 초대했으면 앞쪽에 앉도록 해 주셨어야지. 약녀가 뒤쪽에 앉으면 그건 또 무슨 재미난 말이다!

이렇게 거대한 태극전이 침묵 속에 빠져들었다.

그러나 군한인도 산전수전 다 겪은 사람이었다. 당황하긴 했지만 재빨리 응대할 계책을 생각해 냈다.

그는 아무것도 변명하지 않고, 곁에 있는 태감을 질책했다.

"대체 무엇 하고 있는 게냐! 어서 고 약녀에게 자리를 마련해 주지 않고!"

이 말이, 참 교묘했다. 별다른 뜻 없이 그저 자리를 마련해 주라는 말이었다. 어디에 자리를 마련해 줄지는 태감이 고민할 문제였다. 그리고 태감이 어디에 자리를 마련해 주건 그것이 군한인의 뜻을 의미하지도 않았다. 비연은 군한인을 아주 경멸하고 있었지만 이번만은 속으로 감탄했다.

궁 안의 태감은 모두 영리한 자들이었다. 주인의 뜻을 완벽하게 알아챌 수 없다 해도, 상황이 엉망이 되도록 할 리는 없다.

곧 의자가 날라져 왔고, 정역비와 군한인 사이의 빈자리에 놓였다. 이 상황을 보고 정역비는 꽤 만족했다. 군한인도 속으로 몰래 안도의 한숨을 내쉬었다.

비연은 더 이상 군한인을 힘들게 하지 않고, 몸을 굽혀 감사를 표한 후 바로 자리에 앉았다. 비록 군한인이 본 모습을 드러내게 하지는 못했지만, 최소한 오늘의 모호한 태도는 다른 이들의 의심을 사게 하기에는 충분했다. 이 일이 천무제의 귀에 들어가면, 계속 좌시하고만 있지는 않을 것이다!

운 귀비도 군한인을 흘깃거렸다. 그리고 다시 정역비를 바라보았다. 뭔가 이상하긴 했지만, 그녀도 깊이 생각할 여유는 없었다. 무슨 일이 있더라도 그녀의 오늘 목표는 비연이었다!

그녀가 명령하자, 준비를 마치고 있던 궁녀들이 산해진미며 술들을 줄줄이 내왔다.

군한인은 본래 사람들 앞에서 말수가 적은 편이었다. 게다가 지금 진퇴양난의 상황이다 보니 더욱 말을 하고 싶지 않았다. 그는 일부러 몇몇 황형들에게 술을 권한 후 움직이지 않았다.

그러나 정역비는 생각이라고는 없는 듯 아주 즐겁게 군한인에게 몇 번이나 술을 권하더니, 나중에는 아예 술 항아리를 집어 들었다.

"좋군! 정 대장군은 과연 사내대장부야!"

"이리 오게, 정 대장군, 내가 함께 마셔 줄 테니까!"

"하하, 본 황자도 함께 하지!"

곧 몇몇 황자들과 세가의 자제들이 정역비와 함께 신나게 마시기 시작했다. 군한인도 비록 말은 많이 하지 않았지만 끝까지 함께했다.

비연은 정역비에게 위장을 생각해 천천히 마시라고 말하려다가 결국은 아무 말도 하지 않았다. 그녀는 정말로 정역비를 이해할 수 없었다. 형제 같은 친우가 여자를 두고 자신과 다투려 하는데, 그와 함께 즐겁게 술을 마실 수 있다니. 대체 도량이 그만큼 넓은 건지 아니면 바보인 건지!

사람들이 한창 시끌벅적한 가운데 대황자와 회녕 공주는 매우 조용했다. 회녕 공주는 계속 음식만 먹고 있었다. 대황자는 다른 이들이 권하는 술 대부분을 거절하는 것이, 술을 마실 생각이 없어 보였다. 운 귀비 또한 술 한 방울도 마시지 않고 느긋하게 음식만 먹고 있었다.

뭔가 이상하다!

비연은 계속 그들에게 신경 쓰고 있었다. 그녀가 답답해하고 있을 때, 갑자기 한 세가의 공자가 술 항아리를 그녀 앞에 내려놓고 정역비를 끌어당겼다. 그러더니 흠뻑 취한 목소리로 말했다.

"정 대장군, 내가 듣기론 당신네 정가에 시집가려면 일단 주량이 좋아야 한다던데! 하하, 오늘 우리 고 약녀의 주량을 시험해 보자고!"

이건 또 뭐람!

비연이 바로 몸을 일으켜 그들에게서 멀어졌다. 그녀는 취한 사람을 싫어하지는 않았지만 주사 부리는 사람은 아주 싫어했다.

그러나 누가 알았을까? 취한 정역비가 그녀에게 술 항아리를 내밀며 외쳤다.

"마시자고! 취하기 전에는 돌아가지 못한다!"

악랄, 술이 목숨도 앗아 가겠네

남자가 술을 마시면 마셨지 왜 여자를 귀찮게 하려는 거지! 정말이지 뻔뻔하잖아? 남자가 맞기는 한가?

비연이 그 세가의 공자들을 경멸하고 있는데, 정역비까지 술 항아리를 건네니 더욱 화가 났다.

그녀가 막 입을 열려는데 정역비가 갑자기 그녀를 잡아끌었다. 남들이 보기에는 그가 그녀를 끌어안은 것 같았으나 실제로 정역비는 그녀의 귓가에 대고 속삭였다.

"몇 모금 마시는 척만 해. 내가 바로 취한 척하고 끌고 나가 줄 테니까. 운 귀비가 벌이는 판에 놀아날 필요는 없어."

비연은 그제야 정역비가 나름 영리하다는 것을 알게 되었다. 처음부터 계속 술을 마신 것도 취한 척하기 위해서였던 것이다.

그녀는 바로 정역비를 밀어 버리고 스스로 술을 석 잔 따랐다.

"정 대장군! 저는 감히 높으신 분과의 인연을 바라지도 않고, 정씨 가문에 들어갈 마음도 없답니다. 저는 주량도 좋지 않은 편이니 정 대장군께는 어울리지 않지요. 겨우 석 잔 정도 마실 수 있답니다. 존경의 뜻으로 석 잔 마실 터이니, 알아서 하세요."

비연이 한 잔, 한 잔, 술을 마시는 것을 보자 정역비의 마음이 답답해졌다. 그녀는 어째서 연극을 할 때조차 이렇게 그와의 사이에 선을 긋는 걸까?

당초 그가 공고를 내어 그와 그녀 사이의 일을 깨끗하게 정리하고 고백한 것은 사실 정왕 전하를 탐색하려는 목적이었다. 그런데 정왕 전하가 오래도록 상황을 정리하지 않는 것을 보고 그도 마음을 죽일 생각이었다.

그럴 즈음 그녀가 백리명천에게 납치당했고, 그는 제정신이 아니었다. 백리명천이 숨어 있는 곳을 알게 되자 미친 듯이 달려갔다. 반드시 먼저 지형을 탐색하고 매복을 설치해야 했다.

당시 망중이 그에게 전했던 그 빌어먹을 명령을 그는 아주 명백하게 기억하고 있었다.

'일개 약녀의 목숨 따위는 아깝지 않다. 백리명천을 잡는 것이 중요하다. 제대로 매복을 설치하지 못하면, 절대로 풀을 쳐서 뱀을 놀라게 하지 마라!'

그때 그는 비연이 정왕 전하의 눈에는 들었지만 마음에는 들어가지 못했다는 사실을 깨달았다. 그랬기 때문에 그녀를 구해 온 후부터는 무엇에도 구애받지 않고, 하루가 멀다 하고 정왕부를 방문했던 것이다.

사실 그는 지금 매우 후회하고 있었다. 정왕 전하가 비연에게 뜻이 없는 줄 알았더라면 그는 공고를 내는 게 아니라 그때의 기세로 황상께 가서 사혼을 청했을 것이다!

정역비가 정신을 팔고 있는 사이에 비연이 술 석 잔을 모두 마셨다. 그러고는 특별히 술잔을 건네주며 그를 일깨웠다.

"정 대장군, 저는 먼저 비웠어요. 이제 뜻대로 하세요."

정역비는 그제야 정신을 차리고, 일부러 완전히 취한 척 웃으며 말했다.

"석 잔으로 끝이라고? 하하, 확실히 주량은 본 장군과 어울리지 않는군……."

그는 비틀거리며 가까이 다가와 다시 말했다.

"하지만! 네가 술을 잘 마시지 못한다 해도 본 장군은 너를 좋아한다! 꼭 너를 내 아내로 맞을 거다!"

아무리 연기라 해도 그는 사람들 앞에서 다시 한번 그녀를 좋아한다고 말했다. 정역비의 말이 끝나자 주변에 있던 세가의 자제들이 모두 다가와 비연에게 술을 권했다.

"고 약녀, 한잔합시다. 세 잔 드시면 내가 한 항아리를 마시도록 하지. 그러면 약녀를 괴롭히는 것이 아니겠지!"

"정 대장군으로부터 고 약녀가 여중호걸이라는 얘기를 일찍부터 들어 왔으니, 너무 겸손한 척 마시오. 이렇게 합시다. 약녀 한 항아리, 또 나도 한 항아리, 어떻소?"

"고 약녀, 오늘은 고 약녀도 정 대장군과 똑같이 팔전하의 귀빈 아닌가. 자자, 일단 팔전하께 석 잔 올려야지!"

체면이라고는 잊은 듯한 이런 말들을 듣고 있노라니, 비연은 모두에게 따귀라도 한 대씩 올려붙이고 싶은 심정이었다. 그녀는 살짝 뒤로 물러서며 고민하기 시작했다.

혹시 이 모든 것이 운 귀비가 설치한 덫일까? 저 세상 물정 모르는 부잣집 도령들을 시켜 그녀에게 술을 마시게 하는 것이……? 만약 그렇다면, 너무 수준 이하의 수단 아닌가!

그녀가 정말로 술에 취하고, 또 운 귀비가 그런 그녀에게 무슨 짓을 저지른다면…….

운 귀비는 사람들 입에 오르내리는 것이 무섭지 않은 걸까? 정왕 전하의 추궁은 또 어떻게 당해 낼 생각이고? 어쨌든 그녀는 아직 정왕부 소속이었다!

비연이 운 귀비 쪽을 흘깃 바라보았다. 운 귀비는 몇몇 공주들과 함께 담소를 나누고 있었다. 회녕 공주도 대황자와 한담을 나누고 있었는데, 다들 비연에게는 별 관심이 없어 보였다.

상황이 이렇게 간단할 리 없지 않은가.

그녀가 정역비 곁으로 물러나자 정역비가 눈치를 채고 그녀를 잡아끌었다.

"대체 다들 무슨 짓이지? 응?"

그리고 술 항아리를 내던지더니 세가의 자제들에게 주사를 부리기 시작했다.

"본 장군이 말해 두겠는데, 고 약녀의 주량은 본 장군만 알면 그만이야! 너희들과 상관없는 일이니 꺼지라고! 마시지 마! 고 약녀, 가자! 본 장군과 돌아가자고! 본 장군 위가 안 좋으니 약을 붙여 줘야겠어!"

비연은 일부러 발버둥 쳤지만 정역비는 손을 놓지 않고 몸을 돌려 나가기 시작했다. 이때였다. 황자 몇이 그들을 둘러쌌다. 모두 취해 있었다.

"정 대장군, 가면 안 된다고!"

"본 황자가 말해 두겠는데, 오늘은 누구도 멀쩡한 정신으로 돌아갈 수 없어! 취하기 전에는…… 돌아갈 수 없다고! 하하하!"

"정 대장군, 정말 고 약녀가 마음에 드는 모양이군! 하하, 고 약녀에게 술을 마시게 하고 싶지 않거든 자네가 마시면 되는 것 아닌가! 모두의 흥취를 깨지 말고 말이야!"

"자자자, 어쨌든 일단 약녀를 대신해 우리 형제들이 모두 석 잔씩 하지!"

"약을 붙인다고 뭐 위장이 좋아지나. 술을 마셔야 위장이 좋아지지! 가지 말라고…… 가면 안 돼……."

모두가 술 항아리를 가져와 정역비와 비연을 둘러쌌다.

비연은 이 황자들이 누구인지 알지 못했다. 그러나 운 귀비의 사람이라고 확신하고 있었다. 저들 모두 취한 척하고 있었다!

천무제는 젊은 시절 풍류를 즐겼고, 후궁도 많아 자식을 많이 보았다. 원래 노비였던 궁녀에게서 낳은 자식들도 적지 않았는데, 그들 모두 운 귀비가 맡아 키웠다.

운 귀비가 이렇게 하는 것은 그녀를 핍박하기 위해서일까, 아니면 정역비를 핍박하기 위해서일까?

비연이 군한인을 흘깃 바라보았다. 뜻밖에도 그는 혼자 술을 마시며 웃는 얼굴로 그들을 바라보고 있었다.

군한인은 진퇴양난의 상황에서, 술에 취해 인사불성의 상태에 빠져 어떠한 움직임도 보이지 않는 것을 택했다. 그야말로 가장 현명한 선택이었다!

의형제는 무슨, 개뿔!

비연이 속으로 욕설을 퍼부었다.

황자들이 점점 더 가까이 다가오자 정역비도 마침내 참지 못하고 술 항아리 하나를 한 황자의 발 아래로 사납게 내던졌다.

쨍그렁!

조용하던 대전에 거대한 소리가 울려 퍼졌다. 정역비가 취한 얼굴로 화를 내며 소리쳤다.

"비켜!"

한순간, 황자들 모두 감히 움직일 생각을 하지 못했다.

비연은 놀라지 않았다. 정역비는 계속 이렇게 제 마음대로 행동하는 사람이었다. 총애받지 못하는 황자들은 말할 것도 없고, 총애받는 황자라 해도 만약 그를 귀찮게 한다면 그는 감히 손을 대려 할 것이다.

이 일이 커져 황상에게 보고된다 해도 정역비는 당당할 것이다. 황상도 병권을 가져갈 수 없는 한 이런 작은 일로 그를 어떻게 하지는 않을 것이다.

이런 상황이니 주변이 고요해질 수밖에 없었다. 비연은 정역비와 함께 성큼성큼 밖으로 걸어 나갔다.

두 사람이 문가에 도착했을 때였다. 계속 아무 말도 하지 않던 대황자가 가볍게 웃기 시작하더니 모두에게 말했다.

"예전 정 노장군의 주량이야말로 정말 대단했지! 지금 노장군의 아들은, 하하! 여자 대신 술 몇 잔도 대신 마셔 주지 못하는군. 비겁하게!"

이 말을 들은 정역비가 발걸음을 멈췄다. 비연이 속삭였다.

"일부러 저러는 거예요!"

정역비 역시 그 사실을 모르지 않았다. 그는 주먹을 쥔 채 계속 걸어갔다. 그러나 다시 회녕 공주의 웃음소리가 들려왔다.

"오라버니, 내가 욱 오라버니에게 들었는데 말이에요, 정 노대 장군의 주량은 사실 평범했다고 하던걸요. 모두 다 허풍이래요."

이제 정역비는 말할 것도 없고 비연마저 주먹을 쥐었다.

죽은 자는 예우해야 하는 법이다. 게다가 정 노장군은 천염 국의 건국을 위해 그렇게 많은 공을 세웠다. 회녕 공주는 병사 들의 시신 위에서 화려함과 부귀함을 누리는 공주로서, 어찌 그 런 식으로 사람을 모욕할 수 있다는 말인가? 정 노장군이 어떻 게 죽었는지, 기씨 가문 며느리인 회녕 공주가 모를 리 없었다.

정역비가 비연을 놓고, 몸을 돌려 차갑게 말했다.

"약녀를 돌려보내고, 본 장군이 함께 마시기로 하지요. 오늘 모두를 쓰러뜨리기 전에는, 본 장군은 한 발짝도 태극전 밖으로 나가지 않겠습니다. 대전하, 시작하시지요!"

대황자가 여전히 웃으며 말했다.

"정 대장군, 그래야 옳지! 여봐라, 고 약녀를 배웅해 주어라!"

비연은 그제야 깨달았다. 마침내 운 귀비의 생각이 무엇인지 알게 된 것이다!

그들은 그녀를 괴롭히려는 것이 아니라, 정역비로 하여금 그 녀를 대신해 술을 마시게 하려는 술수였다! 정역비의 위가 좋지 않다는 것을 알고 있는 저들은 정역비로 하여금 술을 마시다 죽 게 할 작정이었다! 그리고 그렇게 되면, 그녀는 남자를 망친다 는 더러운 누명을 쓰게 되겠지!

이 얼마나 악랄한가!

모두 일어나라

일부러 자극하고 있다는 걸 알면서도 정역비는 필사적이었다!

부친의 죽음은 그의 마음속의 영원한 고통이었고 영원한 한이었다. 오늘 태극전에서 죽는 한이 있더라도, 그는 부친에 대한 모욕을 좌시하고 있을 수만은 없었다!

그는 비연을 대전 밖으로 밀어내고 한 걸음 한 걸음 대황자에게로 다가갔다. 그리고 술 두 항아리를 대황자의 식탁 위에 내던지다시피 내려놓았다.

"대전하, 시작하시지요!"

대황자의 입매가 살며시 올라갔다. 그러나 그는 아무 말도 하지 않았다.

그러는 사이 곧 세가의 자제들이 다가와 대황자 앞을 막아서며 말했다.

"정 대장군, 내가 먼저 시작하겠소!"

정역비는 더 이상 말하지 않고 술 항아리를 들더니, 고개를 젖히고 꿀꺽꿀꺽 마셨다!

술 한 항아리가 금세 비었다. 정역비는 그것을 한옆으로 내동댕이쳤다. 그는 얼굴빛 하나 바뀌지 않고 계속했다.

비연은 떠나지 못하고 문가에 서서 이 장면을 보고 있었다. 그녀의 작은 얼굴은 어둡게 가라앉아 있었다. 그녀는 약왕정을 꼭 쥐고 있었는데, 약을 꺼내는 것 같았다.

오히려 공주 몇몇과 세가의 자제들이 잇달아 운 귀비에게 물러가겠다고 고하고 그녀 곁을 총총히 지나갔다. 그들은 팔황자가 직접 초대한 이들로, 운 귀비의 사람들이 아니었다. 그러나 이 상황에서 대체 누구 편을 들어야 할지 알 수 없으니 자리를 피하기로 한 것이다.

군한인마저 취해 쓰러진 척하며 이 진퇴양난의 상황을 모면하려 하고 있었다.

술 항아리 몇 개가 비었다. 세가의 자제들도 안 되겠는지 한 옆에 쓰러져 모두 일어나지 못했다.

정역비의 얼굴은 붉어지지 않고 오히려 새하얗게 질리고 있었다. 그는 한숨 돌리지도 않고 다시 술 항아리 두 개를 들어 식탁 위에 무겁게 내려놓았다. 마치 고집 센 아이처럼, 어떻게든 대황자와 대작할 생각인 듯했다.

한 마디, 한 마디, 그가 이를 갈 듯 말했다.

"대황자 전하, 전하의 차례입니다!"

대황자는 술을 마실 생각은 아예 하지도 않고 있었다. 그는 여전히 아무 말도 하지 않았다.

그사이 한옆에서 누군가가 대황자를 도우러 왔다. 바로 정역비와 비슷한 또래의 황자였다.

새로 온 황자가 조소했다.

"정 대장군, 본 황자가 가르침을 청하도록 하지! 나를 넘어서지 못하면 우리 황형에게 겨루자고 할 자격이 없다고!"

정역비가 말없이 술 항아리를 들어 그에게 사납게 휘둘렀다. 항아리를 던지지 않았지만 그 황자는 너무 놀라 머리를 감싸고 피했다. 정역비가 냉랭하게 웃으며 고개를 들었다. 계속할 작정이었다!

그러나 그때, 비연이 성큼성큼 들어와 차갑게 말했다.

"정 대장군, 잠시만!"

모두 이 술 시합을 지켜보느라 비연에게는 신경 쓰지 않고 있었다. 정역비마저도 그녀에게 주의를 기울이지 않고 있었다. 그러나 운 귀비와 회녕 공주는 계속 그녀를 노려보고 있었다.

그녀들은 비연이 오는 걸 무서워하지 않았다. 오늘의 이 계책은 비연이 남아 있건 자리를 떠나건 결과는 같을 터였다! 비연이 가지 않고 술에 취한다면 더 좋을 것이다!

정역비는 사실 힘이 빠진 상태였으나 의지력으로 굳세게 버티고 있었다. 그가 비연을 노려보며 사납게 외쳤다.

"악녀, 돌아가! 여기서 거치적거리지 말고!"

비연이 그 앞으로 다가갔다. 그리고 차가운 얼굴로 손가락을 까딱거리며 그에게 고개를 숙이라는 표시를 했다.

정역비가 더 사납게 외쳤다.

"꺼지라고!"

그러나 비연은 그보다 배는 더 사납게 외쳤다!

"어서!"

정역비는 말할 것도 없고, 주변에 있던 이들 모두 비연의 기세에 굳어 버렸다.

대체 그녀는 무엇을 하려는 것일까?

정역비가 순순히 몸을 굽히자 비연이 그의 턱을 잡는가 싶더니 입을 벌려 순식간에 환약 하나를 안으로 밀어 넣었다. 전문적이고도 노련한 움직임이었다. 덕분에 정역비는 창졸간에 환약을 삼켜 버리고 말았다.

그제야 모두 비연이 무엇을 했는지 이해할 수 있었다! 회녕 공주가 바로 몸을 일으키더니 비연을 손가락질했다.

"고비연, 지금 술 깨는 약을 먹인 것 맞지? 뻔뻔스럽게!"

비연의 눈이 차가운 빛을 발하며 가늘어졌다. 예전에는 회녕 공주 앞에서 하극상을 범할 수 없어 꽤 애를 먹었다. 그녀는 오늘 이 기회를 빌려 모두 앞에서, 회녕 공주에게 당한 것을 돌려줄 작정이었다!

모두가 알다시피 지금 회녕 공주는 평민에 불과했다. 장군부에 시집갔다 해도 아직 봉호를 받지 못했으니, 기껏해야 평민 부녀자 신분일 뿐이었다. 그 무슨 고명부인들보다도 못한 신세였다.

회녕 공주에게 화를 내기로 한다면, 그야말로 끝이 없었다! 비연은 오늘 자기 자신 때문만이 아니라 정역비 때문에라도 분노에 차 있었다.

오늘 회녕 공주와 운 귀비가 고분고분해질 때까지 손을 봐주지 않는다면, 그녀는 더 이상 고비연이라는 이름을 당당하게 말하지 못할 것이다!

비연이 무시하듯 대답했다.

"뻔뻔함에 대해 말하자면, 네가 나보다 한 수 위일 텐데?"

회녕 공주는 지금까지 누군가에게 이런 말을 직접적으로 들어 본 적이 없었다. 그녀가 분노했다.

"고비연! 감히 본 공주를 모욕하다니, 너……!"

"너를 모욕하는 것이, 뭐가 문제지?"

사람을 잡을 듯한 비연의 원한이 다시 들고일어났다. 그녀가 계속 말했다.

"너는 내 약혼자와 몰래 정을 통했지. 그건 뻔뻔하지 않은 건가? 나에게 누명을 씌워 모해하려고도 했지. 그건 염치가 있는 행동이었나 보지? 더 이상 공주가 아니면서 무슨 본 공주니 어쩌니 하고 자칭하고 있으니, 그건 체면이 서는 행동인가? 내 생각에 너는 문밖으로 나오지 않고 집에 있으면서 네 시누이나 잘 보살피는 게 나을 것 같은데? 본인이 지은 죄를 속죄하면서 말이야!"

"가, 감히! 너, 너……!"

회녕 공주가 분에 못 이겨 말까지 더듬었다. 그러나 어떻게 해도 반박할 말이 없자 결국은 발을 구르며 노한 소리로 외쳤다.

"여봐라! 여봐라……!"

비연은 그런 회녕 공주를 막지 않았다. 그녀는 회녕 공주가 난동을 부리는 것이 무섭지 않았다. 오히려 회녕 공주가 일을 크게 만들어 이 술판을 깨 주기를 간절히 바라고 있었다!

그녀는 팔짱을 낀 채 운 귀비를 바라보며 눈썹을 살짝 치켜세웠다.

자, 내가 여기 있다!

운 귀비는 어서방에서 비연을 제대로 볼 기회가 없었다. 그렇기에 지금 처음으로 그녀를 직시하고 있었다. 비연의 담담하고도 차가운 눈매를 보고 있노라니, 당당한 육궁의 주인인 자신이 오히려 아랫사람인 것 같은 느낌을 받았다. 마치 그녀 자신은 평민이고, 비연이야말로 존귀한 황족인 것 같았다. 대체 왜……?

운 귀비에게는 깊이 생각할 여유가 없었다. 그녀는 즉시 소리를 듣고 달려온 시위들을 모두 내보내고 대문을 닫게 했다.

가까스로 이 일거양득의 술판을 만들어 냈다. 비연을 손보는 동시에 정역비를 해쳐 기씨 가문의 비위를 맞출 기회였다. 그녀는 결코 비연이 이 술판을 망치게 둘 수 없었다!

그녀가 날카롭게 질책했다.

"회녕, 앉아라! 술을 마시는 것은 남자들의 일이다. 여자들은 끼어들지 말아야지."

회녕은 답답해 죽을 지경이었지만 모친의 말을 거역할 수도 없었다.

대황자가 운 귀비의 뜻을 알아채고 차갑게 웃으며 말했다.

"정역비, 됐네! 더 마시지 못하겠으면 무리할 필요 없지. 술 깨는 약이라……. 하하, 정말이지 천하의 웃음거리군! 설마 부친에게 배운 방법은 아니겠지?"

정역비도 자신이 방금 먹은 환약이 숙취 해독제라 생각했다. 그는 취한 얼굴로 비연을 노려보며, 화가 난 듯 또한 어쩔 수 없다는 듯 말했다.

"너, 너…… 돌아가!"

비연이 손을 펼쳤다. 그녀의 손바닥 위에는 똑같은 환약이 너덧 알 있었다.

그녀가 진지하게 말했다.

"정 대장군, 이건 술 깨는 약이 아니라 위를 보양하는 약이에요. 그리고 당신은 나를 대신해 술을 마셔 줄 필요가 없어요! 대체 무엇 때문에 나에게서 술을 빼앗아 가는 거죠?"

그러고는 환약을 사람들에게 건네주려 했다.

"여러분, 술을 많이 마시면 위를 상하기 쉽습니다. 이건 위를 보호하는 희귀한 약인데, 천금으로도 구하기 어렵지요. 수량은 한정되어 있는데, 원하시는 분 계신가요?"

사람들은 비연의 말이 진짜인지 거짓인지 확신할 수 없어 서로 얼굴만 바라보았다.

사실 비연은 술 깨는 약은 쓸 필요가 없다고 생각했다. 이 환약은 정말로 위를 보호하는 약이었다. 그녀가 이 약을 연마하고 있었던 게 아니라면 그렇게 오랫동안 밖에 서 있지도 않았을 것이다. 그녀는 정역비가 버티지 못하고 피를 토할까 봐 두려웠다!

사람들이 아무 말도 하지 않자 비연은 환약을 전부 정역비의 손에 쥐여 주었다. 정역비가 무슨 말인가 하려 했으나 비연이 눈짓하자 그는 결국 침묵했다.

그녀는 몸을 돌려 두 소매를 걷어 올리고, 치맛자락을 살짝 말아 올려 의자 위에 한 발을 올렸다. 그 모습은 마치 도적이나 불량배를 떠올리게 했다.

비연은 차가운 눈으로 모두를 한 번씩 훑어본 다음, 큰 소리로 외쳤다.

"조금 전에 본 소저와 술을 마시고 싶다고 했던 사람들, 전부 일어나시지요!"

〈제왕연〉 4권에서 계속